—— 阅读之前 没有真相

午夜文库

画布下的乐园

（日）原田舞叶 著
张晶 译

新星出版社 NEW STAR PRESS

卢梭是谁,我不知道。不过只要有宴会,大家都去,我们也受邀了,那么管他卢梭是谁,我不在乎。

——格特鲁德·斯坦《爱丽丝·B.托克拉斯自传》

目录

1	第一章 潘多拉的盒子
35	第二章 梦
59	第三章 秘宝
85	第四章 安息日
111	第五章 破坏者
139	第六章 预言
163	第七章 拜访－夜宴
191	第八章 乐园
217	第九章 天国的钥匙
249	第十章 做梦
273	终　章 再会

第一章 潘多拉的盒子
二〇〇二年 仓敷

眼前是一幅画，氤氲着微微泛白的蓝色气息。

展翅欲飞的珀伽索斯[①]，朝珀伽索斯的脖颈抛出植物藤蔓的裸体女人，以及在女人脚边采花的裸体少年，由远及近依次铺展开来。

无论是珀伽索斯还是人像，身体都宛若扑上一层白粉般白皙，甚至接近透明。又似乎漂浮着一层细腻的颗粒，在光线的反射下熠熠生辉。是一幅幽蓝、白皙又炫目的画。

珀伽索斯背后是一座嶙峋的山峰。朗朗春日下，本应充盈着生命热情的森林却陷入沉沉的寂静，没有丝毫生命的气息。这么说来，难道这幅画描写的并非现实世界，而是天上的乐园？亦或是画家在梦中看到的景象，然后原封不动地搬到了画布上？

早川织绘久久地伫立在这幅画前。虽说这也是身为巡视员的职责，可这项职业并非只是守在一件作品前便万事大吉，需要隔一会儿就在美术馆内的不同作品前来回走动，四处查看。然而，最近织绘对这幅画情有独钟，日复一日，不厌其烦地盯着看。看着看着，仿佛有渺渺声响从画中传来——白马嘶鸣的声音、双翅拍打的声音，似乎都能感觉到那因翅膀鼓动而漾起的风。

这是皮埃尔·皮维·德·夏凡纳[②]于一八八六年创作的高度超过两米的巨幅画作。据传是为女雕刻家克劳德·维尼翁宅邸墙壁装饰

[①] 珀伽索斯（Pegasus），希腊神话中最著名的奇幻生物之一，由美杜莎与海神波塞冬所生，是一只长有双翼的马，通常为白色。
[②] 皮埃尔·皮维·德·夏凡纳（Pierre Puvis de Chavannes, 1824—1898），十九世纪法国画家，给许多公共建筑作装饰壁画，壁画中大多采用象征手法来传达对生活的寓意。

用而创作的四连作之一。其他三幅作品是什么样的呢？真想见识一下。织绘在心中暗暗许愿，终究还是按捺住了去查阅的冲动。因为她深知着手调查一件自己感兴趣的作品意味着什么。那意味着这十几年来一直死死封印着的"潘多拉的盒子"将被重新开启。

但另一方面，她也觉得或许在自己这四十三年的人生中，再没有什么时候比现在更接近美术作品了。她有机会去凝视它的双眸，倾听它的声音。

"哒哒"的脚步声越来越近，织绘将投注于画上的视线转向展示厅出入口。只见同事向田彩香嘴角含笑走了过来。该换岗了。

织绘和彩香彼此视线交汇，却都没有说话。彩香走到织绘刚看着的那幅作品前，停下了脚步。在休息室里总是叽叽喳喳闹个不停的两个人，都因在展示厅内要尽可能保持沉默的规定而自觉地闭上了嘴。织绘抿着嘴，迈开步子穿过展厅，走过游廊，去往下一个展厅。

在这个展厅的角落，一张因忍着哈欠而皱成一团的脸映入了织绘的眼帘，是桃崎优梨子。这个两个月前以小时工身份来到这里的女孩曾经因为"每天都能看最爱的画"而欢呼雀跃，可才工作了一个星期就厌倦不已了。每次在休息室碰到她，织绘总能听到她的抱怨："一天真是该死的漫长啊。"的确，对一个二十三四岁的小姑娘来说，这份工作着实无聊。

封闭的空间，平淡逝去的时间，每天从早上十点到下午五点，无可逃避的宿命。没有刺激、变化或意外发生——也不能发生。八名巡视员总是沉默着从一个展厅走到另一个展厅，隔一段时间换一次岗。六十分钟一循环，如连环碰一般按顺序转移到下一个展厅，脚步无声地搅动室内凝滞的空气。

优梨子强忍哈欠，婆娑泪眼感受到了织绘的视线，她似乎颇为尴尬，转身背对着织绘，无言地走开了。织绘不顾鞋子踏过地面发出"噔噔"的声响，来到优梨子刚才站立的位置，转过身停了下来。

好，接下来是和埃尔·格列柯①的圣画对视的时间了。

纵长的画仿佛沐浴着庄严的光辉。金发天使从天而降，绚烂的光芒好似闪电划破长空。幸运的人儿啊，主与你同在——圣母玛利亚因天使加百列的这句话而浑身战栗，扭曲的脸庞摄人心魄，好似已等待千年，在这一瞬间展现出一种坦荡凛然的风姿。啊，自己曾多少次凝视着这张脸，又有多长时间怀揣着处女怀胎的人类梦想呢！

要了解画家，必先观其作品。要花费几十个小时、几百个小时去面对那些作品。

从这层意义上来说，没人能比收藏家面对画作的时间更长。

策展人、研究员、评论家，没人能及收藏家的一分一毫。

啊啊——不过，等等，有一个职业，能比收藏家面对名画的时间更长。

是谁呢？——是美术馆的巡视员。

脑海中猛然响起这段熟悉的对话。像现在这样，十几年前的一段不痛不痒的对话偶尔会猝不及防、却栩栩如生地闯入记忆。尤其当自己把注意力集中到一幅作品上时，没有任何预兆，也没有任何根据，它就会突然闪现。

一个老人两手背到腰后，正目不转睛地盯着埃尔·格列柯，但在对着埃尔·格列柯打了个悠长而夸张的哈欠后，他刻意避开织绘的视线，移向下一个展厅。

---

①埃尔·格列柯（El Greco, 1541-1614），西班牙文艺复兴时期画家、雕塑家与建筑家，被公认是表现主义及立体主义先驱。他的画极具个人色彩，以弯曲瘦长的身形为特色，用色怪诞且变幻无常。

织绘看了看手表，十点四十分，差不多到时间了。刚想着，就听到从第一展厅传来鼎沸的人声。

压抑着的笑声，旁若无人的聊天声。是一群年轻女孩子的声音，中间混杂着强压情绪的成年女性的呵斥："安静点！"不必特意去看也知道，来人是一群女学生和带队老师。

学生团是需要格外关注的群体。他们虽说不会对作品搞恶作剧，不过到了兴头上，不顾其他参观者想要安静观赏作品的心情，肆无忌惮吵闹撒欢的孩子却不少。遇到这种情况，巡视员若不及时制止，就会招来其他参观者"拜托你提醒他们一下"的不满指责。

在事先知道要接待团体客人的当天早上，事务科科长会组织早会，告知大家团体客人几点到几点来、有多少人、是什么样的团体等主要信息，好让巡视员们做好准备。

美术馆巡视员的责任是保证参观者能在安静舒适的环境下尽情欣赏艺术作品，他们既不解说作品也不为参观者引路，但要具备与展品有关的基本知识，以便被客人问到"这个画家是谁"、"这是什么时候的作品"等问题时，能够从容应对。除此之外，为客人指示洗手间和礼品部的具体位置、安抚心情不佳的客人或哭闹的婴幼儿、帮助走散的孩子寻找家人等，也包含在工作内容之中。除非发生天塌下来的大事，否则巡视员都不准离开自己的岗位。一旦突发紧急情况，就用椅子旁边的无线通讯设备联络保安或事务室，请求其他人前来支援。巡视员不是为参观者而存在的，而是为了保护馆内的作品、保障展示环境，要是一不留神离开岗位，期间作品被损坏，那后果将不堪设想。

巡视员付出时间和心血守护的不是人，而是艺术作品和周边环境。他们为此不余遗力。

这么一想，曾几何时听到的那句话——"比策展人、研究员、评论家、收藏家，比任何人面对名画的时间都长的，是美术馆的巡视员"——确实有道理。

大部分时间，这句话都会被诸多琐事埋没在记忆深处，但它会在某一个瞬间突然苏醒，静静地激励着织绘。尽管曾经云淡风轻地说出这句话的人，她可能永远不会见到了。

杂乱无章的脚步声越来越近。织绘听到低低的笑声，和领队老师催促学生安静下来而发出"嘘——"声。她将全部注意力集中到展厅门口。

藏青色制服，深绿色的丝质缎带。一群穿着白鹭女子高中校服的女生出现了，加上两名领队老师，一行一共二十三人。几乎和所有高中生一样，她们对远古时期的宗教画没有丝毫兴趣，有的人在打哈欠，有的人抱着双臂、聚在一起聊得火热。美术课女老师似乎已经放弃一个个劝说，开始压低声音讲解作品。

"这幅画是埃尔·格列柯的《受胎告知》。大家知道埃尔·格列柯是哪国的画家吗？不知道？是西班牙的画家哦。这幅作品是他一六〇三年创作完成的，如今已经过去四百年了，这么古老的作品现在就摆在大家眼前，不觉得很不可思议吗？"

可能是想吸引学生们的注意吧，女老师以亲切得有些夸张的语气讲解着。几名学生被吸引过来，终于将视线投向埃尔·格列柯的作品。织绘心里对老师的讲解升出否定情绪，但能成功吸引学生的注意，对她的钦佩之情又蔓延开来。

埃尔·格列柯是英国人，三十六岁时来到西班牙并在那里度过余生。直接把他说成是西班牙画家未免不够准确，织绘觉得应该向学生传达准确的背景知识。

然而，四百年前的画现在就摆在大家眼前，单纯看这个事实的话，确实"很不可思议"。埃尔·格列柯的作品在日本国内的美术馆中仅存两幅，一幅在这里，一幅被收藏于国立西洋美术馆。而眼前这幅不论主题、大小，还是构图、保存状态，都堪称完美，可以说是"至宝"。对日本人来说，能在这个美术馆里见识到这幅画确实是奇迹，美术馆是如何获得这一至宝的呢？织绘觉得老师应该把这段轶事讲给学生们听。不过对于女老师那句"很不可思议"的坦率评价，织绘非常赞同。

学生的反应各不相同。有的人失神般呆呆地盯着画，有的玩指甲，还有的依旧在偷偷摸摸地聊天……

从展厅门口突然射来的亮光被织绘的眼角余光捕捉到了，她转头一看，是一个姗姗来迟的穿着白鹭校服的学生。亮光来自于她的头发。少女晃着一头炫目的栗色长发走了进来，织绘凝视着她。

未经人工染色的头发泛着自然而柔和的光泽。明丽的头发围着一张带有西方血统的精致面庞。学校制服与那一头绚丽的长发格格不入，黯然失色。注意到少女的不单有织绘，之后进来的那几位散客原本在观赏埃尔·格列柯的作品，此时都把目光投向了少女。足见她的样貌非同一般。

突然，织绘三步并作两步走向少女。此时少女正打算偷偷打开刚从口袋里拿出来的化妆盒。织绘在她面前站定，沉静地开口道："馆内禁止饮食，老师事先没告诉你吗？"

少女抬头看着织绘，淡褐色的瞳孔在展厅灯光的照射下透出晶莹的光辉，她既不惊讶也不害怕，脸上毫无表情。

带队老师注意到了这边的动静，站在原地问道："不好意思，有什么事吗？"

织绘没回话，仍旧看着少女。

"你在嚼口香糖吧？请马上吐出来。"

说着织绘从外套口袋里取出手帕，在手掌上摊开。少女的视线落向那条手帕，紧接着只听"咕咚"一声，有什么东西被她吞下去了。

"哼，什么都没有啊。"

说着，少女张开嘴让织绘看，还将那湿乎乎的粉色舌头转了两三下。

"你在干什么？！太不懂礼貌了！"

老师见状慌忙赶过来，少女哼了一声，瞟都没瞟一眼埃尔·格列柯，直接走向下一个展厅。

织绘所在的大原美术馆放眼整个日本都是屈指可数的西方美术收藏名馆。它的创立人——大原孙三郎，明治时期靠经营纺织公司发家，主要收藏日本美术作品。孙三郎曾资助画家朋友儿岛虎次郎赴欧创作，虎次郎在创作之余帮孙三郎收集欧洲美术作品。那时候收集到的作品构成了今天这家美术馆藏品的核心。据说埃尔·格列柯的《受胎告知》是虎次郎在巴黎的一家画廊发现的，随后虎次郎将这幅画的照片发给孙三郎，请求邮寄买画资金。那是一九二二年的事。

织绘每次站在《受胎告知》前，脑海中都会浮现七八十年前的旧巴黎街景。街上的某个地方有一家画廊，画廊里有一个昏暗的房间，展示着这幅作品。然后某一天，一位东方人模样的画家偶然步入画廊，慧眼识珠。每每想到这里，织绘的心底就不禁涌出对这位画家的感激之情。

是的。邂逅美术作品纯粹靠巧合和慧眼。

稀有、优秀的美术作品能流落到市面上本来就是小概率事件；收藏人因某种理由——想换成现金，或为购买其他作品筹措资金——而向画廊或拍卖行提出委托也属偶然。可能是一时兴起，觉得卖掉这幅也行，或是突然急需现金，总之，除非有特别偶然的机会，否则作品一旦落入收藏家手中，就再难重见天日。私人藏品就是供收藏家一个人把玩的，或是仅仅占有它就令人心满意足——这正是所谓的收藏家的收藏心理。有的收藏家直到临终前——甚至死后——都不允许转卖或公开藏品。一位在日本经济泡沫时期得到梵高名作的企业家曾放言："我死后，要把画也一起烧了。"而激起全世界爱好者的公愤。不过话说回来，这句话不正是所有收藏家的肺腑之言吗？

作品偶然出现在市面上以后，接下来需要的就是欣赏人的慧眼了。有人看作品仅看艺术家和创作年代。只是再有名的艺术家，都有并不完美，甚至可以说低劣的作品。执着于创作年代也很危险。名声响亮的艺术家的最佳创作期往往不长，这期间创作的作品数量是有限的。因此，以最佳创作期为卖点的作品极有可能是赝品。看客是否拥有慧眼，能不依赖名字、创作日期这些"记号"性的东西，通过作品看到其内部蕴含的力量和"永恒性"，就显得很重要了。此外，这个拥有慧眼的人是否有足够的财力把这幅作品据为己有，也是个大问题。

巧合、慧眼、财力，名作的命运被这三个要素所支配。埃尔·格列柯的《受胎告知》正是因为这三者的完美结合，才得以成为大原美术馆的藏品，并像现在这样展示在世人面前。

"没办法啊。名画再怎么有名，对高一的学生来说还是太深奥了。今天的团体参观，任那老师再怎么费尽口舌讲解，学生们还是不听。"

那天工作结束后，和织绘一起走出美术馆的桃崎优梨子在走向车站的途中如此感叹道。

"你高中的时候也这样吗?"织绘问。这位巡视员几年前还是高中生吧。

"怎么说呢……虽然那时也来大原美术馆参观过,不过真没什么兴趣。相较而言,还是对电子游戏、偶像明星发烧得很。比起美术馆,那时更想去迪斯尼乐园吧。虽然现在也是。"她调皮地笑着说。织绘也笑了。

"早川,你高中的时候是什么样的呢?住在冈山吗?"没等织绘回答,优梨子接着道,"向田总说'早川说话没有冈山口音,说着一口标准的普通话,她是东京人吧',是这样的吗?"

有关自己的事情,织绘从没对同事们说起过。她的身世即便三言两语概括说来也颇具冲击力,若要详细讲起来就更麻烦了。

"我读高中的时候不在日本。"

"啊?"听到织绘的回答,优梨子发出一声惊呼,"啊,这样啊。原来你是海归?"

"嗯,算是吧。"

"不在日本,那……是在哪里呢?"

"嗯——是……巴黎。"

稍显迟疑后织绘终于说了出来。优梨子又发出一声惊叹。

"哇,太棒了!是因为父亲工作的关系吗?这么说来,早川,你会讲法语吗?"

织绘笑而不语。接下来的一小段时间里优梨子不断感叹着"真好啊,真好啊",不过见织绘一直没搭话,也就慢慢沉默下来。

从美术馆到车站要走元町大街,紧连着元町大街有一片绿化带,里面有一条小河淌过,碧绿的水面上倒映出河边一排仓库的白墙。

岸边的柳树已吐露新芽，柳枝迎着夕阳，在微风中款款摇曳。织绘和优梨子并肩走着，各自欣赏着风景。

走到小河尽头时，优梨子再次开口。

"话说，今天白鹭的学生里有个非常漂亮的女孩子呢。那孩子有一头漂亮的茶色头发，你看到了吗？"

织绘依旧沉默不语。优梨子无奈地闭上嘴。直到两人走上元町大街，优梨子才笑道："那明天见。拜拜。"

说完，优梨子微微点头示意，然后向和车站相反的方向小跑过去。往常她都是和织绘一起走到车站才分开的，可织绘今天一直沉默不语，她可能觉得有些尴尬吧。

织绘轻轻地叹了口气。

她一直有这个毛病，喜欢划定一条线，然后拒人于千里之外。

在巴黎上高中时就这样。最初是因为法语水平差，无法和同班同学痛快地聊天。唯一让她敞开过心扉的，就是美术作品。出门走不了两三步，大街小巷都是美术馆，到处都有名画。达·芬奇、大卫、莫奈、毕加索，不论去扣谁的门扉，都能得到回应，他们对自己来说是不可替代的朋友。

因为是非常重要的朋友，所以，她想对他们了解更多、更多。

织绘从仓敷站坐上山阳上行本线，在第二站庭濑站下车。织绘的家在离车站步行十分钟距离的街上。

"我回来了。"

她打开玄关的门，冲里面招呼。

"回来啦。"厨房里传来回应声。

织绘踏进充斥着味噌汤味和朦朦湿气的厨房，母亲站在水槽前，背对着她问："今天真绘去你们那里了？"

"嗯。"织绘叹息了一声，答道，"太没礼貌了，今天早上出门前明明叮嘱过她馆内禁止饮食的，她却嚼着口香糖。"

母亲强忍着笑意，肩膀微微颤动。

"小事情嘛，她正处在这个年纪呢。你小时候不也这样吗？"

"我可没在美术馆嚼口香糖。那时候我每次去美术馆都可认真了。"

"是啊，还说要和毕加索结婚呢，可把你爸吓坏了。他当时那吓傻了的表情我现在都忘不了呢。"

母亲回过头来，脸上绽放出温和的笑容。母亲总是这样，微笑着在厨房里忙活，打理家务事，迎接从学校或工作单位回到家里的自己。长久以来，织绘一直被这微笑守护着、支持着。

就连供职于大型商社、担任法国分社社长、被公司寄予厚望的父亲因交通事故不幸身亡时，母亲都没乱阵脚，依旧微笑着，在葬礼上迎接前来吊唁的宾客。让当时就读于巴黎大学的宝贝女儿留在巴黎，只身返回故乡冈山的时候也一样，微笑着挥手离去。之后织绘未婚先孕，并决心生下孩子、回到冈山的时候，她也只是静静地微笑着，然后上前紧紧地抱住了女儿。

就是这样一位母亲，仅有一次留下了眼泪。那是织绘的女儿真绘出生的时候。最先流泪的是织绘，长时间郁积在心里的情感在婴儿出生的瞬间全部释放了出来。听见婴儿洪亮的啼哭声，仿佛心中的死结被轻轻解开一般，织绘的眼泪扑簌扑簌地掉了下来。"辛苦了，织绘，真的辛苦了。"紧紧抱住抽噎着的女儿，母亲也哭了，但那不是悲伤的泪水。滴答滴答，掉落在织绘额头的母亲的眼泪热乎乎的，直暖到心窝。

打那之后，十六年过去了。

大门被粗暴地关上，传来"咣当"一声，震得厨房的墙壁都微微发颤，狭小的老房子稍微一动就到处咯吱作响。"回来啦。"母亲冲着走廊喊道。没有答复，只有嗒嗒上楼的声音在屋子里回响。真绘每天回家都是这个样子，不过因为白天的事，此时织绘的怒火腾地一下被激了起来，她怒气冲冲地走出厨房，来到二楼女儿的房门前。

里面正以大得夸张的音量播放着日本流行歌曲。织绘一把推开门，大声呵斥道："吵死了！"

栗色长发微微一晃，一张小巧白皙的脸转了过来。双眸依旧波澜不惊、毫无情感，和在美术馆里的时候一样。织绘大跨步走进屋子，拔掉CD机的电源，微微吐了口气后说："够了，会打扰到邻居的。前几天隔壁的南波阿姨就来和我们抱怨过。"

真绘毫不在乎地转向一边，嘴里嘟囔道："管他呢。"

"你不在乎可以，可你外婆会被人说闲话，这里可是你外婆的家，不管发生什么，最终被说三道四的都是你外婆，知道吗？"

真绘沉默了，脸上依旧没有表情。面对女儿这张毫无喜怒哀乐的脸，织绘简直要发狂了。

"晚饭准备好了，下去吃吧。"

织绘故意不接触女儿的视线，说完就准备离开房间。这时，房间里响起冷冰冰的声音："南波阿姨会说外婆的坏话，不是因为妈妈你吗？'早川家的织绘，还没结婚肚子就被人搞大了，生的还是个黄毛种，真是先进啊。'她好像是这么说的。"

织绘定在原地，仿佛被绳子死死绑住了一般，一步也迈不出去。随即她意识到这肯定是真绘在胡扯，胡编乱造。任凭邻居再怎么爱嚼舌根，也不可能和一个高一的小女生说这些事。

织绘转过身，勉强抑制住就要爆发出来的怒气，颤抖着喊道："够了！你要是敢把这种无中生有的事和外婆说，我绝对饶不了你！"

女儿那双冰冷如水的眸子回瞪着母亲燃烧着熊熊怒火的眼睛，语气依旧冰冷地嘟囔道："我才不会去说呢。小学六年级的时候难波悦子说的，她说是听她妈妈说的。"

喂，真绘，为什么你妈妈没结婚肚子就大了呢？真绘的爸爸在哪里呢？——邻居家与真绘同岁的悦子曾听到父母的闲聊，于是直接询问真绘，佯装天真无邪实则带着少女特有的恶意。从出生起就没有爸爸，妈妈也从来没有提起过爸爸的事情，这样的事实让真绘无从回答。

在这个小小的地方小镇上，织绘一家一直被孤立着。这种孤立自织绘的母亲受到周围人的嫉妒之时就开始了。

织绘的母亲是县里远近闻名的才女，曾以第一名的成绩考入东京著名的女子大学，毕业后又进入赫赫有名的公司，与前途无量的精英社员结婚。因丈夫工作关系，她去过纽约、巴黎，住的都是高级公寓。在美国出生长大的独生女织绘从小就接触美术作品鉴赏，能说一口流利的英语和法语，并以第一名的身份从法国公立中学毕业，升入巴黎大学学习美术史。丈夫是大型商社法国分社的社长，女儿是名校在校生，一家人过着阔绰、健康又幸福的生活。可谓走在人人艳羡、宽阔平坦的人生大道上。

然而，织绘的父亲因一场车祸去世后，母女的生活一下子跌入到谷底。

丈夫去世后，织绘的母亲为照顾独自生活在家乡的老母而回到了老家。那时邻里表面上同情地安慰着"你辛苦了"，背地里却幸灾乐祸地说"是之前太顺遭报应了吧"。甚至收到遗属年金和保险的时候也遭人眼红，被人暗地里议论"老公死了还过得那么舒坦"。没过多久，织绘又挺着大肚子回来了，而且生下来的孩子五官轮廓怎么看都是个黄毛种。这下左邻右舍更是有好戏看了，风言风语满天飞。连织绘的奶奶都开始疏离织绘一家，对曾孙女真绘没有一丝疼爱。真绘五岁的时候，奶奶驾鹤归西，留下一句遗言："也许你们不回来更好……"

慢慢的，真绘长成了一个擦肩而过时路人都会禁不住回头瞧几眼的美少女，可这让她进一步被周围人孤立，从小学高年级就开始受欺负，之后程度不断升级。被人扯住头发说"你他妈的把头发染了吧"，或是被骂"小杂种"遭人戏弄。小学六年级的时候，班上的一个男老师表面上对真绘异常关照，其实是想占便宜。当真绘双手发抖地告诉母亲自己的衣服差点儿被脱掉时，织绘的愤怒瞬间喷薄如烈火，马上不顾一切地闯到学校讨说法。然而学校的态度却冷得让人心寒，死死咬定说没那回事儿。而织绘除了咬牙切齿地诅咒以外，别无他法。

那件事之后，不论是对这个世界还是对自己的母亲，真绘都闭上了心扉。唯一能让她稍稍喘口气的，就是面对外婆的时候。

"真绘，怎么样？那个可乐饼是外婆亲手做的，好吃吗？"

母亲、织绘和真绘三人围坐在餐桌前。真绘勉强愿意坐到餐桌前，全因为有这位和蔼可亲的外婆在。

不论怎样被孤立，如何受人嫌弃、遭人非议，都能悠然自得地绽放出微笑。女人味十足，又坚强得可怕。虽然没说出口，但织绘知道，真绘其实暗暗仰慕着自己的外婆。

如果连母亲都不在了，我和真绘的关系会变成什么样呢？把松脆的可乐饼放到嘴里嚓嚓地咬碎时织绘不禁想道。母亲，这个唯一可以维系住自己和真绘之间脆弱关系的人要是消失了，恐怕母女间连正常的对话都无法进行了。没有母亲，真绘都不会回家了吧。对于这样的家，自己又还有什么值得留恋的呢？

"今天你去你妈妈的美术馆了吧？最喜欢哪幅作品呢？"母亲若无其事地问。事实上，这也是织绘最想问的问题，却担心女儿不回答，把她晾在一边，那样的话又要受伤了，因此想来想去没有问。

真绘果然沉默着，没有回答。虽然没有表现在脸上，但织绘确实非常失望。

这个孩子是能在埃尔·格列柯面前大嚼口香糖的人，是在我的"挚友"面前连个笑容都吝啬的人。

吃过饭后，真绘默默地上了楼。母亲把茶水和草莓放到盘子上，端到了真绘的房间。已经听不到高分贝的音乐声了。

一只柔软的手轻轻地搭到正收拾碗筷的织绘的肩上。织绘回过头，只见母亲满脸笑容，把一张明信片递到她眼前。"看这个。她说这是给我的礼物，是她最喜欢的一幅画。"

织绘把手在围裙上蹭了蹭，接过明信片端详起来。

蓝绿色植物纹样的桌布上放一个白色鸟笼，黄色的小鸟展翅欲飞。鸟笼对着一扇窗，窗外是淡青色的天空，向远方无限延伸。

小鸟想获得自由，因而张开双翅，然而它的愿望却永远无法实现。是一幅让人心生感慨的作品。

一九二五年，巴勃罗·毕加索四十四岁。从他九十一岁的人生来看，这时正处于其画家生涯的中期阶段。织绘相当喜欢这个时期的毕加索。超现实主义运动兴起，新艺术思想和创新性艺术表达的发现一定让毕加索非常雀跃。

是创造新的艺术，还是彻底摧毁艺术？疯狂涌起的前卫艺术浪潮并没有沾湿他的衣襟，因为他本人就是掀起这股浪潮的始作俑者。

站在一九二五年、巴勃罗·毕加索的作品《鸟笼》(*The Bird Cage*)附近，织绘一如既往地关注着作品和周边环境。这是真绘送给外婆的礼物——那张明信片的原画，此时看着它，织绘倏然想到和往常截然不同的东西。

这只鸟，会不会并不在鸟笼里呢？

空荡荡的鸟笼放在桌子上，这只鸟不过是恰巧飞到了窗前，但从这边看却给人鸟在鸟笼里的错觉。

之前伫立在这个展厅时，织绘都会觉得这只小鸟看起来好痛苦，一直做无谓的挣扎。明明窗户外面就是湛蓝广阔的天空，鸟儿欲飞却飞不得，那该是多么的煎熬。在希特勒以独裁者身份登台，欧洲大陆笼罩在法西斯主义恐怖阴影的时代里，毕加索是试图通过描绘囚笼中的小鸟来暗示对自由的渴望吧。织绘面对这幅画时总会过于沉醉，有时候甚至想把笼子打开，释放小鸟，释放出这只被伟大的画家关起来的、永远待在笼子里的小鸟。

虽说是偶然，但真绘特意选择这张画，还是让织绘有些痛苦。那孩子是不是觉得自己就像无法飞向天空的、被囚禁的小鸟呢？不，不是这样的，那孩子应该还没有意识到自己有翅膀。有翅膀，却再也飞不起来了——那不是我吗？

飞不起来了。面对这个被女儿狠狠摔在眼前的事实，织绘感到异常痛苦。

然而，这也无意间带来了新"视点"——从窗外飞来的小鸟恰好停在窗边，看起来像在桌子上的笼子里——这一新发现让织绘暗暗亢奋起来。

没错，再仔细斟酌一下画作的题名也会发现有蹊跷。不是《笼子里的鸟》，而是《鸟笼》。毕加索画的不是"鸟"，而是"笼子"。意识到这一点的一瞬间，织绘觉得仿佛有一阵狂风席卷而来，吹得她浑身冒鸡皮疙瘩，从脚底蔓延到整个身体。织绘不自觉地握紧垂在腿前的两只手。

名画有时就会这样，给人生带来意想不到的启发，这也是名画之所以为名画的缘由。不仅要在构图、色彩、平衡、技巧上出类拔萃，还要有时代性、投注于绘画对象的深刻感情、灵感、强劲的笔力，以及无法言表，却让人心痒难耐的感觉。画中是否有能夺走观众心神的决定性因素，"眼"、"手"、"心"三者是否合一，这是名画成为名画的决定性要素。

"早川。"一声轻呼让织绘回过神来，是优梨子。

"啊，不好意思，这边就拜托你了。"

织绘匆匆移步。这种情况偶尔也会发生，在凝视作品的过程中失去了对时间的感觉，完全沉醉于"那边"的世界。不只时间，连自己在哪里、做什么，都失去了现实感。虽然知道作为一个巡视员，这样的行为是绝对不被允许的，但从小就形成的习惯又很难改变。

然而，优梨子却说起了别的事。

"不是不是，小宫山先生让你马上去策展课一趟。我休息完要回来的时候被叫住了，说让我和你说一声。"

织绘百思不得其解。在这家美术馆担任巡视员已经五年了，除了偶尔去趟总务课，办公室几乎都没去过，策展课更是一次都没被叫去过。在完全摸不着头脑的情况下，织绘被优梨子催促着"快点"，走出了展厅。

织绘先轻轻敲了敲策展课的门，然后诚惶诚恐地推开门，没踏进门先说了声"失礼了"。策展课课长小宫山坐在办公桌边，看到织绘，立刻起身道："啊，你稍微等一下。"说完小宫山走出来，对还呆立在走廊上的织绘说："不好意思，突然把你叫过来，时间紧迫，能和我一起去一个地方吗？"

小宫山边说边挤出一个客气的笑容。织绘微微低下了头。

小宫山比织绘年长四岁，原本在东京世田谷区美术馆担任策展课课长，今年春天刚刚调到大原美术馆。他是国内首屈一指的西方美术史学家宝尾义英在东都大学担任教授时的得意门生，曾负责过多次重要的近现代美术展，是一位能力出众的策展人。宝尾从小宫山学生时代起就非常看好他，因此，他就任馆长时提出的条件之一就是把小宫山从世田谷挖过来。随着宝尾和小宫山这两位近现代美术界权威的先后上任，大原美术馆也名副其实地成为日本最具权威的美术馆之一。

望着没作任何说明就径直往馆长室走的小宫山的背影，织绘鼓起勇气询问道："那个……我是做了什么出格的事吗？……是那个参观团，白鹭女子高中的投诉我了？"

小宫山转过头来。

"你有什么头绪吗？"

"没有，那个……当时有个学生在嚼口香糖。"

织绘当然没说那个学生是自己的女儿。

小宫山了无兴致地随口问道："你提醒那个学生了吗？"

"嗯，提醒了。"

"那就好，这不是身为巡视员应该做的事情吗？"

"可是那个学生后来把口香糖咽下去了，还说'哼，什么都没有啊'。"

一瞬间，小宫山眼周的皮肤微微抽动了一下，随即哈哈哈地笑出了声。

"这么说来不是已经解决了嘛，学校没有投诉的必要了，不是吗？"

织绘没底气地说："比方说，投诉'无故冤枉我们学校的学生'之类的……"

她勉强举出一个投诉的理由，好像巴不得事实就是这样似的。小宫山观察着织绘脸上表情的变化，说道："没有那回事。"

简明扼要地否定了织绘的怀疑后，小宫山敲了敲馆长室的门。

"请进。"里面传来的声音让织绘瞬间紧张起来。

打开门就看到一张长条状的木桌子，桌子前整齐地摆放着几把椅子。再往后还有一张宽大稳重的办公桌，桌上的书籍和文件堆成一座蚁穴般的小山峰，保持着绝妙的平衡，看起来就像是一件现代派的装置艺术作品。背对着书堆、坐在办公桌后面的男人抬起了头。长长的白色眉毛与细心修剪过的白色胡须相映成趣，展现出身为学者的风范。这个人就是馆长宝尾义英。

"我把早川带过来了。"小宫山带着一种好像请来了大人物一般的得意口吻说道。宝尾点点头，用眼神示意房间里的另一个人，那人已经坐在馆长面前了。

背对着织绘的人扭动着被剪裁得体的西装包裹住的身体，站起身来转向门的方向。织绘呆呆地站在门口无法动弹，这是个她从来没见过的中年男人。"啊啊，您来啦，幸会幸会。"男人连声说着，戴着银框眼镜的脸上堆满了笑意。

"请进，别客气。"在小宫山的催促下，还在门口发愣的织绘乖乖地走到馆长旁边，触到椅子边儿后不安地坐了下来。

"你就是早川吧，平时工作辛苦了。"

宝尾将健壮的上半身靠向桌子，对坐在自己旁边的织绘率先开口道。似乎是想缓和一下气氛，他显得非常平易近人。织绘很熟悉宝尾，但家在东京的宝尾一个月只来馆里两三次，即便来了也不会在展厅现身，不可能认识每个巡视员。因此，被馆长这个在织绘看来高不可攀的大人物如此亲切地搭话，织绘越发感到困惑不已。宝尾故意忽视织绘两颊发僵的窘态，以一种不知打哪里来的轻快语调说："今天特地在工作时间把你叫过来，是因为这位先生说想拜会一下你。"

织绘闻声抬起头，看向坐在自己左前方的男人。男人的脸上依旧挂着奇妙的笑容，他摸了摸上衣内侧的口袋，从中掏出名片夹，取出一张名片。

"不好意思，迟一步自我介绍，我叫高野。"

名片嗖地从平滑的木质桌子那端滑了过来，停在织绘视线下方。

晓星报社　东京总部文化事业部　部长　高野智之

织绘又抬头看向高野，高野再一次挤出笑容。他旁边的小宫山也面露困扰地笑了笑，半投降般地说："还是由我来解释一下吧。"

"高野先生率领晓星报社的文化事业部组织过多场文化活动，特别是大型美术展——"

"别看我这个样子，我可是稻门大学美术史专业毕业的哦。"高野插嘴道。用指尖顶着镜框把下滑的眼镜往上潇洒地一推，继续道："本来想考东大的，可惜没考上，所以在我眼里，宝尾老师一直是高不可攀的人上人啊……"

"哎呦，您别这么说，您现在可比小宫山赚得多多啦。"

宝尾插科打诨，高野和小宫山听了不约而同地露出微笑。织绘却还在云里雾里的状态，小宫山敏锐地发现了这一点，立马收起笑容，继续说明："不单晓星，所有报社和电视台的文化事业部都一样，会和日本国内的主要美术馆合作，联手策划、组织并实施巡回展或特别展，这些你知道吗？"

织绘轻轻点头，这样的运营方式她自然知道。

美术馆和媒体联手组织展览的运作方式是日本特有的现象。据说在美术馆还寥寥无几的时候，是报社最先开始作为主办方在百货商场的活动区举办展览。商场为吸引顾客而展出名画，报社为宣传和销售出面去借用名画。二战后，由报社主办的展览进一步扩大范围，不只限于商场，还转移到了如雨后春笋般出现的美术馆里。

"虽有班门弄斧之嫌，还请允许我稍微介绍一下我们的业务吧。"

客气一番后，高野进入了正题。

这是组织大型海外展时的惯用计谋。

假设要策划一次雷诺阿画展。雷诺阿在日本很受追捧，如果举办展览，肯定会有大批粉丝前来参观。然而，要把作品从海外展馆借过来，需要巨额资金做后盾。光运输费和保险费就得花费数亿日元。可当今日本的美术馆，尤其是国立、公立美术馆，都在以极少的预算维持运营，要为一个展览砸下数亿元简直是天方夜谭。而此时，媒体单位的文化事业部就派上用场了，他们基本上会承包展会所需的全部经费。

如果说晓星报社的文化事业部想在 A 公立美术馆举办一场雷诺阿展，那么从策划的制定、有关作品借贷的交涉和进出口，到展品目录和音频向导的制作，都要由晓星一手包办。同时，他们还要花费大量精力去找赞助商筹集资金。赞助商参与投资的目的是为了增加在媒体上的曝光率，事实上，有许多企业把艺术展赞助费计在广告宣传支出里。晓星就是这样获得大笔资金赞助的。此外，入场费半数以上，以及画展目录和纪念品的销售收益也基本全部流入他们的腰包。所以，像雷诺阿展这样，尽管经费数额庞大，但人气爆棚，靠入场费就能赚得盆满钵满，晓星这类媒体自然都愿意插上一脚，以获取甜头。而作为美术馆一方，媒体单位不仅承担了高额经费，还能让自己的策展员去海外知名美术馆进行交涉，与其建立良好的交流关系。说到底，两者就是互利共赢的关系。

这种日本所独有的办展形式，不，不仅如此，还有日本美术馆的历史与现状、组织与功能，织绘在进入美术馆之前都统统查了一遍。倒不是为了当策展员或经理人，只是第一次到美术馆工作，她觉得不管怎样都应该先了解一下再说。况且她本就对美术抱有无可救药的好奇心，来之前就把馆藏的所有作品查了个遍。

织绘对日本的美术馆了解到什么程度，在场的三个人自然无从知晓。高野似乎早已习惯讲解自己的工作内容，几乎不经大脑，滔滔不绝地说明着"报社和美术馆的关系"。期间小宫山会时不时应和，宝尾则一直紧抱双臂，一动不动。

"话说，"高野的说明终于告一段落时，小宫山瞅准时机开口了，"早川小姐，你认识一位叫提姆·布朗的先生吗？"

织绘瞬间紧抿嘴唇，凝视着小宫山。小宫山没有忽视她脸上慢慢浮现的吃惊神色，眼中泛起惊异的涟漪。

"你们果然认识啊。"

"啊，不……不认识。"织绘连连摇头，声音却变得有些异样，"不，我不认识他。"

"不可能不认识吧。"这次是高野难掩兴奋地说，"对方知道你呀，还说只要派你当交涉人，就把他们美术馆的珍宝出借给我们。"

高野的话化为一只冰冷的手，猛然探入织绘胸中，织绘觉得心脏仿佛被粗暴地捏住了一般，瞬间整个人都冻结成冰。

"好了，高野先生，心急吃不了热豆腐，她不过是个小小的巡视员而已呀。"宝尾插嘴道，随即又补充了一句，"——我们馆的。"然后他看向呆若木鸡、似乎连呼吸都忘了的织绘的侧脸，问道："我再问一遍，早川小姐，提姆·W.布朗，你认识吧？纽约现代美术馆的首席策展人。"

攥成一团、放在膝盖上的手微微一颤，织绘勉强挤出一丝声音。

"名字听说过……是位很有名的策展人……"

"确实如此。不过我觉得，作为日本地方美术馆的'一个小小的巡视员'，你知道他还挺稀奇的。他又不是歌手或演员，只是个策展人啊。有名倒确实有名，但仅在精通此行业的专家里有名，是小圈子里的名人。"

"早川织绘女士，恐怕你不仅仅是'一个小小的巡视员'吧？"小宫山像在审问犯人一般，步步紧逼，"难道你就是那个Orie Hayakawa？你的名字我早有耳闻。那时我还在上研究生，听说有位日本学者，以流畅的法语多次发表论文，是学院里众人热议的焦点人物。那是将近二十年前的事了，我都记不太清了。"

织绘低下头，嘴唇依然紧抿，并稍稍有些歪斜，就像一个犯了错误的人正在接受指责一般。

"听小宫山这么说我也想起来了，确实曾经有这么一个人。"

馆长叹了口气，以平静的口吻说："对不起，我特别让人事科的人调出你的简历看了看。巡视员招聘不必经我允许，除了策展员，普通员工的简历我既没时间也没兴趣看，你的简历本来我也看不到的……不管怎么说，我未经本人允许擅自查看你的简历，这涉及个人隐私问题，对此我表示诚挚的歉意。"

郑重其事地解释了一番后，馆长突然话锋一转。

"不过，那简历真是奇妙啊。"馆长直视着织绘的眼睛，继续说道，"你的简历上写着：一九五七年出生，一九七九年毕业于巴黎第四大学，一九九〇年到九五年在仓敷室内图书馆打工。不觉得省略得太夸张了吗？"

"虽然简历上没写专业，不过说到巴黎第四大学，也就是索邦大学，我们都很熟悉。那里可是法国水准最高的美术专业学府啊。"小宫山从正面目不转睛地盯着织绘，"简历里没提，不过你应该拥有博士学位吧。如果你就是那位震惊美术史论坛的 Orie Hayakawa——我记得，你好像创下了最短时间拿到博士学位的记录，是二十六岁就拿到了吧？"

"非常抱歉，为了查明你的身份，我拜托巴黎分社的人调查了索邦大学七九年毕业生名册。"高野也插了进来，"如果你就是我身边这两位记忆中的 Orie Hayakawa，那一定是那位二十六岁就获得了博士学位的天才。也就能说通为什么 MoMA 策展部的首席责任人提姆·布朗会对你感兴趣了——"

"等等。"织绘忍不住打断，这几个男人到底在说什么，"简历的事我没什么可说的，确实省略过头了。不过，巡视员的工作和是否有博士学位没关系吧？"

织绘终于抬起头，态度决然地说："从事美术研究已经是过去的事了，如今，我和……学术，已经没有任何关系了。"

三个男人互相对视，刚刚还很热闹的气氛瞬间变得死气沉沉。

晓星报社的高野首先恢复平静，说道："确实如此，早川小姐如今是和学术没有半点关系的小小巡视员……到刚才为止。"

他用力将镜框往上一推,挑衅地看着织绘。

"我们晓星报社文化事业部计划与东京国立现代美术馆合作举办一场大型画展,是有关,嗯……亨利·卢梭的。"

织绘的肩膀微微颤了颤。宝尾和小宫山就像搞动物实验的研究人员一样,关注着织绘的一举一动。

"除了日本国内的美术馆和个人收藏的卢梭作品以外,我们还打算征得海外美术馆的协助,举办一场规模浩大的回顾展。相关负责人有东京国立现代美术馆美术课课长川上尚先生、京都国立现代美术馆策展课课长隅谷顺哉先生和——"

"我。"小宫山兴奋地自荐,"对卢梭的研究我可不输国立派。还记得吗?我还就朴素派和超现实主义的关系在学会上发表过演讲呢,用的法语。当然……肯定比不上你。"

眼看着小宫山要重提旧事,宝尾赶忙笑呵呵地打圆场:"行了行了,知道你相当不甘心。"

"那……卢梭展览会,会巡回到……我们馆吗?"

终于转为提问方的织绘,声音有些颤抖。展厅不算大的大原美术馆迄今为止从未接办过大型巡回展。应该不可能吧,虽然心里这么想,织绘还是忍不住问出了口。

"我们也希望接办啊。"宝尾抱着胳膊回答,"不过大家都知道,咱们这里的展厅规模太小了。所以我们计划把馆藏的卢梭作品《巴黎郊外》借出去,小宫山将负责图鉴及解说的编辑和执笔工作。"

"哦……"织绘无精打采地回应道。

看到她的精神明显萎靡了下来,高野小声嘟囔道:"果然,你很有兴趣啊,虽说都是过去的事了,但在研究卢梭方面,还没有人做出像你那样的成绩呢。想知道还有哪些作品被列入展览名单吗？"

空气突然像紧绷的弦一样紧张起来。织绘的双手不自觉地用力抵在膝盖上。高野似乎在揣度织绘的心情，不慌不忙、一字一顿地列举作品名。

"收藏于奥赛美术馆的《战争》、收藏于毕加索美术馆的《在和平象征下对共和国表示敬意而来访的列国代表们》、收藏于巴塞尔美术馆的《激发诗人灵感的缪斯》、收藏于布拉格国立美术馆的《我自己·肖像＝风景》，还有收藏于纽约现代美术馆的——"

"《梦》。"

织绘的嘴无意识地开合了一次，从她嘴里飘出的作品名如微风一般拂过屏住呼吸的三个男人的耳畔。

"是的，《梦》。"高野探出上半身，重复了一遍。

《梦》（The Dream）——创作于一九一〇年，亨利·卢梭晚年代表作。

完成这幅大作时，画家已六十五岁。

在巴黎海关任入市税征税员多年，年逾四十才执起画笔。终生郁郁不得志，作品屡屡被揶揄、嘲笑为小孩子的涂鸦，卢梭就是这样一位画家。直到死后多年，他才被誉为"朴素派始祖"，赢得世人的爱戴和尊重。这位画家直到生命的最后一刻还在奋笔描绘的作品就是——《梦》。

仅仅吐出这个字，那梦幻般绚烂的画面便在织绘的脑海里复苏了，分毫不差、活灵活现。同时，画家亲自为这幅画作的诗也原封不动地浮现在眼前。

Yadwigha dans un beau rêve

S'étant endormie doucement

Entendait les sons d'une musette

Dont jouait un charmeur bien pensant.

Pendant que la lune reflète

Sur les fleuves [or fleurs], les arbres verdoyants,

Les fauves serpents prêtent l'oreille

Aux airs gais de l'instrument.

翻译出来就是：

雅德维嘉 恬静地睡去

落入那温柔、甜蜜的梦乡

她听到和善的耍蛇人

正吹着他的小芦笛

任花儿开到荼蘼 任叶儿流淌新绿

皎洁的月光在欢快地奔腾

当华美的乐曲翩翩响起

野蛮的赤练蛇也为之沉迷

"《梦》和卢梭的另一幅作品《沉睡的吉卜赛女郎》，都是MoMA最具人气的馆藏品。大量游客从世界各地涌到纽约、造访MoMA，大多是冲着毕加索的《亚威农的少女们》、梵高的《星空》，以及《梦》而来。为了不辜负一年将近两百万参观者的期待，这三幅作品几乎不外借，就像大门不出、二门不迈的深闺少女。"

高野将借到拥有世界级知名度、人气指数锐不可当的MoMA珍宝的难度形容得绘声绘色。

不论哪个国家，奥尔赛美术馆也好，波斯顿、泰特美术馆也好，只要是举办法国印象派以后的人气作品展，各个世界知名美术馆都会借出馆藏品。此外，大型国际巡回展期间，美术馆理事会、馆长和策展人之间的交流也会异常活跃。当然，在西方美术领域，日本的美术馆无论如何也无法站在平等的立场上。想借的作品数不胜数，可能用于交换的作品却寥寥无几。正因如此，想借到名画，主办展览的媒体就只好支付高额租金，除此之外别无他法。

而那些"大门不出、二门不迈"的作品，即便有人愿意支付高到离谱的租金，也很难把她们从深闺中拽出来。考虑到运输途中可能遇到的风险，大部分美术馆都会畏畏缩缩、犹豫不决。确实，他们比谁都惧怕独一无二的作品遭到破损或遗失。对他们来说，日本依然是"远东"地区，断然不会冒险把馆藏的宝贝借到这么远的地方。

不必听高野洋洋洒洒的解释，织绘心里一清二楚，即便是战争过去了五十年的今天，欧美和日本美术馆之间的实力之差也依旧没有任何改变。

要让强势的西方美术馆借出藏在深闺中的作品，除去强大的经济实力之外，还需要高超的谈判能力。这个小小的报社具备这样的能力吗？

"不过，意外的机会找上了门。不知道你们听没听说，MoMA从二〇〇二年春天开始要暂时闭馆一段时间——一直闭到二〇〇四年秋天。"

听到这里，织绘也猛然想起自己曾在美术杂志还是什么地方看到过相关报道。位于纽约曼哈顿五十三号的MoMA展览馆将进行重建，并决定启用日本建筑师负责。在此期间，美术馆将暂时搬到设在皇后区的临时画廊里——

"和其他海外美术馆一样，MoMA 在场馆建设期间也会把一批藏品打包外借，这正是《梦》现身的绝佳机会。"小宫山按耐不住地插嘴道。

策展人的职业评价决定了能借到怎样的作品参展。越是重磅作品，策展人的谈判能力和政治手腕就越能得到肯定。这对专攻朴素派的小宫山来说，正是千载难逢的机会。

"话虽如此，可盯着 MoMA 宝贝的可不只我们啊。这次除了卢梭以外，毕加索和梵高的作品也有可能借到，因此有些卑鄙的家伙试图借举办'MoMA 馆藏画展'的名义，想把包括卢梭在内的作品一揽子全部借出来。"宝尾依旧交抱双臂，皱着眉补充道。

"啊……"好像在电视上看到在遥远国家发生了惨剧一般，织绘发出气馁的叹息。

"我不能说具体是谁……反正就是都内的某个私立美术馆和某家报社，正在谋划。"

高野懊恼不已地扶了扶镜框，看来对手已经在为一举拿到全部宝贝开始有所动作了。

"不说全部，我们只要能拿到《梦》就行，其他的全都让给他们。真是的，那家报社也太不厚道了，听说他们正向 MoMA 申请，想把连带卢梭在内的珍贵藏品全部借出。

"是挣了大钱吗？居然想把所有藏品独吞掉，土财主也不会这么干啊！"高野恶狠狠地说。

"他们私下里已经和巴黎、巴塞尔和布拉格美术馆都谈妥了，现在只剩下纽约了……"

自言自语地咕哝了几句后，高野缓缓抬起头看向织绘，开口道："早川小姐，我们最后的王牌就是你了。"

织绘凝视着银框眼镜后面闪着光的双眼。听到现在,她还是完全搞不明白这些男人想让自己做什么。

"刚才我也提过了——理论上你应该很熟悉的MoMA首席策展人提姆·布朗,指名要你做此次策划的交涉人。"

瞬间,织绘忘记了呼吸。她像要确认什么似的,屏吸盯着高野的眼睛。

看,上钩了吧,你终究还是一个对研究卢梭比其他什么事都着迷的艺术学者嘛。眼镜后面的眼睛闪着愉快的光。

——虽然不知道她在哪里,现在在做什么,但肯定还在研究卢梭。她是我唯一相信的日本人,她才是研究亨利·卢梭的专家。

如果 Orie Hayakawa 担任此次策划的交涉人,MoMA 将会考虑借出《梦》。

纽约现代美术馆首席策展人提姆·布朗,是现代美术、尤其是研究亨利·卢梭领域的第一人,据说连 MoMA 的理事长和馆长都要敬其三分。他曾多次策划具有历史意义的展览,并对"现代艺术是什么?"这个古老而崭新的命题给出了新的定义。

他才是将卢梭作品捍卫到底、为作品永世流芳不惜付出一切代价的人。之所以这么说……

"早川小姐,你在听吗?"

耳边传来宝尾的声音,织绘回过神来,她抬起头看向前方,觉得视线像失焦了一般一片模糊,她甚至搞不清现在自己在哪里。

难以置信。时隔十七年,提姆……那个提姆·布朗,竟然以如此高的姿态再次出现在身为小小巡视员的自己面前。

"你可以去一趟纽约吗,早川小姐?越快越好,我们的对手已经在行动了。用你的力量,为我们把《梦》夺过来吧。"

有人在激动地说话,不过这个人是谁,此时的织绘已无法判断。

"咔嚓——",低沉的声音传到耳朵里。这是什么声音?啊,是盖子打开的声音。回到日本、生下真绘,这十六年时间里一直死死尘封起来的"潘多拉的盒子",就在这一刻,它的盖子被打开了。

第二章 梦
一九八三年 纽约

那封信就混在寄给提姆·布朗的堆积如山的广告中，散发着说不明、道不清的气息。

纽约现代美术馆的绘画·雕刻部门每天都能收到大量的邮寄广告，其中绝大多数来自美国各地的画廊。展览通告、艺术家新作的销售信息、艺术节、海报大甩卖，等等，要把这些一一过目，恐怕眨眼间就天黑了。而有交流关系的美术馆寄来的宴会邀请函则一眼就能看出来，因为它们都装在印有自身标志的信封里配送过来，自然不会被混在广告信件中，一同被扔掉。

也会收到来自 MoMA 支持者或收藏家的感谢信。这些信基本都不是寄给提姆的，而是寄给各部门策展部的特定策展人的，为了向他们在 MoMA 主办的中餐会或晚餐会上，就馆藏品或现代艺术所做的详细说明表示感谢。这类信大部分是白色或淡褐色的，刚古纸信封，不同于那堆邮寄广告，它们会被郑重地摆放在办公桌上。当然，绝大多数信封上写的收信人都是 MoMA 的当红部门——绘画·雕刻部——的首席策展人汤姆·布朗。

提姆·布朗曾在哈佛大学研究生院学习美术史，中途还去巴黎大学求学一年。可虽然拥有亮闪闪的硕士学位，工作了五年，现年三十岁的提姆依旧是个不起眼的策展助理。名字和直属老板汤姆·布朗仅有一字之差，地位和待遇却是天差地别。

汤姆虽然年仅四十四岁，接二连三负责的大型展会却已成为人们茶余饭后的热门话题，可以说已经成为引领 MoMA 大步向前的金牌策展人。为了赢得理事和收藏家夫人们的关注，即便在骄阳似火的盛夏,他都裹着一身气派十足的西装,并巧妙地利用自己那张娃娃脸,尽可能装出憨厚的样子。只要汤姆一天还在这个位子上,提姆就很难摆脱助理的身份,而只要还是助理,就永远不可能全权负责展览的策划。更可怜的是,和汤姆正好相反,提姆二十岁起就是一张别人看了会以为自己已经结婚生子了的成熟脸,有时和汤姆一同现身在美术馆,初次见面的人经常把身为助理的他错认成招牌策展人。每当这时,汤姆都会愉快地解释:"您弄反啦,我才是首席策展,他是助理。"而对方会立马夸张地感叹:"难以置信!您究竟是几岁当上首席策展人的呀!"每每此时,提姆都会被一种与失败感类似的、难以言喻的痛苦侵袭。

把寄给老板的广告邮件全部浏览一遍,选出可能有价值的展会通知,在老板上班之前把它们放到办公桌上——这项工作也属于提姆职责范畴。加上寄给他自己的广告邮件,每天能收到多达上百封。可从这上百封中发现有趣的展会通知,可就少之又少了。

八月八日,"ABC新闻"的天气预报显示全天晴朗,中央公园的气温达华氏九十五度①。难怪清早八点就听到从马路上传来"富豪雪糕"冰激凌车上播放的田园诗般的音乐。真是的,一大早就这么热,看来比起咖啡,冰激凌的销售增长要迅猛得多。

最近这五天,包括周末在内,提姆·布朗每天都比规定时间早一小时到岗。老板汤姆八月四日开始休两周的夏季假期,提姆自己也打算八月十日回老家西雅图待上一周。奈何老板临走前布置的工作量大得惊人,而在休假前他必须把这些事情全部处理完。早出晚归、周末加班是无能的人才会干的事,这在曼哈顿的精英圈子中已经成

---

① 即摄氏35℃。

为共识，但对提姆来说，离休假仅剩两天，现在可不是死要面子活受罪的时候。

提姆住的单身公寓位于东村，坐上地铁后只需二十分钟就能到公司，比起从新泽西州来的同事可要幸运得多。先是在一流大学——哈佛大学——攻读硕士学位，然后进入一流美术馆——MoMA——的策展部门工作，而自己研究的画家——亨利·卢梭——的代表作《梦》就收藏在该馆中，加上又能参加到将于后年举办的卢梭展的准备工作中——虽然只是以助理的身份，这一切的一切，和普通美国人平淡无奇的生活相比，提姆觉得自己受到了上天的眷顾。

从E号线"第五大道－五十三号"站下车，在如蒸笼般闷热的站内乘上直梯，经过漫无止尽的上升，终于来到被盛夏的太阳狠狠鞭笞着的五十三号大街。地铁出口边有个卖甜甜圈的流动小车，提姆在那里买了肉桂面包和纸杯咖啡。在到达美术馆职工入口前先把面包解决掉，然后乘坐地面上最缓慢的交通工具——直通办公室楼层的电梯，到达自己的办公桌边。一边啜着还剩一半的咖啡，一边甄选那一堆广告邮件。

在色彩俗丽、文字过于醒目、试图一瞬间就抓住人眼球的明信片中，混有一封奶油色的信。美术馆的理事或赞助人寄给老板的私人信件偶尔会误送到提姆的办公桌上，毕竟两个人的名字只有一字之差，送信人看错也是常有的事。单单瞥了一眼露出来的信封一角，提姆就知道这是寄给老板的。他毫不犹豫地拿起信。高级的纸质、优雅的设计，完全符合美术馆赞助人的来信特征，所有细节无一不在彰显这封信的收信人多么特别。提姆马上确认姓名。

纽约现代美术馆 绘画·雕刻部门 提姆·布朗先生

黑色墨水，讲究的打印体文字。提姆死死地盯着名字，仿佛要把信封盯出个洞来。不是汤姆·布朗，是提姆·布朗，没错，正是自己的名字。

一般来说，长方形信封的左上方都该印有寄信人住所、姓名或美术馆标识，不管是什么，总之是会表明寄信人身份的标记。然而，这封信的寄信人一栏却是空白的。

翻到背面，同样没发现寄信人的名字，也没有美术馆或团体名称。信的封口处有金色的封蜡，可以明显地看到上面有一个字母"B"。这个图章似乎在哪里见过。

——是谁呢？

难道是某个性情古怪的艺术家，或是形迹可疑的经销商？该不会是想申请给永无出头之日的策展助理提供捐款吧？提姆思绪万千，拿起小刀拆开了信封。一张被小心折起的乳白色便签出现在眼前。提姆啜了一口咖啡，打开便签。

您好，冒昧打扰了。我是瑞士巴赛尔、康拉特·拜勒财团理事长康拉特·拜勒的代理人，埃里克·孔茨。

在此，拜勒先生衷心邀请您——代表世界的策展人、明后年即将举办的"亨利·卢梭展"的策划人，前来本财团做客。

读到这里，提姆下意识地将视线从信上移开，就像浮到水面上濒死的鱼一般，仰天大喊："不是吧！"

——这是真的吗？不会吧，不可能，怎么可能呢？！

自问自答在脑海里回荡，感觉心脏的泵阀一下子全部打开，血液突突地冒出来，在全身打着转儿奔腾。提姆无意识地用左手使劲按住自己的胸口,担心再这么下去,心脏就要跳出胸膛,滚落出来了。

康拉特·拜勒。

这个名字人尽皆知,却没人亲眼见过其尊荣的神秘收藏家。拥有不计其数的印象派名画,但他到底拥有哪些作品,是个无人知晓的谜。有人说拜勒的大部分收藏是纳粹时期的画作,德国将那些画定义为"颓废艺术",他便借机从各国美术馆或收藏家手中掠夺过来了。这种煞有介事的说法自提姆做这行起就在听了,听得耳朵都生茧了,然而,所有的说法都太不着边际了,让他觉得不过都是谣言而已。

是什么时候的事来着?提姆和哈佛同学、现任大都会艺术博物馆策展助理的安东尼·特雷维莱一起吃饭的时候,谈论到了拜勒的话题。

"如果我能拿到拜勒的收藏名录,肯定立马就平步青云了啊。"说这句话时,安东尼一脸兴奋,仿佛在做一场美梦。随后他突然收起笑容,严肃地说:"万一真查明拜勒有哪些藏品,恐怕我们馆的理事会把所有作品都买下来,或是鼓动拜勒捐赠吧。"

提姆笑道:"拜勒可不会把自己的收藏拱手送给任何人。"

安东尼依旧表情凝重,反问道:"你以前能想象死海古卷①会在二十世纪被发现吗?"接着,这位朋友一本正经地说,"所谓传说,就是注定某天会突然变为现实的东西。"

如今就收到了一封"传说"的代理人寄来的"邀请信",这让提姆无比震惊。

---

① 死海古卷指一九四七年至一九五六年间,在死海西北基伯昆兰旷野的山洞里发现的古代文献,文献大约是公元前二、三世纪到公元七十年间写成的,这一发现被称为二十世纪最伟大的考古发现。

不过被邀请的对象当然不是自己，是汤姆·布朗。因为"代表世界的策展人、明后年即将举办的'亨利·卢梭展'的策划人"正是自己的老板。大概是一时失手打错了一个字母，或是将众多艺术类书籍和研究论文上的署名"汤姆·布朗"错看成"提姆·布朗"了。不管怎样，这封信一定是寄给汤姆的。

然而，不论出于何种失误，信封上的收信人终究是自己的名字，就算拆开读了也无可厚非。提姆再一次将视线移回到信上，匆匆继续读下去。

我们知道，在此次卢梭展上，您试图赋予现代绘画史和现代主义新的定义，并决心为巩固卢梭的价值而不懈努力。我们也知道您非常希望拜勒珍藏的名作能在此次展会上展出。因此，拜勒先生毅然决定，为您提供一次绝无仅有的机会。

"什么？"提姆再一次脱口惊呼。
——拜勒珍藏的名作？这到底在说什么？

劳烦您近期来一趟巴塞尔，亲自调查拜勒先生所拥有的卢梭作品。

时间是八月十一日到十七日，共七天。机票请自行购买，之后我们会支付您美元现金。停留巴塞尔期间的食宿及其他一切经费均由我们负责。

请您乘坐八月十日下午五点四十分由JFK国际机场出发，飞往苏黎世的美国航空六十四号航班。该飞机将在十一日上午七点三十分抵达苏黎世国际机场。出口处有人拿着带有"B"字记号的牌子迎接您。

　　此外，您无需回复此信。我深信，把亨利·卢梭看作比任何时代的任何艺术家都更伟大的同志——也就是您，到时候一定会出现在我们面前。

　　衷心期盼在巴塞尔与您相见。

康拉特·拜勒代理人
埃里克·孔茨

另附

　　该信件切勿外传。

　　一经确认该信内容被第三人知晓，我们将无法保障今后您在纽约现代美术馆的立场，望知悉。

* * *

　　随着七月的结束，开始休夏季假期的时节也渐渐临近了。

　　MoMA 的员工们依次休假。虽然两周左右的休假时间和欧洲美术馆的员工比起来要短很多，不过比起圣诞节或感恩节假期还是要长一些的。进入七月份后，每个人都开始心里发痒，脑袋里装的全是"假期"两个字。午餐时，员工食堂里"假期去哪里"的讨论声此起彼伏。被城市热岛效应熏得晕晕乎乎的脑袋里自动冒出汉普顿海滩的风景，并产生想要逃避现实的想法也是情有可原的。

　　当然，选择何时休假的优先权在领导。在提姆所在的部门里，统领整个部门的策展人汤姆·布朗有优先选择休假日期的权利。可他总是迟迟做不了决定，这已经是出了名的了。和其他纽约市民不同，他在挥汗如雨的盛夏时节也不会松开系在胸前的领带，总把工作排在休假前面。

只要他不决定休假时间，别的员工也无法休假。因此包括提姆在内，部里的二十名员工每年这个时候都伸长了脖子焦急地期盼老板快点提交休假申请。而到了午饭时间，"这个夏天汤姆会什么时候休假呢"，就成了老生常谈的话题。

这一年也同往年一样，汤姆还是迟迟不交休假申请，直到七月末，他才告诉提姆和其他员工，"我会从八月四日开始休息，假期两周"。提姆原打算从八月十日起，请一周假回老家西雅图去看看父母，于是把行程老老实实地汇报了上去。

"一周，不，严格来说我们有九天假期是重合的……不会有问题吧？"

汤姆突然摆出深思状。几个员工同时休假倒也不是不行，不过他还是希望在自己休假期间提姆能帮忙处理好堆积如山的工作。

"在我休假期间，有几个法国大学的研究员想来借几本文献，作为写卢梭展解说词的参考，你帮我处理一下。"

老板目前正为将于明年在巴黎大皇宫，后年在 MoMA 举办的亨利·卢梭展的准备工作而四处奔忙，身为助理的提姆也跟着忙得团团转。虽然老板口头上没说什么，但提姆能感觉到，他其实非常尊重大学时曾专门研究过卢梭的自己。虽然作品的选择、借出时的交涉、解说词的编写等重要而敏感的工作都由首席策展人负责，提姆无权插手，不过全世界现存的所有卢梭作品名单、相关文献、作品持有人、作品所在地和具体联系方法等，这些为启动并促进展会顺利进行而必备的基本资料，都由提姆一手准备。卢梭展策划案提出时，提姆刚成为汤姆的助理。提姆曾在学生时代仔细研究过卢梭，也许汤姆正是看中他这一点，想让他为卢梭展出力才录用他的吧。

汤姆在现代美术领域、尤其是作为研究巴勃罗·毕加索的学者闻名于世。在研究毕加索的过程中，他渐渐对毕加索所敬爱的卢梭也产生了兴趣，这也是很自然的。刚开始在MoMA工作，就被告知要准备卢梭展，提姆那时就好像听到自己被提拔为整个策划的负责人似的，乐得心都飞到了天上。事实上，返回位于东村的公寓途中，他完全不顾成年人的仪态，开心得一蹦一跳的。

那个时候，全世界范围内还从没举办过能对亨利·卢梭身为画家的价值起一锤定音作用的大型展览。虽然卢梭被誉为"朴素派始祖"，受到大众的喜爱，可有关他的评价仍未超越"星期日画家"的范畴。

有一则关于卢梭的轶事，非常有名。十九世纪末，卢梭首次发表作品的时候，为了一睹其拙劣得惊世骇俗的画风，人们一股脑儿涌到展出会场，把会场围得水泄不通。据说所有人站在卢梭的画前都捧腹大笑，原本应是艺术家们聚集的高雅场所却充斥着观看畸形秀般的热烈气氛。

对于卢梭的评价，直到画家去世七十多年后的今天也没有发生实质性的改变。评论家们无不带着些许恶意，认为他不过是个连远近法和明暗法都没学会，无知、蹩脚的星期日画家。而另一方面，他的出现又对毕加索和超现实主义造成了深远的影响。由此看来，如此孤高的他难道不是美术史上前无古人、后无来者的奇才吗？况且，万一他只是佯装"无知"呢？

在哈佛上学时，提姆就在为颠覆人们对卢梭的固有评价而不断战斗着。可一介学生，要在美术史学会上发声，他的能力终究是有限的。如果能在MoMA这样的世界级美术馆，由像汤姆这样全球知名的策展人策划一场展览，就有可能完全扭转世人对卢梭的评价。

单为达成这个目的,提姆就在心里暗暗发誓:"尽管来吧,管他什么工作我都要做到极致,我要成为汤姆最优秀的左膀右臂!"

就这样,提姆勤勤恳恳地工作了五年。为方便老板早点构思、执笔策划书,提姆收集到各种各样的文献。这项工作对他来说轻而易举。

"我料到您会这么说了。文献原件和论文复印件的借阅申请我事先都准备好了,其中七成已经联系得差不多了。"

"是吗……"汤姆绽开了笑容,"不过正值夏休时期,欧洲那边的反应比较迟缓,真正进入状态估计要等到九月份吧。总之,先把借阅文献的申请寄出去,应该就没什么问题了。"

"嗯,九月第二周的周一之前,我会把主要文献都借来,放到您的办公桌上。"

看到提姆主动提出任务完成期限,汤姆满意地点点头。虽然表面上十分严肃,提姆脑中一直紧绷的弦还是一下子松了下来。啊,就要休假了。提姆勉强重新上紧发条后缓缓开口:"您休假打算去哪里呢?"

"夏威夷的瓦胡岛,我的一个朋友在那里有座别墅,我打算好好休息一下。对了,关于我的去向你要保密哦,要是被威尔呀,索尼娅呀知道了,一个电话打过来,我就又得进入工作模式了。我休假的地点只准你和凯希知道。"

汤姆似乎不想让MoMA馆长威廉·德莱佛斯和理事长夫人索尼娅·贝克曼知道自己的行踪。只把所在地的电话号码告诉了秘书,且仅限紧急联络用。这是进入休假模式的汤姆的一贯做派。

"你要回西雅图?"

"嗯。"提姆回答,"遗憾哪,还是孤零零的一个人……"

提姆赶在"不和女朋友一起回去吗"这个问题从老板嘴里蹦出来之前,连忙补充道。

"还是一如既往啊。"汤姆笑着说。

你又好到哪里去呢,汤姆?你不是也没和艾琳——你的妻子一起度假吗?

还有,你要去的地方真的是瓦胡岛吗?

充满恶意的疑问突然涌上提姆的心头,当然,他并没有问出口。

长相年轻,故意扮嫩,再加上"当今最红策展人"的金字招牌,让汤姆吸引到大批美术馆女赞助人和女收藏家,不少人甚至在公开场合旁若无人地冲他抛媚眼。有传言说他在和大富豪的遗孀约会。为了从私人藏品中借到想借的作品,为了获得高额的赞助金,为了说服对方捐赠遗产,为了进一步巩固自己的地位——有时策展人必须周旋在喜欢就艺术话题高谈阔论的富豪太太们中间。掌握着财富的是她们的丈夫,但操纵着丈夫的却是她们,正所谓欲射将先射马。

策展人就像男艺伎一样。

提姆一边在日程表上记下老板和自己的休假日期,一边暗暗地叹了口气。

要漂漂亮亮地举办一场完美的展览,除了要具备艺术方面的相关知识和敏锐直觉之外,人际关系、谈判能力,甚至有时出卖色相都是必要的。倒不是肉体的色相,而是她们的丈夫和情人所不具备的知性魅力。

要是不能为展览发掘特别的作品,不能筹集到足够的资金,那么不管写出多少逻辑缜密的论文也没用。换句话说,要是没有能让贵妇为之疯狂的色相,就绝对无法成为一流的策展人。

各方面都被老板比下去的提姆在这点上更是没有任何自信。都三十岁了,却连能带回老家的女朋友都没有。这样下去你是当不了策展人的,还是说你是同性恋?——或许这才是老板真正想对自己说的。

提姆轻蔑地哼了一声。

多管闲事,要我当男艺伎,还不如把我杀了。

我要靠自己的实力取胜。当前的目标就是把"卢梭展"办得漂漂亮亮的!

展览的前期准备都是我一个人做的,要是没有我,老板连卢梭的作品到底有多少、分别在哪里都不知道呢。展会成功他必须得感谢我,至少也要把我推荐成部门策展人吧。

提姆在心里细细盘算着,不过越是反复琢磨,反而越清楚地意识到自己和老板在实力上存在着一道不可逾越的鸿沟。

要举办像亨利·卢梭展这种很难预测外界评价的大型画展其实是一场赌博。成功了,画家的评价会直线上升,作品的价值也会随之飙高。事实上,不仅拍卖会上该画家的作品会价格暴涨,举办该展览的美术馆和做策划的策展人的口碑也会随之飙升。相反,一旦失败,美术馆和策展人将一夜之间名誉扫地。"那个美术馆不怎么样嘛",听到这样的评价固然可怕,然而更可怕的是,若遭到理事会和赞助人无情的指责,今后再想筹措赞助金就是大问题了。

举办毕加索或莫奈展就要简单多了。虽然得负担保险、运输费等庞大的成本,但已经定性了的艺术家不用担心人气,赞助金和捐款也来得更容易一些。更何况人气高,售票收入也是非常可观的。成本高,相应的回报也大。所以世界各地的美术馆都争相举办人气超高的印象派·现代美术展,为了借到中意的作品,各个馆都卯足了劲儿,不停给其他美术馆或收藏家寄申请信。之所以说策展人需要人际关系、谈判能力,有时还得具备知性魅力,是因为如果无法从这场惨烈的作品争夺战中脱颖而出,就办不成理想的展览了。

从这点上,提姆也可以想象,像卢梭这种高风险的艺术家应该是被列在黑名单上的。可尽管如此,汤姆·布朗还是和法国国立美术馆协会谈判,并说服前怕狼后怕虎的理事会,最终促成展览的举办,这正说明他的手腕之高明。

汤姆·布朗是矗立在提姆面前的一座宏伟的高峰,每次抬头望去,除了叹息还是叹息。这,就是现实。

给提姆下达了几项工作指示后,八月四日,汤姆正式进入为期两周的假期。

虽然净是些无聊的零碎活儿,提姆还是决定要在八月十日休假之前把工作全部完成。

要得到老板的赏识只能这么干。为此,即便大早上就出门、晚上加班或周末赶工他也不介意。

写文献借阅申请,陪摄影师一起为即将在卢梭展上展出的两件MoMA馆藏大作——《沉睡的吉卜赛女郎》(*The Sleeping Gypsy*)和《梦》——拍照取样,给还处在交涉阶段的收藏家写信,陪同利用假期从各地赶来的MoMA的朋友参观,再有就是浏览、分类数量庞大的广告邮件以及整理来信——

八月九日,上午十点半。来不及买面包圈和咖啡,提姆就急匆匆地赶到员工入口。

"呀,早上好,提姆。怎么啦,今天早上比平时来得迟啊。"

入口处的保安比利拿出出入馆时间表说。员工或来访人员由入口入馆时必须把入馆时间和姓名填到表内,今天提姆却连签名都觉得烦躁不已。他尽可能镇定地回答:"昨晚太热了,怎么也睡不着,一直折腾到早上。"

"真是的,最近是怎么了,热成这样。不过你快休假了吧?哪里像我,还得磨到月底,真羡慕你啊。"

提姆客气地笑了笑,三步并作两步跨入馆内,然后跌跌撞撞地滑进就要关闭的电梯。不管情况多么紧急,这台电梯都不会改变它全世界最悠闲的速度。提姆耐着性子等电梯到三楼,以最快的速度冲进策展部。

"啊,你终于来啦,提姆,摄影师在摄影棚等了一个半小时了,还好几次打内线到藏品管理部,问你怎么还不来。"汤姆的秘书凯希一见到提姆就说。

"知道知道。"提姆不耐烦地回应。十一点开馆,只剩三十分钟了,必须抓紧。

今天要在美术馆开馆之前拍摄卢梭的两件作品,这也是汤姆在电话留言里提到的重要工作之一。MoMA的所有藏品都有照片留底,但卢梭作品的照片是很久以前拍的,如今胶卷已经劣化,所以馆里决定重新拍摄。

放在常设展厅的两件大作——《沉睡的吉卜赛女郎》和《梦》,会由四名管理人员从馆内搬到摄影棚,再由专门负责拍摄美术作品的摄影师拍照,开馆前再放回原位。这一系列工作须由策展部员工负责监督。本来九点开始拍,两个小时足够了,谁料自己竟然迟到了。

并非晚上太热睡不着,而是上班前提姆先去了趟旅行社。

昨天,有一封信送到了提姆的手上,从里面他分明读出了"命运"两个字。不可思议,也没有任何犹豫。

只能去。"

提姆马上给旅行社打了电话。得到的回答是，八月十日下午五点四十分，由JFK国际机场出发飞往苏黎世的美国航空六十四号班机"目前预定已满"。提姆没有任何怨言地申请了"等待取消通知"，之后他给母亲打电话，说因为临时有工作无法回家。母亲虽觉得遗憾，不过优秀的儿子能在一流的美术馆工作，对她来说没有比这更引以为豪的事了，因此理所当然地接受了。

挂断电话、打开办公桌抽屉，提姆拿出一个文件夹，里面装有迄今为止已知的亨利·卢梭署名的全部作品列表，他哗哗地翻阅着。作品按年代排列，写明了题目、制作年月、材料、尺寸、持有人、所在地和流转经历。

提姆核对了目前存于巴塞尔的作品，巴塞尔美术馆和私人收藏家手上有几件，所在地都得到了确认。不过，康拉特·拜勒的收藏当然不在这份列表上。

"拜勒手里有亨利·卢梭的名作，想请您前来调查——"信里这么写着。

卢梭虽然创作了大量的作品，生前却一直郁郁不得志，直到从人生舞台上凄凉谢幕。所以作品大多四处流散，不知所踪。目前已确认的作品有两百件，其中很多幅幼稚到连专家看了都会怀疑"这真的不是小孩子的恶作剧吗"，此外真假难判的也不少。也许是借着即将在巴黎和纽约举办大型展览的东风，最近国际美术史学会再次围绕其作品真假和价值问题引发热烈讨论。亨利·卢梭，这个谜样的画家确实越来越受到世人的瞩目。

如果那位传说中的收藏家收藏的"名作"是卢梭的真迹，将无疑是个惊天大发现。

而且，如果能把那幅"名作"成功借到这次的展览会上……

提姆不由地吞了口口水。

我的职务前面的"助理"两个字将消失。

不过，拜勒邀请的是汤姆·布朗，看到助理大摇大摆地出现在眼前，他会不会心脏病发作？

不，搞错名字的是他，我只要镇定自若地去就行了，被发现就被发现吧，到时候再说。

如此千载难逢的机会，怎么能眼睁睁地看着它溜走？

提姆就这样飘飘忽忽、坐立难安地度过了一天。就像要和从未谋面的恋人见面一样，升腾而出的期待感麻痹了他的身体。这种心情自出生以来他还是第一次感受到。

不知为什么，他完全没想过那封信可能只是一个恶意的玩笑或者谎言。他甚至觉得被人骗到苏黎世也无所谓，就当成一场美梦好了。那感觉就像盲目地陷入一场热恋。

可直到傍晚五点还没接到旅行社的联络。提姆决定明天再等一天。要是还买不到机票，就只能感叹自己命该如此吧。

下午五点五十五分，办公室的电话响了，是旅行社打来的。听到"在临下班时终于空出了一个座位"的消息时，提姆不由地挥起拳头欢呼。准备回家的同事看到他的样子，都缩起肩偷偷地笑了。

此时，正赶往摄影棚的提姆的夹克衫内侧口袋里就塞着今天早上刚拿到的机票。名副其实的"恋爱单程票"。去了之后会发生什么难以预料，但只有一个选择——去。

摄影棚里，摄影师罗兰·尼克尔森、修复师阿斯特拉德·德沃和几个员工正站在作品前谈笑风生。

"嗨，罗兰，抱歉久等了，刚才突然有点事耽误了。"

提姆气喘吁吁地赶到后，握住了罗兰的手。提姆之前因拍摄作品和罗兰有过几面之缘，两人关系不错，不仔细解释迟到的原因也不会显得失礼。

"没经你许可我们已经拍了。阿斯特拉德一直催着说'没时间了，先拍吧先拍吧'。"

反倒是罗兰辩解了。馆内有个规矩，不管是移动还是拍摄作品，都必须在策展部的监督下进行，不过今天没办法要求那么多了。

"是吗，阿斯特拉德？如果是你监督的话，应该没问题。"

"有问题。"阿斯特拉德的语气稍有点强硬，"要在策展部的监督下才能移动作品是咱们馆的规矩，可开馆之前若不把作品搬回原处，将会造成很大的麻烦。所以我们只好硬着头皮干了，汤姆要是知道了肯定会发火。"

被这么一提醒，提姆顿时感到头皮发麻。开玩笑，怎么能因为这么点小事挡住自己出人头地的脚步。

"不好意思，阿斯特拉德，假期结束后我请你吃饭，这事可千万别告诉汤姆。"

提姆凑到正在一旁监督撤画准备工作的阿斯特拉德身边，贴着她的耳朵悄悄说道。后者直直地盯着提姆，叹了口气说："好吧。"

"不过我有个条件。"

果然，难道要我在绿苑酒廊那样的高级餐厅请客？

"到时候把汤姆也叫上，可以吗？"

提姆眨巴眨巴眼睛，阿斯特拉德那水汪汪的眼睛正瞪着他。

"这样啊……"提姆含糊其辞。

"对，这样。"阿斯特拉德语气强硬。

"可以搬了吗？"这时有工作人员问，看来准备工作已经就绪了。

"啊，稍等。"阿斯特拉德大喊一声，回头看向提姆，"你来一下，给你看个地方，是新发现哦。"

提姆跟着阿斯特拉德一起靠到作品前。

画上轻轻地盖着一块布。

"可以把布取下来吗？"阿斯特拉德说，两个工作人员马上手脚麻利地拿下了布。

布轻飘飘地滑落到地上，仿佛一位绝世美女宽衣解带，将优美的裸体展现在世人眼前。画作身披霞光，翩然现身。

亨利·卢梭，一九一〇年——晚年的杰作，《梦》。

这幅画是二十世纪美术荒漠中一片奇迹般的绿洲，也是引发一场舆论风暴的台风中心。

画中的舞台是一片密林。夜幕初降，天空还残留着些许浅蓝色，四下寂静无声。右首边，一轮皎洁的明月正缓缓升起，是像镜子一样光亮的满月。

沐浴着月光的密林里，郁郁葱葱的热带植物遮天蔽日、密不透风。不知名的异国花朵开得正艳，仿佛马上就要掉下来似的、熟透了的果实飘着甜甜的清香。凉飕飕的空气里弥漫着湿气，不知何处潜伏着危险的动物，它们的眼睛如小小的宝石一般，发出明艳的光彩。

忽远、忽近，飘来芦笛的声音——黑色皮肤的异乡人吹奏着乐曲，有隐隐的悲伤和缱绻柔情，侧耳倾听，仿佛整个人都会为此沉醉，被那深邃、安静的旋律带到遥远的彼方。

恬静的月光、芬芳的果实，但狮子的目光和异乡人的笛声打断了一个人的美梦，她正从睡梦中苏醒过来——长着一头栗色长发的裸体女人。

她所躺着的红色天鹅绒长椅像是荡漾在梦境与现实之间的方舟。苏醒了的女人是否还在梦中,亦或这就是现实?

女人缓缓地支起上半身,表情严肃地抬起左手,小心翼翼地指向前方。她所指的方向、盯着的地方,或许……不,是肯定有什么——

初次看到这幅作品时的惊讶和兴奋,提姆到现在还记得清清楚楚。

那时他十岁,随父母来纽约旅行时邂逅了它,就在这里,在MoMA。

第一眼看到它,提姆就觉得仿佛有电流在全身游走,再也无法动弹了。好像被施了魔法,少年提姆死死地盯着作品,忘却了一切,失了神一般。

看着看着,美术馆的灯光熄灭了,周围的嘈杂声也听不到了。少年鼓起勇气朝密林踏出一步。无论如何他都想问,问问画中的女人,你想倾诉什么,你所指着的是什么。

为什么那么悲伤?

提姆开口轻声问道。女人并没有哭,也没有特别表现出哀伤的神情,但也没有笑。这个女人正在为什么事而悲伤,她感到寂寞,难以承受。提姆想帮助她。

女人没有回答,只是沉默着指着前方。到底为什么?少年的胸口涌上一股甜甜的痛楚。

等回过神来时,提姆发现自己周围坐着很多同龄、或比自己更小的男孩女孩。他大吃一惊,不安地四处张望。前面站着个男人,对提姆微微一笑,开口道:"大家看到了吗?画这幅画的是亨利·卢梭,法国的画家。这幅作品的名字叫《梦》,可到底是谁的梦呢?是卢梭做的梦,还是这个女人的梦,大家是怎么想的?这幅画所描绘的场景到底在哪里？是原始丛林，还是乐园？"

从那天开始，少年提姆便仿佛着了魔似的开始追逐，追逐《梦》，追逐亨利·卢梭这个画家，追逐和卢梭同一时期的艺术家，追逐二十世纪的美术。

如果这幅画的名字不是"梦"，而是其他的，比方说"密林"、"狮子女"或是"幻想"，自己的兴趣就可能转向别的方面了吧。比如棒球、摇滚，或者女孩们。然而，从那天开始，他就不可救药地陷了进去，陷进了卢梭所创造的"梦的世界"。

至今为止到底多少次近距离地欣赏过这幅画了呢？又有多少次徘徊在这幅作品所展现的世界里呢？可即便如此，每次提姆与它对视，初次邂逅时的惊讶和兴奋都会瞬间复苏。

看到提姆看得入了神，阿斯特拉德说道："这里，雅德维嘉的左手食指附近，唯独这里，色调有点不一样。"

画面左下方有一个横躺在长椅上的女人——卢梭称她为"雅德维嘉"——她正支起上半身，左手伸向旁边，仿佛指着什么。阿斯特拉德啪地打开笔式手电筒，照着雅德维嘉食指的指尖位置。提姆凝神看去。

那里的颜料微微隆起，不过卢梭本来就有多次上色的习惯，所以这并没什么奇怪的地方。

"应该是描过吧，可能开始没画好。"

听到提姆这么说，阿斯特拉德重重地叹了口气。

"有怀疑就要去调查，如果连策展人都不去怀疑，作品维护人员的工作怎么展开呢？我什么时候都方便，你可以随时找我做 X 射线检查。"

意想不到地被教训了一番，提姆不由得笑了。

"很遗憾，没有那个必要，又不涉及真假验证，这是真真正正的卢梭的真迹。X射线检查费力又烧钱，再说了，我们该怎么向洛克菲勒家族解释？'你们竟然怀疑我们家捐赠的作品'，绝对会被骂死的。"

该作品是一九五四年，当时MoMA的理事长、亿万富翁尼尔森·洛克菲勒捐赠的。如今要做X射线检查，就等于昭告天下洛克菲勒家族有信用问题。

自己的建议遭到反对了，阿斯特拉德显得有些不满。

"行了，盖上吧，搬回展厅。"

工作人员重新把布盖好，生动的画面眨眼间消失在白色的布中。

两个人把画搬到带滑轮的大货盘上，固定好后，由三个人分别从前面、后面和背面支撑着作品，第四个人则支着货盘，慢慢地运向展厅。跟在后面的提姆脑海里突然蹦出一个想法。

雅德维嘉的指尖。会不会并不是指着什么，而是原本捏着什么东西。

而因为某种原因，卢梭把它改了——

《梦》，是一幅充满谜团的作品。

为什么是密林？为什么女人要裸身躺在长椅上？她的指尖指向何方？还有，被卢梭称为"雅德维嘉"的女人到底是谁？

尽管迄今为止讨论过无数次，但关于这几个问题，一直没能得到解答。

只要进行X射线检查，里面的秘密就会水落石出，然而不能这么做。

不能。自己没有那么大的权限。

那只是一个梦，爬到一定的位置，然后随心所欲地去调查自己想调查的有关卢梭作品的一切,那是白日梦里的白日梦。

提姆偷偷摸了摸夹克内侧,指尖传来细长纸条的触感。

去往苏黎世的单程票,那不是梦。他的额头渗出一层细细的汗珠。

是的,这不是梦,是像梦一样的,现实。

第三章　秘宝

一九八三年　巴塞尔

"各位乘客，本次航班即将抵达苏黎世国际机场。"——空姐的播报声从耳机里传出，一副例行公事的口吻。将头卡在座椅靠背和机舱壁之间的缝隙里睡觉的提姆，取下一直塞着的耳机，朦朦胧胧地睁开眼睛。

一时间，他没反应过来自己在哪里，于是打开了遮光板。下方是一道道黑压压的悬崖峭壁。

对了，是去苏黎世。虽然不知道到了苏黎世后该怎么走，但反正是会被带到藏有传说中的名画的地方。

提姆从搭在扶手上的麻布外套——这是他最高级的一件衣服了——的内侧口袋中取出信封——奶油色的高级纸。收信人处清晰地印着"提姆·布朗先生"。这三天，他已经翻来覆去不知看了多少遍收信人处的名字了。

正是受到这封信的召唤，他现在才坐在这架飞机上。

收信人处确实印着自己的名字，但拼错了一个字母，这封信恐怕本该是要寄给提姆的老板汤姆·布朗的。寄信人是传说中的收藏家康拉特·拜勒的代理人。内容则是请他前来调查拜勒手中持有的亨利·卢梭名作。

也许这只是个充满恶意的玩笑，为了戏弄世界最著名美术馆、纽约现代美术馆的招牌策展人。然而，对提姆来说，那只是百分之一的可能，他选择百分之九十九地相信这封信。而且，为了一窥所谓的"传说"，提姆已经做好竭尽全力假扮MoMA绘画·雕刻部首席策展人汤姆·布朗的心理准备。下定决心的那一刻，他突然明白，这五年来自己为什么心甘情愿像影子一样跟随着老板，费尽心思地揣摩他的所有心思，默默无闻地为后年即将在MoMA举办的卢梭展策划案铺路了。

一切都是为了今天。

为了能触摸到被誉为二十世纪秘宝的拜勒的藏品，特别是，为了亲眼目睹亨利·卢梭尚不为人所知的名作，为了把这幅作品作为超级压轴作请到美术馆即将举办的亨利·卢梭展上。还有，更为了靠这一功绩，把自己头上"助理策展人"中的"助理"两个字摘掉——

在安全带信号灯点亮之前，提姆去了趟洗手间，用随身携带的剃须刀把胡子刮干净，又用发油将深棕色的头发梳成整齐的一缕一缕。虽然曾为自己二十岁就开始变白的头发，以及略显老态的容貌烦恼不已，但此刻，他却打心眼里对母亲产生感激之情，感谢她生下了这样的自己。

来年的夏季假期，或许自己已经一举成为"策展人"，荣归故里，让母亲乐开花。

看着镜子里松弛下来的脸颊，提姆下意识地轻拍了两下。

现在就自大还为时过早，好戏才刚刚开始。

八月十一日上午七点三十分，美国航空六十四号航班在苏黎世机场准点着陆。麻布外套配白色棉质裤子，可汗鞋擦得锃亮，将雷朋太阳镜轻轻架到额头上后，提姆挺起胸、迈着轻快的步伐走出接机口。在"著名美术馆首席策展人"威风凛凛地挺起的胸膛里，一颗和普通人一样大小——可能比普通人还小的心脏早已跳得乱了节奏。

贼眉鼠眼地四下张望会显得很可疑，要优雅、淡定地四处眺望。信上说会有一个人拿着写有"B"的标志牌来接自己。接机口的栏杆周围站满了举着人名或酒店名牌的接机人。提姆一边慢慢地走过通向机场大厅的过道,一边迅速而谨慎地挨个看过牌子。栏杆附近没有类似的牌子,他又举目环视大厅,也没有发现"B"。

无限膨胀的期待瞬间萎靡。提姆收回勉强挺起的胸膛,觉得自己好像一个破了洞的救生圈。

果然是恶作剧吗?

刚冒出这个念头,一个静静伫立在出口附近的黑衣男子便进入了提姆的视线。男人手里拿着一张小小的纸片。提姆定睛看去。

奶油色的纸质感优良,上面有金色的封蜡。提姆倒吸了一口气,连忙摸向外套内侧的口袋。那封信的背面有相同的封蜡。

提姆不由地咽了下口水。这哪是标志牌,明明只是一张纸片而已嘛,他在心里暗暗地抱怨,大步走向出口。来到男人面前后,他一言不发地拿出信封,男人看到后立马把纸片塞到外套的内侧口袋里。提姆见状也马上把信封装进了自己的口袋。

"您是布朗先生吧?"男人用夹杂着德国腔的英语低声询问。

"嗯。"提姆的声音也不由得低了下去,"我是布朗,纽约现代美术馆的。"

提姆故意没说全名,男人似乎也不在意,指着外面说:"这边请。"

提姆沉默地跟在男人身后,再一次挺起胸膛,威风凛凛,像个大人物似的。

"请在这里稍等。"

男人把提姆留在候车处,去了别的地方。大概是去停车场开车去了吧,这么说来,这个人应该是拜勒的司机。

心跳再一次变快。该不会被拉到一个可怕的地方,这辈子再也回不了纽约了吧?不不,怎么可能,又不是雷蒙德·钱德勒的小说。

提姆时而抱起双臂,时而急切地踱来踱去,坐立不安地等着车子的到来。从男人瞬间收起印有"B"字封蜡的纸片,并故意压低声音讲话的迹象来看,果然拜勒不想让此次邀请被外界所知啊。也难怪,全世界的艺术品经销商和拍卖行都盯着他的宝贝呢,要是知道拜勒在委托MoMA的策展人调查尚不为人所知的卢梭的作品,卢梭的其他作品的价格便会受此影响,被哄抬上去吧。

车从停车场开到这里只需五分钟,可这五分钟却漫长得难以忍受。提姆看看手表,发现还是纽约时间,于是抬头看向出入口附近的钟塔,打算矫正时间。就在这一瞬间,他的视线碰上了站在钟塔下面的一个陌生女人的视线。

提姆下意识转向一边,却还是能感觉到对方灼热的目光,于是他再次朝女人的方向瞥了一眼。果然,她一动不动地盯着自己,身材苗条高挑,穿一身白色麻布收腰西装,一头浓密的深栗色长发像波浪一样微微卷曲,被风吹佛得轻轻晃动。五官深邃,像是西欧人。两人的视线重合了短短几秒,随后女人冷冷地转过头,那张侧脸好像在哪里见过。

这一瞬间,提姆觉得浑身冷飕飕的。她会不会是艺术家、或MoMA某理事的秘书,或者艺术界的相关人士?就算我不认识她,她也有可能认识我。啊,那不是整天跟在汤姆·布朗身后走来走去的助理吗?要是被她戳穿,自己可就真的玩完了。

就在提姆提心吊胆的时候,一辆黑色轿车悄然滑到面前,是一辆被擦得能清楚映出人影的凯迪拉克。刚才那个男人动作麻利地钻出轿车,手法娴熟地拉开后车门。提姆顺势钻进车内,身子靠在皮制座椅上时,他才总算松了口气。

用美国总统偏爱的豪车来接人,排场可真不小啊。

车子从启动到出发一气呵成，然后如离弦的箭一般向前冲去。提姆回头望向钟塔，那个女人早已不见了踪影。

坐在豪车上的兴奋感让提姆两秒钟内就把刚刚和陌生女人对视的事忘得一干二净了。迄今为止，只在陪汤姆去 MoMA 理事的宅邸参加聚会时有幸坐过一次凯迪拉克，提姆禁不住感叹，舒适度果然和出租车不是一个级别的。在老家西雅图，提姆有一辆二手丰田车，要是考虑到耗油问题，日本车确实是最划算的。有钱人的座驾简直就像鲸鱼吞虾米，吃油吃得太凶了。

车子驶上高速，穿过一片片绿意盎然的村落，不断加速。提姆看到了"往巴塞尔方向"的标志牌，看来和卢梭名作的会面并不会发生在日内瓦某个私人银行的保税仓库里。

全世界的收藏家大多把仅次于自身性命的宝贝藏品寄存在瑞士日内瓦的保税仓库，放在那里不仅可以免除关税，还不必向海关官员申报作品的价值，顾客的秘密因此得到了严格保护，这正是瑞士私人银行铁打不动的规则。在那堪比军事设施级别的最高机密仓库里，沉睡着无数鲜少被世人看过的名画。

兴许卢梭的巨作平时也存放在日内瓦的保税仓库里，提姆想。

然而，现在它已被运到我即将抵达的地方，在那里静静地等着我的到来。

我，只有我一个人，可以尽情地观赏它，贪婪地凝视它，为所欲为地研究它。

这一瞬间，一种难以言喻的快感窜过提姆的大脑，这才是收藏家独霸名画的心理动机吧。

策展人既钟情于作品或艺术家，又要向观赏者展出作品，并为加深他们对艺术家的理解而不懈地努力。即便深入地研究了某位画家的某幅作品，那幅作品也永远不可能成为他自己的东西。实话说，提姆一直无法想象拥有一幅名画是怎样的心情。

无论把卢梭挖掘得多深，无论被拖入《梦》的世界多远，提姆都不曾萌生要把它占为己有的念头。和世上的大多数人一样，提姆也不属于"易触发人种"，即和名画邂逅的瞬间，某个开关就咔嚓一声被触发的人，这个"开关"就是想要"占为己有"的欲望。

即便放眼世界，"易触发"人群也并不多见，然而自古以来就是这些人掌握着名画的命运。某个收藏家成为某著名美术馆的理事，然后捐赠出收藏品，赢得美誉，他的名牌将被挂在美术馆的大厅里，永垂不朽。某个收藏家费劲千辛万苦入手一幅画，厌倦以后便转卖出手，又去购买新的作品。而某个收藏家坚信众乐乐不如独乐乐，将作品装在卧室里，和它同床共枕……

拜勒到底是哪种带有"易触发"开关的人呢？恐怕没有当美术馆理事或四处转卖名画的"易触发"开关吧。

汽车终于驶入巴塞尔市内。进入市内繁华地带，一座座历史悠久的建筑保持着昔日的风姿矗立在风中，据说最古老的一幢建于十四世纪。整座城市因这些建筑而极富情调、极其优雅。

提姆欣赏着车窗外不断后退的街景，想起自己第一次来巴塞尔时的情景。那是一段略带感伤和苦涩的青春记忆。

在巴黎留学时，提姆曾来参观过一次"艺术·巴塞尔"艺术节。每年六月，这里都会举行全世界规模最大的艺术节，届时全世界各地的美术馆都会摩拳擦掌，把自家珍藏的艺术品或想要出手的作品陈列出来。艺术节从一九七〇年开始举办，如今已经是世界美术市场的风向标之一。

那是八年前的事了。随着夏季进入尾声,提姆的留学之旅也将结束。就在即将返回哈佛的那年六月,提姆当时交往的学法国近代文学的女孩问:"要不要一起去'艺术·巴塞尔'呢?"于是他来到了这个城市。表面上,这是一次以看画展为借口的美妙的外宿约会,实则提姆另有打算。

巴塞尔有一个全世界最古老的公立美术馆——巴塞尔美术馆,创立于十七世纪的巴塞尔美术馆里收藏着亨利·卢梭的名作。回美国前无论如何都要去看一眼——这一愿望超越了对艺术节的好奇、超越了和女友约会的甜蜜,成为吸引提姆来到这个城市的最主要原因。

为了在去艺术节之前先看一眼收藏在巴塞尔美术馆的卢梭作品,提姆和女友约好"就看一小会儿",便提前去了美术馆。不出所料,和以往一样,在那里他又完全沉醉到了画的世界。

在卢梭众多的肖像画中,最为杰出的名作之一便是《激发诗人灵感的缪斯》(*Muse Inspiring the Poet*)。那是一九〇九年,卢梭去世前一年创作的作品。当时,这位不幸的艺术家正在极度贫寒中挣扎,被诗人纪尧姆·阿波利奈尔和他的画家恋人玛丽·洛朗桑[①]发现,平时就愿尽可能伸出援助之手的年轻诗人阿波利奈尔以三百法郎买下了这幅画。

关于这幅作品,坊间流传着好几则趣闻。据说为了准确画出友人的肖像,卢梭曾拿卷尺量遍摆着姿势的阿波利奈尔全身,连眼睛、鼻子和嘴巴的长度都量了个遍。或许正因如此,画中阿波利奈尔的

[①]纪尧姆·阿波利奈尔(Guillaume Apollinaire, 1880–1918),法国诗人,剧作家,艺术评论家,超现实主义的先驱之一。与毕加索、格特鲁德·斯坦、马塞尔·杜尚等很多文学家、艺术家是好友。从一九〇七年到一九一三年,阿波利奈尔与法国画家玛丽·洛朗桑(Marie Laurencin, 1883–1956)一起生活,这段浪漫的情人关系给二人带来了许多艺术上的启迪。

动作显得颇不自然，可也正是这略显生硬的站姿，反而使诗人的容貌看起来多了些温润感。两人面前绽放着一排可爱的香石竹。据说卢梭最初把花错画成了桂竹香，想到象征诗人的花必须是香石竹，卢梭决定"再来一次"，于是以同样的构图重新画了一张。那幅画着桂竹香的"失败之作"现被收藏在莫斯科的普希金美术馆中。决不能涂涂改改敷衍了事——这则轶事将卢梭的严谨认真态度展现得淋漓尽致。

虽说不知在画册上看过多少次了，但真正见到真迹还是第一次。看着恨不得把整个脑袋都扎进画里的提姆，女友不满地嚷道："不过是一个星期日画家，有必要看得那么入迷吗？"

怒气一下子蹿了上来，两人在馆内激烈地争吵起来。被旁边的女巡视员提醒后，女友怒气冲冲地回去了，不是回酒店，而是打包行李回了巴黎。就这样，两人一拍两散，恋情再也没了下文。

然而，伤心的提姆第二天又一次来到巴塞尔美术馆，站在和前一天同样的位置，贪婪地凝视着卢梭的作品。前一天提醒过二人的女巡视员见此情景，不禁轻声说："我当了这么多年巡视员，还是第一次见到比我们盯作品盯得还死的人。"

就在那个时候，提姆忽然意识到了。自己根本不适合当研究员或评论员，不适合当把作品远远抛在一边而高谈阔论的专家，做一份能一直凝视着自己喜欢的作品、能在离作品很近的地方呼吸的工作就好。这份工作就是收藏家。不，或许应该是巡视员。总之不是策展人。

不顾提姆的思绪飞扬，轿车已驶入宽阔的庭园。提姆打开车窗，早晨清凉的空气扑面而来，带着一股针叶林里的泛着绿意的清香。

汽车缓缓停下,有人从外面打开车门。一位身穿黑色夹克、领带打得一丝不苟的男人站在外面。提姆从后座上起身下车。

"欢迎光临,布朗先生。"

男人操着和司机一样带有德国口音的英语说道,声音浑厚而低沉。

"您好。"提姆简短地回应,向男人伸出右手。

"我是管家修那曾,需要跟您握手的那位先生已在屋内守候多时,这边请。"

男人面无表情地说完就转过身,从门廊走进玄关。提姆已伸出的右手尴尬地僵在那儿,一时无法收回。看着自称修那曾的管家的背影消失在宅邸的阴影中,提姆抬起头,惊得张大了嘴巴。这简直是一座城堡!活到现在,提姆从未见过规模如此宏大的石造豪宅。

从石头的堆砌方式和窗户的形状来看,应该是十八世纪的建筑样式。庭院里的绿植长得郁郁葱葱,有的树木甚至长到了屋顶那么高。人人都知道曼哈顿的亿万富翁住在哪些高级住宅区里,但和这里比起来,那些高级公寓只能称为还算整洁的鸟笼。

玄关深处,水晶吊灯的亮光甚至照到了外面,微微闪烁着,提姆眯起了眼睛。

只要踏进这个房间一步,就无法再回头了——你做好准备了吗?

提姆对自己内心的声音用力地点点头,双眼凝视着水晶吊灯晶莹的光辉。然后,如同被吸进去一般,一步步朝着那光辉迈进。

房间在宅邸深处。

跟随着修那曾的指引,穿过几道门,提姆向越来越暗的宅邸深处走去。房子比想象中还要大,几乎能与巴塞尔美术馆媲美。这里过去应该是王侯贵族的宅邸吧。

走廊的墙壁上悬挂着古老的壁毯，放眼望去，四处置满了家具，每经过一处，提姆都能敏感地估计出它的价值。壁毯里有中世纪的样式，家具里有路易十四时期的设计，这里简直就是个装饰艺术美术馆啊，提姆在心中惊叹。在抵达那个人所在的房间之前，他已经清楚地意识到，接下来要和自己握手的人一定是一位审美品位高到令人难以置信的美学界泰斗。

不过话说回来，室内的装饰品味还是稍显古旧，没有一幅印象派或现代艺术作品，当然也有可能都藏起来了。毕竟他的藏品被称作"二十世纪的秘宝"，想必这幢房子某处一定有一个温湿度管理和安全措施都极其严密的仓库吧。

一路走到头，管家终于在一个房间前停了下来。房门上有雕刻纹样，呈两侧对开式，巨大而庄严。修那曾掷地有声地敲了两次门后，带着岁月的积淀，一边门颤颤悠悠地"嘎吱"一声开了。

一位双眼阴郁的中年男子出现在门前，也是一身笔挺的西装，系着考究的领带。男人毫无顾忌地打量了提姆一番后，倏地伸出右手。

"欢迎光临，布朗先生，我是埃里克·孔茨，给您写过信的拜勒先生的代理律师。"

提姆的心猛地一颤。"汤姆·布朗"、"提姆·布朗"，这个男人就是那个打错一个字母的糊涂蛋吗？

"您好，初次见面……我是布朗。"

提姆挤出笑颜握住孔茨的手，为避免对方察觉到自己的手心汗津津的，握住的瞬间又马上放开了。

"里面请，拜勒先生已等候多时。"

门朝两侧全部打开了。提姆朝房间里跨进了一步，倒吸了一口凉气。

眼前的景象实在令人难以置信。

墙上——如果那还能叫墙的话——层层叠叠、遮天蔽日地挂满了画，几乎要溢到地上。每幅画都散发出耀眼的光芒，让人产生一种误闯进阳光灿烂的原野或烈日炎炎的海边般的错觉。所有作品都是印象派或现代派画作。

巨大的睡莲，那是莫奈的没错；神情忧郁地倚靠在阳台上的女人像，那一定是马奈的；在舞台上翩翩起舞的美丽舞女们，啊啊，那绝对是德加的；还有毕沙罗、劳特累克，还有梵高、高更……而且都是书本、展会，以及名作目录集上从来不曾见过的作品。

"不是吧……怎么会……天哪！"

提姆忍不住失声感叹。要是孔茨不在身边，他估计会立刻扑上去仔细品鉴吧。所有的作品都是完美的，他几乎要失去理智了。而且，看到它们，你绝不会去怀疑那会不会是赝品，每一幅作品都栖息着艺术的精灵，散发出灿烂的光辉。

像梦一样，可这不是梦。

我，终于亲眼看到了拜勒的藏品。

"啧，果然骨子里就是个研究学者。要是没人在，估计您现在就要扑向那些作品了吧。"孔茨愉快地说。话音刚落，背后传来了冷冷的声音。

"真正的研究学者，应当学会在作品前控制自己的感情。"

忽而，一股甜甜的清香——南国之花的香味飘过来。提姆一惊，回头看去。

在貌似罗丹作品的雕像旁，站着一个女人。

又长又直的黑发，细长清澈的双眸，白色罩衫，下面配一条黑色的百褶裙。她抱着两只纤细的手臂，一动不动地盯着提姆。

她是谁？

"信里没和您提，我们还邀请了另一位卢梭的研究者，她也是卢梭研究第一人，早川织绘女士，一位年轻的天才女性研究者——"

"'女性'一词多余了。"织绘毫不客气地纠正了孔茨，"研究不分男女。"

伴着高跟鞋哒哒的回响，织绘已走到提姆面前。

"您好，初次见面，我叫早川织绘，谈不上第一人，目前在巴黎大学研究生院进行卢梭的研究。"

两人的手轻轻碰了碰，提姆没有说话。得知除自己以外还有另一位研究者受邀，他受到了不小的冲击。

还是索邦大学的在籍研究者？虽然说着一口流利的英语，可怎么看都像个日本人啊，而且是……女人——这到底怎么回事儿？

织绘沉默着，视线灼灼地盯着提姆的脸，提姆感觉她好像马上就要说出"以首席策展人的身份来说，您可真年轻啊"，不由得惊出一身冷汗。提姆勉强维持面不改色，尽可能用沉静地声音对孔茨说："哎呀，您可真是不厚道啊，孔茨先生。邀请了这么一位美丽的客人，怎么也不提前说一声呢？"

"织绘小姐不是客人，和您一样，她也是受拜勒先生委托邀请的卢梭作品的鉴定人。"

提姆"啊"地轻呼了一声。早川织绘，一瞬间，这个名字如电光石火般在他的脑海中闪过。

早川织绘，最近在国际美术史学会上引起轰动的新晋卢梭研究者。她二十六岁就获得了索邦大学研究生院博士学位，创下最短时间的记录，这一事迹也成为大家热议的话题。现在她在索邦大学美术史系任研究教员。老板汤姆即将执笔的卢梭展解说词的参考文献里，也包括她的论文。

能熟练驾驭英、法两国语言，不断在权威杂志上发表论文，因划时代的崭新视角而广受研究者的关注。她执拗地追寻画家一生的轨迹，甚至收集到了卢梭在老家法国拿瓦的学校学习时的成绩单和他一家的户籍。就卢梭为什么开始画画，是怎样获得那种独特的表现手法等问题，她均提出了独到的见解。"她那样简直不像研究学者，更像侦探"——有人曾这样揶揄她刨根究底的调查方式。

一直以来，人们普遍认为连远近法等基础知识都没掌握的卢梭不过是个和学院派沾不上边的"星期日画家"，织绘却持有完全不同的观点。卢梭没有接受过正规的美术教育，这是不可动摇的事实，但卢梭那种独特的表现手法是其基于"明知故犯"的理念而故意做出的选择，并不能说他没有掌握身为画家应该具备的笔法技巧。他是特意用"拙劣的技巧"和"星期日画家的心态"出奇制胜，也正是这样，他才给毕加索、马蒂斯等这些在二十世纪掀起艺术界变革的弄潮儿带来了巨大的影响——

"哦，您的论文我拜读过，论点确实很有个性。虽然我个人觉得'明知故犯'这个结论下得有些为时过早。"

这位年轻研究者曾一口咬定卢梭的技法是"明知故犯"，提姆本打算在美术史学会上正式加以反驳，奈何准备卢梭展让他忙得连写论文的时间都没有。说实话，提姆没想到会在这里和她巧遇，不过既然遇到了，什么都不说又显得尴尬，因此主动提出了"明知故犯"说。提姆表现得就像 MoMA 首席策展人一样，语调里充满威严。

"啊……"织绘不动声色，"第一次听别人评价我的'明知故犯'说，不愧是正在策划卢梭展的专业人士啊，衷心希望别一个不小心，把展览的名字写成'海关征税员卢梭'什么的呢。"

一语中的。"海关征税员卢梭"是汤姆列出的展览名候选之一。仅"卢梭"两个字，很容易让人联想到哲学家让·雅克·卢梭，或十九世纪的画家泰奥多尔·卢梭。如果用全名"亨利·卢梭"，外行人可能一下子反应不过来这个人是谁。给卢梭的名字前加一个"征税员"，普通民众就会恍然大悟，"啊，是那个卢梭啊"。这个绰号作为卢梭的代名词已经深入人心。

叫起来顺口又亲切，但也正因为这个绰号，死后七十多年的卢梭依旧没能摆脱"在海关工作过的星期日画家"的固有形象。

提姆认为，把这个可恶的绰号从"卢梭的形容词库"里剔除掉，也是 MoMA 此次展览的重要使命之一，并决定在汤姆与法国主办方商讨展览名称时提出自己的建议。展览的名称非常重要，例如"莫奈展"和"超级莫奈展"，听起来的感觉完全不一样。名字决定了此次展览的气质，有时甚至也会对客流量产生影响。对于卢梭，则很有可能改变人们对这个画家的整体评价。

从这点来看，织绘的一句话堪称一针见血。而且，借这句话，她还挖苦了身为毕加索研究领域的世界级权威，却没有发表过有关卢梭的论文的汤姆·布朗。这个女人不简单，提姆不禁提高了警惕。

"智力和眼界的碰撞会产生意想不到的火花。可以的话，真希望拜勒先生也能看到这一幕，看到这美丽的火花。"孔茨微笑着说。

两人互不相让地对视着，看到孔茨向里面走去才各自转过脸，钻过满屋子的画作，顺着空隙追赶孔茨。

房间最深处还有一个门。孔茨走到门前停下来，咚咚——两声急切而短促的敲门声后，他对门里面的人说："两位都到了。"没有回应，孔茨转了一下门把手，只听咔擦一声，门开了。

提姆屏息凝神，试图适应房间里昏暗的光线。织绘也一动不动地注视着里面。百叶帘遮住了窗户，房间灰蒙蒙的，老旧的台灯发出一片橘黄色的柔光。被白布遮住的画布之间有一把轮椅，显得突兀而引人注目，往后鼓起的浑圆椅背微微摇晃着。孔茨步入房间，握住轮椅背后的扶手，缓缓地把轮椅旋转过来。看到正面的瞬间，提姆听到站在旁边的织绘的喉咙里发出咕的一声轻响，他自己也倒吸了一口气。

无力地蜷缩在轮椅上的，是一个像木乃伊一样干瘦的老人。

深陷的脸庞如一汪枯水池，一双硕大的眼睛骨碌碌地来回转动，那双眼睛一片白浊，能否看得清东西都未可知。白色的眼睛先对着提姆，紧接着又转向织绘，就那样一眨也不眨地盯着。提姆和织绘谁也发不出一丝声音，久久地站在原地。

这个……这个人，就是传说中的康拉特·拜勒？

"欢迎光临……布朗先生，早川女士。"

声音沙哑，发音却出乎意料的清晰。用法语向两人问候后，拜勒犹豫着将右手伸到两人中间。提姆首先跨出一步，握住那只骨瘦如柴的手。冰冷得没有一丝温度，不禁让人怀疑这手的主人是否还活着。

"初次见面，感谢您的招待，能见到您我感到万分荣幸。"

提姆咬着笨拙的舌头，勉强用法语打了声招呼。巴塞尔是处于德国和法国之间的边境城市，官方语言是德语，但这里的居民大多德语和法语都很擅长。提姆虽然读得懂德语，却不太会说，还一度担心拜勒要是说德语该如何是好，还好是法语，提姆舒了一口气。

提姆之后，织绘也和拜勒握了握手。不知道是紧张还是害怕，织绘一直保持着沉默。

"在打开这个房门之前,二位已经就卢梭的'海关征税员问题'交换了意见,相信没有比这两位更可靠的人选了。"站在拜勒身后的孔茨用法语说道。

"海关征税员问题",虽是个艺术界从未用过的词语,不过恐怕和提姆、织绘一样,拜勒也对这个会给人造成先入为主之见、影响卢梭的画家名声的绰号非常不满意。提姆突然想起,在孔茨寄给自己的信中,拜勒称自己为"同志"。"把亨利·卢梭看作比任何时代的任何艺术家都伟大的画家的同志——您"。可见拜勒把自己,不,确切来说是把自己的老板汤姆,定位为与他志同道合的伙伴。

那么,这个刻薄强势的女人也同样被拜勒当做同志了吗?

"那就好。"拜勒将白浊的眼睛眯成一条缝,"果然,你们和我的想法是一样的啊。"

"你持有卢梭的名作,是吗?"

仿佛豁出去一般,织绘操着一口比提姆要流利得多的法语问拜勒。

"您委托我们来调查的目的到底是什么?而且,您凭什么说那作品就是'名作'——"

"你在说什么呢!"提姆的口气有些粗暴,而且说的是英语,"当然是名作了。看看这间房子里的那么多作品就知道,不可能不是名作。有莫奈、马奈、德加,还有梵高,随便拿出一幅,就是名作中的名作。"

"前提得是真迹。"织绘冷冷地抛出一句。提姆不禁咬牙切齿,要不是顾忌到她是个女人,绝对要狠狠挫挫她那傲慢无礼的态度。

"好了两位。"找准一个绝妙的时间点,孔茨插入到两人的对话之中,"没必要为一幅还没见到的作品争论不休,总之先看看,再让我们听听两位的意见如何?您看可以吗,先生?"

拜勒轻轻点点头，随后又用德语低声咕哝了几句，这次换孔茨点点头，然后缓缓地推着拜勒的轮椅出了房间。

昏暗的长廊尽头，管家修那曾仍然等候在装饰有木雕的巨型房门前，随时待命。一看到拜勒的身影，他马上将门完全打开。提姆加快脚步，心情有些急躁，想超过这个女人，想在她之前欣赏到"名作"，那心情就像在追逐只要慢半步就会消失不见的彩虹。

提姆如愿率先一步到达大门前，织绘紧紧跟在后面。倏然又飘来一股南国花香，提姆回过头去看织绘，两人的视线重合了。

提姆从门前后退一步，无言地为织绘让路。身为策展人，不论在何种情况下都不能忘却女士优先的原则，虽然心有不甘，多年来的习惯还是让身体先于思考做出了反应。

"谢谢。"织绘嘴角泛起一丝微笑，小声说道。

这还是第一次看到她笑，就在她走过的瞬间，清新的花香又一次扑面而来，掠过提姆的鼻子。

从未见过的卢梭，就在这里。

心脏的跳动传递到全身，在这短短的一瞬，提姆宛如做祷告般闭上了双眼，然后怀着从断崖上跃向大海般的决心，踏进了屋子。

最先映入眼帘的是一头又长又直的黑发，那是站得笔直的织绘的背影。

再往前看，是一幅横向长条形巨幅画作。一团郁郁葱葱的绿，一片熟悉的密林风景。

——啊！

一步、两步，缓缓地，提姆走向那幅画，他不敢相信自己的眼睛。

不会吧，这是——

那幅画正是《梦》，是让少年提姆苦苦思恋，并改变了他整个人生的作品——《梦》。

轻浮于虚空的白色满月、吹奏着芦笛的异国黑人、眼睛里闪着瘆人亮光的野兽们,以及横躺在红色长椅上的裸体女人——

"怎么会……"提姆口中下意识地蹦出了英语。

"这不是收藏在MoMA的……《梦》吗?为什么会在这里……"

"请冷静,布朗先生,这不是《梦》。"

是孔茨的声音。提姆这才意识到不知何时,坐着轮椅的拜勒已由孔茨带到画架旁。刚刚那一瞬,提姆就像被吸入作品中的世界一般,周围的一切全都不见了。

"贵馆的宝贝怎么可能在我这里呢,您再仔细看看。"

提姆摇了摇有些晕乎的脑袋,再一次从正面仔细看去。不论是构图还是主题都和《梦》分毫不差,然而,笔法运用和绿色的明暗对比却有微妙的差别。提姆睁大了眼睛,他发现了一处决定性的区别——

啊,左手,横躺在沙发上的裸体女人——雅德维嘉的左手,是握着的。

画中的女人,卢梭亲自命名为雅德维嘉的女人,这幅画中,她的侧脸要比《梦》中的表情更柔和,而且,直直伸出的左手是紧紧握着的。而在作品《梦》中,她是指着什么的。

这不是《梦》,确认了这一理所应当的事实后,提姆终于松了口气。

"看来您发现了。"拜勒用低沉沙哑的声音说,"这幅作品不是《梦》,它的名字叫《做梦》。"

提姆和织绘不约而同地看向拜勒。浑浊的双眼对着两个人,仿佛在轻蔑地嘲笑。拜勒的嘴奇妙地歪向一边。

"委托你们前来调查这幅作品的原因只有一个,那就是鉴定一下它的真假。"

对方的话音刚落,提姆马上去找寻右下角卢梭的署名。白色的颜料,笔迹潇洒自如,却又给人飘逸感。确实是卢梭的字,是自己已见过好几百遍的字。

是真迹。

提姆好不容易把即将冲出嗓子的这几个字吞了回去,问道:"您的意思是,您在还不确定真假的情况下就买下了这幅画?"

"这倒不是。"孔茨插嘴道,"因为有现代美术史领域的最高权威出具的证明,拜勒先生才下决心买下来的。请看这个。"

说着孔茨拿出一张纸,摆到提姆面前。

《做梦》一九一〇年 亨利·卢梭作 兹证明本作品为画家真迹
　　　　　　　　　　　　　　　　　　　　安德鲁·济慈

"安德鲁·济慈?!"

提姆大声念了出来,织绘的肩微微抖了一下。

安德鲁·济慈,和汤姆·布朗并称为世界范围内现代美术史双雄,他目前在伦敦的泰特美术馆担任首席策展人,其高超的企划能力、适应时代的敏锐嗅觉,以及迷惑阔太太的本领,都和汤姆不相上下,甚至有传言说他比汤姆还厉害。举办毕加索、马蒂斯等名家大型画展时,汤姆和济慈经常为了借到一幅稀有名画争得不可开交。就是那个济慈,他先于其他人看到了这幅作品。

在调查现存的卢梭作品时,不论是汤姆还是提姆,都没察觉还有这幅画存在。"被算计了。"一股难以言喻的苦涩感在提姆胸中翻腾。同时直觉告诉他,早已得知该作品存在的济慈和泰特美术馆,一定已经为了得到它而开始有所动作了。

"总之,是先获得了保证书,拜勒先生才决定买下这幅作品的。不过您也知道,这个世界上,专家也不都是老老实实开具真实证明的……"孔茨意味颇深地说。

突然间,织绘发作了。

"那您的意思是安德鲁爵士做了伪证吗?怎么可能,那是绝对不可能。请收回刚才那句话,您的话是对美术史权威的亵渎。"

济慈是获得了"爵士"称号的杰出研究者,这个女人了解的真不少,提姆越发提高了警觉。不过他倒不觉得那句话是对美术史权威的亵渎。事实上,和私人卖家勾结,乱做伪证的权威大有人在。万一那个泰特美术馆的首席策展人做了那样的事,那问题可就严重了。

"您别着急,我不过是在陈述一个普遍存在的事实。"孔茨苦笑着解释。

"那就是亵渎,请收回那句话。"

织绘步步紧逼。再这样下去事态恐怕无法收场,就在提姆想说点什么来缓和气氛时……

"好吧,小姐,那可否听听您的意见,凭您的第一感觉,这幅作品是真的,还是假的?"

拜勒沙哑的声音响起,一瞬间,织绘陷入了沉默,脸上血色尽失,让人不禁担心她下一秒会不会晕过去。而就在上一秒,她的双颊还因为情绪激动而涨得通红呢。面对织绘奇妙的沉默,提姆隐隐感到不安。

良久,织绘才无力地吐出两个字。

"假的……"

提姆怀疑自己听错了,就在刚才她不是还叫嚷着"那是对美术史权威的亵渎"什么的吗？可现在她这么说，不就等于承认济慈做了伪证吗？她这句话才是对作品的亵渎。"

"是真的。"提姆马上气势逼人地反驳，"毫无疑问，这是真的。"

"哦？"孔茨摸了摸下巴，"真是当机立断啊，依据是什么呢？"

"质感、色彩、构图、运笔，所有的一切都是证据，最重要的是，它拥有只有真迹才具有的强烈的吸引力。第一眼看到它，我就完全入迷了，这就是证据。"

还没有做详细的检验，不过鉴定作品时，刚看到作品时的第一印象极为重要。虽然要和该作家的其他作品进行对比，研究其运笔偏好等因素，经过慎重、细致的验证后，才能最终做出判断，不过有趣的是，结果往往和第一印象一致。

对于刚看一眼就放言"是赝品"的织绘，提姆无缘由地感到愤怒。的确，她是一位优秀的研究者，但恐怕她从来没静下心来面对过卢梭的作品，从来没有费尽心思、掏心掏肺地和作品对话过。所以，她才能那么轻松、满不在乎地给作品贴上"伪作"的标签。

"您呢，小姐，您是凭什么断定它是伪作的？"

织绘再一次沉默，过了好久，才挤出一句话

"……因为有《梦》。"她的脸色变得惨白。

"什么意思？"提姆不解地问。

"因为如果这幅作品是真的，那你们美术馆的《梦》就是假的。"

提姆猛地一怔。

一九一〇年，卢梭已步入晚年。这位画家的生活穷困到了极点，无论是购买大型画布还是足够的颜料，都已捉襟见肘。《梦》发表于这一年的三月，六个月后，画家凄惨病逝。

短时间内使用大量颜料、完成两幅构图完全相同的大型作品，这对当时的卢梭来说有可能做到吗？

巴塞尔美术馆里那幅《激发诗人灵感的缪斯》又重画了一幅的轶事有白纸黑字的证明，因此巴塞尔和莫斯科美术馆里的两幅画都是真迹。然而，说还有一幅与《梦》构图相同的画作的资料，就提姆目前所知，从没听说过。

织绘说得对，如果这是卢梭一九一〇年创作的真迹，那MoMA收藏的"那个"，又是什么呢？

"请允许我再问一次，先生，您所在的美术馆里的《梦》，是真的吗？"孔茨语调平板地发问。

"当然是了！"提姆不自觉地粗声粗气起来，"那是我们理事——洛克菲勒家族捐赠的，来历也写得清清楚楚，不是真迹还能是什么。这一点不用怀疑。"

"那这个是？"孔茨执拗地追问，"这幅作品呢？您能断言它是真的吗？"

提姆被逼得无言以对，房间里陷入死一般的沉寂。

片刻之后，拜勒刻满皱纹的嘴透出一声重重的叹息。

"卢梭是一个多么可怕的画家啊。"拜勒轻叹。提姆和织绘的视线再一次投向拜勒。

"已经过去多少年了啊，我和这幅画同床共枕，可我越来越不明白，卢梭真的能几乎在同一时期完成这幅画和《梦》吗？若果真如此，他该有多大的爆发力，是个藏着多么可怕的魔力的画家啊。

"莫奈、梵高、毕加索，他们诚然优秀，可为什么世人都注意不到亨利·卢梭的伟大呢？

"还是说在不知不觉中，我们对他的印象都被操控了？因为'海关征税员'这样的前缀，让我们限制在'卢梭不过是个星期日画家，是一个心地善良的老画家'的框框里。

"卢梭可是为二十世纪的艺术运动出了大力的艺术家啊。如果没有他,毕加索就无法掀起绘画革命,更不会有超现实主义诞生。可是为什么,为什么人们对他的评价那么低——"

拜勒语气沉重,断断续续地感叹着。提姆的心底早已炸开了锅——拜勒的想法竟然和自己的想法不谋而合。

要改变人们对卢梭的评价,因为这也关系到艺术界对自己的评价,提姆抱着这样的想法熬过了几个年头,可这位年迈的老收藏家却为此花费了更长的时间、掷出毕生的财力、倾注全部的热情,与谜一样的画家,亨利·卢梭,对峙到现在。

"对于作品的调查期限,包括今天在内一共七天,是吧?我想马上开始,可否用X射线进行检测呢?"织绘用流利的法语询问道,似乎已恢复了正常。提姆也猛地回过神来。

对,自己是接到委托被邀请到这里的,如果能证明它是真迹,就可以申请借出。不管怎么样都要把它弄到手,放到明年卢梭展的压轴位上。

管它和《梦》有什么关系,若是真迹,还有比这更令人欢欣鼓舞的事吗?

"不必着急,有的是时间。我们会请两位仔细调查这幅作品,然后作出最终判断,并解释判断的依据。"

来回打量了一番二人后,孔茨说道:"不管是真迹还是赝品,讲评精彩的一方即获胜方,拜勒先生会全盘接受其观点,然后……"

停顿了片刻,代理人以公事公办的口吻继续道:"获胜方将成为作品的'监护人',获得该作品的处置权。不管是卖给第三方,拿到展会上展览,还是把它永远埋藏在黑暗中——全部悉听尊便。"

转让处置权。

提姆一时间没反应过来这是什么意思，几乎脱口而出"请您再说一遍"。几秒之后，他才"啊——"地发出一声惊叹。

完全超出常规。

意思不就是，要把作品送给获胜的一方吗？

估计织绘也是同样的心情，只见站在提姆旁边的她，身体完全僵住了。

"不过……"拜勒伸出干枯的手，制止了还想说下去的孔茨，似乎想自己亲自宣布接下来的内容，"不过，此次调查还有一件事需要你们做。"

主人说到这里，管家马上心领神会地走了出去。

三分钟后，修那曾恭恭敬敬地捧着一本小小的古书回来了。拜勒将书拿到手中，一边温柔地抚摸着已褪成红褐色的表皮，一边开口道："这本书分七章，讲了一个故事，我要你们每天读一章，到第七天给出这幅画是真迹还是赝品的判断。"

不对作品本身做细致的检测，而是根据"故事"进行判断，这种事既没听过，更没见过，完全新鲜的调查方法。

搞什么啊，提姆在心中无声地呐喊。混乱、不安，还有一种无以言表的亢奋，如暴风雨般席卷而来。

要做好迎接暴风雨的准备啊，提姆对自己说。从今天开始，身边这个刻薄强势的女人就是自己的劲敌。

绝对，不能输给她。

提姆看向织绘时，织绘也恰好向他这边瞥来。

年轻女研究员的眼睛在燃烧，美得令人浑身战栗。

第四章 安息日
一九八三年 巴塞尔 ／ 一九〇六年 巴黎

华丽的哥白林双面挂毯如悬垂的瀑布般倾泻而下，一直延伸至房顶的窗户被厚重的帘幔遮得严严实实。从中间仅有的一丝缝隙向外看去，提姆·布朗暗暗地叹了口气，这是第几次了呢？

　　这幢规模庞大的宏伟宅邸里有数不清的客房，提姆被安排在其中一间稍事等候。他的视线落到都铎王朝风格的小桌子上的劳力士座钟上，上午十一点三十五分，距离上次看表只过去了五分钟。提姆抱起双臂，再一次发出叹息。一位身穿白色西服、打着领带的男用人端着银色的托盘来到他面前，托盘上放着一只麦森[①]咖啡杯。

　　"还需要咖啡吗？"用人操着带有德国口音的英语问。

　　"不用了，谢谢。"提姆用法语拒绝，"已经喝了三杯了，有没有三明治什么的呢？我有点饿了。"

　　"马上为您准备。"用人用英语恭恭敬敬地回应后，离开了客房。提姆终于得以长长地舒了一口气，他一直想一个人待一会儿，哪怕就一会儿。

　　距早川织绘消失在旁边的"书斋"，已经过去将近半个小时了。她在那本书里看到了什么？自己即将看到的和她看到的是相同的内容吗？保不准外面都是红褐色的纸，里面的内容却迥然不同。

　　传说中的收藏家——康拉特·拜勒，这个美术界大名鼎鼎的人物现实中是否真的存在，之前提姆都要打个问号。所以对他来说，能假扮老板汤姆，一睹这个谜样人物的真容已是前世修来的福分了。

[①] 麦森（Meissen）是拥有三百多年历史的德国瓷器品牌，被欧洲贵族称为"白色的金子"，贵为欧洲第一名瓷。

何况不仅如此,他还有幸见到了拜勒藏宝中的秘宝,亨利·卢梭的大作——拜勒说那幅画叫《做梦》。更难以置信的是,他还受托花七天时间去辨别它的真伪。虽然鉴定真伪一事不只托付给他一人,还有一个年轻的日本研究者,早川织绘。

为什么同时委托两个人来鉴定,是想通过双重鉴定上个双保险吗?可怎么看主人的用意都不在这里。简直像一场决斗——现代美术权威和美术史学会上如彗星般骤现的东方年轻研究者之间的一场竞争。

而且,获胜一方得到的奖品既不是邮票也不是奖章,是《做梦》的处置权——不管是卖给第三方,拿到展会上展览,还是把它永远埋藏在黑暗之中,可以任意做出决断的、近乎荒谬的权利。

拜勒说他曾和那幅画一起度过了无数日日夜夜,现在却只为求得它的真伪豁出一切,这样他就甘心了吗?提姆对拜勒的心理有些质疑,与此同时,也很享受这意外的幸运扑向自己时每个细胞都兴奋到尖叫的战栗感。

如果自己成为这场游戏的获胜者,就可以把那幅作品拿到亨利·卢梭展上展出,单纯为了这个目的,提姆也要全力以赴。

自己是冒充老板汤姆来到这里的,即便判定那幅作品是真迹,能把它拿到 MoMA 展出,还得经过无数繁杂冗长的手续。MoMA 决不允许展品中有赝品,因此,这幅画是通过什么途径得来的,到时候老板和理事们势必会喋喋不休地问个不停。可以说,把那幅画带到聚光灯下的道路布满荆棘。

不过,目前更重要的是证明那幅作品是真迹,把那个傲慢无礼的日本女人驳得哑口无言,其他事先暂且推后,提姆一遍遍地提醒自己。

话说回来，这判定真伪的方法也真叫人难以理解。拜勒提供的"古书"由七章组成，提姆和织绘每天按顺序读一章，在读完全部章节的第七天进行讲评。无论断言是真迹还是赝品，拜勒将全盘接受评述更为精彩一方的观点。"这本古书世上仅有一册，请二位按顺序轮流读。"拜勒的代理人埃里克·孔茨庄严宣布。

　　读书的先后顺序由孔茨抛硬币决定，织绘获得先发之机。搞研究的，谁不想先人一步接触到一手文献呢？织绘率先在孔茨的带领下走进书斋，身影消失前她突然回头看了一眼提姆，嘴边露出一抹微笑。还真有闲心啊，提姆心里酸溜溜地想着，无可奈何地目送她进入书斋。

　　现在，织绘面对的是个怎样的故事呢？

　　对，是"故事"，拜勒没说"论文"、"史书"，也没说"学术书"，那本书里写的是一个"故事"。

　　身为一名研究者，早川织绘理应拥有相当强的阅读理解能力，可她读一章都花了将近一个半小时，可见文章应该非常晦涩难懂。有可能是用英语或法语以外的语言写的。难道是拉丁语？要真是这样，恐怕自己还没读就要举手投降了。

　　提姆再一次看向座钟，十一点四十分，紧张和不安压得他喘不过气来。他拉开窗帘，手搭在窗户的拉手上，想打开窗呼吸点新鲜空气。

　　这时，院子里的一个黑衣男子进入了提姆的视野，男人戴着墨镜，正小心翼翼地四处查看。是保安。一反应过来，提姆便赶忙反射性地把窗帘拉回原位。

　　看来这幢房子周围布满了警卫。提姆呆立在原地，装作毫不在意地扫视了一圈房间，有两处装有监控摄像头。

原来如此，我们完全处于被监控的状态。这幢大宅到处散落着人类的秘宝，这里的人稍有可疑行为马上就会被扣上盗贼的嫌疑吧。

果然踏进了一个可怕的地方，提姆后背一阵发凉。但已经不能反悔了，绝对不能。

"咚咚"，一阵敲门声传来，提姆低声清了清嗓子后答道："请进。"

"给您准备了点零食。"

移动餐车滑过厚厚的地毯，刚才那个身穿白色西装的男人走了进来。紧接着，孔茨和早川织绘也相继出现。提姆马上偷瞄织绘的表情。她的双颊染上了一层淡淡的红霞，嘴唇半开。那是多么不可思议的表情啊！仿佛刚从梦中醒来，一脸陶醉。就在这一瞬间，提姆豁然开朗，自己即将读到的"故事"，是能把一个研究者冷静的心都融化掉的一流资料。

孔茨用德语向白西服男人指示了些什么，男人推着餐车从提姆面前走过，把车停在屋子的一角后，男人冲拜勒的代理人孔茨冷冷地笑了笑。

"读完书后再享用三明治吧，这边请，布朗先生。"

提姆跟着孔茨，走出房间的瞬间，为了表明自己也很从容，也故意冲织绘抛出笑容。然而，她连看都没看他一眼，视线游离在空中，似乎陷入了沉思。

书斋就在等候室隔壁，门上也有图案复杂的雕刻。孔茨没有敲门直接轻轻推开。提姆刚踏进一步，立刻呆若木鸡。

房间并不大，没有窗户，四周都是从地面通至屋顶的书架，中间留出一个四方形空间。色彩斑斓的皮制封皮书将书架塞得满满当当。瓦萨里①、温克尔曼②、沃尔夫林③、冈布里奇④,古今中外的美术史著作和智慧全都凝缩在这个小房子里,哪位研究者见此情景能不欢呼雀跃呢?

提姆被丰富的藏书夺去了心神,站在门口久久无法动弹。这时背后响起了孔茨的声音。

"请进,请走到中间放桌子的地方。"

屋子正中央放着一张沉甸甸的桃木书桌,上面是那本红褐色封皮的书。提姆走到桌边,从正上方俯视着未翻开的封皮。

封皮上既没书名也没有作者名。古书大抵都是这样的套路,背后应该刻着题目和作者吧。然而背后除了两三条金色的线条,什么文字也没有。提姆回头问孔茨:"这是谁的著作呢,写作年代是——"

"一律不接受提问。"孔茨间不容发地回答道,"在这个房间里您只被允许做一件事,那就是一天读一章书里所写的'故事',故事读完之前,所有的问题和感想都请保留。还有,禁止做笔记或拍照,也禁止中途退出。时间为九十分钟,如果提前读完或中途遇到紧急情况想提前退出,请按一下旁边的响铃,我会来迎接您。"

一番事务性的陈述后,孔茨又补充了一句:"顺便提一下,早川小姐把时间用完了。"

桌子上放着一个用餐时的呼叫小铃铛和金色小时钟。时钟指向

---

① 乔尔乔·瓦萨里(Giorgio Vasari, 1511-1574),文艺复兴时期的意大利画家、建筑师、美术史学家。他的美术史著作《艺苑名人传》是严格意义上的西方第一本艺术史著作,书中首次提出"文艺复兴"这个词。
② 约翰·约阿希姆·温布尔曼(Johann Joachim Winckelmann, 1717-1768),德国考古学家与艺术学家,奠定了考古学基础。
③ 海因里希·沃尔夫林(Heinrich Wolfflin, 1864-1945),瑞士著名美学家、美术史家,首次使用"手法主义"一词,日后被称为"风格主义"。
④ E.H. 冈布里奇(Ernst Hans Josef Gombrich, 1909-2001),英国艺术心理学家、艺术史学家。

十一点五十分。

"还有什么问题吗?"孔茨问。

"不是说一律不接受提问吗?"提姆当即呛回去,孔茨脸上浮现出一丝微笑。

"那我们九十分钟后见,祝您旅途愉快。"说完他的身影就消失在门后。

提姆拉过桌子前装饰主义风格的单脚椅子坐了下来,抬头往正对面看去,在自己前方赫然装着一台监控器。想必如果试图提前读下一章,在别的房间盯着监视器的孔茨必然会冲进来,宣布自己当即被淘汰吧。总之,在这个房间里除了遵照指示,没有别的办法。

手指轻轻触碰着柔软的皮革,提姆尽量抚平恨不得马上把"故事"尽收眼底的急切心情,缓缓地打开封皮。刹那间,一股不可思议的甜甜香味升腾而起,是南国之花的清香。

泛黄的书页展现在眼前。页码处浮现出几个字,看上去像"故事"的题目,是法语。

J'ai rêvé(做梦)

和那幅作品的名字一样。MoMA收藏的卢梭作品名叫《Le rêve》(《梦》)。同一个单词"rêvé",在MoMA的作品名中被当成名词使用,而在这个书名中用做动词。

用指腹来回摩挲纸张表面,是稍微有些厚的质量上乘的纸,虽已泛黄,却没有腐化得太厉害。文字的字体也不太古旧。想必并非著于二十世纪之前,还不足以称为"古书",提姆凭直觉做出判断。

翻到下一页,书的首章名展现在眼前。

第一章　安息日

文字跃入眼帘的瞬间，提姆心中炸开了锅。这是什么啊？！

这是有关亨利·卢梭的"故事"？难道围绕卢梭，还有一些不为人知的事？提姆心中的期待迅速膨胀，光从章节名很难推测其内容。

提姆此时就像坐在皮划艇边缘、准备扎入大海的潜水员一般，无意识地屏住了呼吸。

继续翻到下一页。突然，孔茨离开时说的话在提姆的脑海中复苏了。

祝您旅途愉快。

确实，胸中喷涌的兴奋感和即将开始一场旅行的心情一模一样。不，与其说是旅行，不如说更像一场冒险的开始。

☆　☆　☆　☆　☆　☆　☆

那是一个阳光和煦的冬日，神赐予的安息日。

巴黎圣母院前的广场上，一个满脸倦容的中年男人脖子上挂着木箱，无所事事地站着。

木箱上系着气球，有红色、有白色，时而在风的吹拂下轻轻摇曳。天空万里无云，红嘴鸥从教堂的尖塔上方掠过，往塞纳河方向飞去。

突然，教堂的钟声响起。做完周日弥撒的虔诚教徒们陆陆续续走出教堂，来到广场上。有头顶长筒礼帽的绅士、戴着宽沿女帽的妇人，还有穿梭其中来回打闹的、穿着褶边衬衫的孩子。

逆着身着正装的人流，初显老态、穿着打满补丁的黑大衣的男人高声叫唤着："卖夹心糖啦，巴黎最好吃的夹心糖，甜甜的好吃的夹心糖。现在买还赠送一个气球。卖夹心糖啦，夹心糖。"

一个金色卷发上扎着红色丝绸蝴蝶结的小女孩停在男人面前，拉住身边母亲样子的妇人的裙摆，说："妈妈，买。"

妇人莞尔一笑，说："那你可不能淘气了哦。"说完转而问男人，"买一个，多少钱呢？"

"一袋五个，五十生丁①。"男人答道，"如果买两袋，可以赠送一个气球。"

"我要气球。"小女孩扒住母亲撒娇，妇人蹙了蹙眉，还是从挂在手腕上镶着串珠的钱包里取出一法郎，说道，"您真会做生意，夹心糖先生。快，珍妮，去拿气球吧。"

"就选和您的红发带一样的颜色吧，小姐。"男人说着，从木箱里取出两个装糖果的小袋子，解开红气球的绳子递到小淑女的手中。

女孩接过气球后，眨眨天真无邪的眼睛，突然说："叔叔，手好脏。"

"哎呀。"母亲蹙起眉，显得很困扰，"不能说那样的话哦，珍妮。对不起，女儿失礼了。"

"没事，没事。她说的是实话，这个怎么洗也洗不下来呢。"

男人笑着伸出两只手，只见他的十根指头上沾满了黑黑绿绿的颜料。"啊。"妇人发出了低声的感叹。

"您喜欢画画吗？"

---

①法国货币单位，一法郎为一百生丁。

听到妇人的问题，男人显得有些得意。

"不，不是爱好，是本职，我是一名画家。"

然后从脖子上挂着的木箱里取出一张名片递过去。

"我还有个绘画教室，有兴趣的话，可以带令嫒过来坐坐。"

亨利·卢梭　法国独立美术家协会画家

佩雷尔大街二号乙　巴黎

开设绘画、小提琴课程　随时欢迎

名片上写着这么两行字。

佩雷尔大街二号乙，位于巴黎市中心下层人聚集的蒙帕尔纳斯区边缘。六层公寓的五楼，一个狭小的客厅和卧室构成了画家亨利·卢梭的画室兼住所。

房间只有丁点儿大，但对于一个独居的鳏夫来说足够了。虽说靠绘画教室、教小提琴和周末卖夹心糖勉强有点收入，可赚来的大部分钱都投入到买画布和颜料这个无底洞里，所以即便他尽可能地省吃俭用，还是欠了两个月的房租。"请允许我给你们一家画幅肖像画。"对前来催缴房租的房东，卢梭承诺道，可是为此又得添置新的画布和颜料。这个月还得支付夹心糖进货商两个月的货款，不过卢梭觉得那边的老板也可以用为他们一家画肖像画勉强应付过去。此外，独立沙龙展马上就要举行了，在这之前必须赶制出能参展的作品。收入几乎全都花在画布和颜料上，现在画具也快买不起了。越是挣扎着努力工作、越是倾注全部身心去画画，生活却越发穷困潦倒。卢梭没有安息日。

把装着卖剩的夹心糖的木箱挎到肩上，卢梭沿着狭窄的螺旋式楼梯一步步往上爬，六十一岁的身体每次上下楼梯都会发出抵抗的信号。但仅在大型画布搬进搬出的时候，卢梭才会委托画具店的伙计帮忙，代价是五个法郎。虽觉这笔钱花得他心疼，可要是自己一个不小心从楼梯上摔下来骨折了，怕是连画笔也不能握了。所以权衡下来，就当这是必要的支出吧。

总算爬上了五楼，拿出钥匙在锁眼里转两下后门开了。像这种一贫如洗的公寓根本不会有小偷想光顾，所以这里的房客基本都不锁门，唯独卢梭总是一丝不苟地上锁。虽说即使把房间里最值钱的小提琴拿到跳蚤市场上卖，也不过二十个法郎。但万一遭窃没法上小提琴课，就会断掉卢梭的一条生计，给他带来麻烦。

从孩提时代起，卢梭就对小提琴有种与生俱来的亲切感，那是他人生的挚友。第一任妻子过世时，出于思念之情，他用小提琴做了一曲华尔兹，还把乐谱打印出来分发给熟人。要是家境稍微宽裕一些，兴许他就走上了音乐家的道路，不知是幸还是不幸，音乐最终仅止步于"兴趣"。不过他自己倒觉得，当初没有走上音乐的道路，而是走到自称画家的地步，是一种幸运。

打开门，一股呛到窒息的浓烈异味扑鼻而来，侵袭全身，那是油画颜料的味道。面前的客厅就是卢梭的画室。

立在地上的画布把狭小的屋子填得满满的。没有一张未使用过的，所有的画布上都星星点点画了点什么：严肃正统的人物像、巴黎郊外的风景、插在花瓶里的大丽花、愁眉苦脸的可爱孩子。画架上放置着一张大型画布。画面上方，孤零零地画着一个吹响号角的女神，她的周围则白茫茫一片，隐隐约约可以看见用炭笔描绘出的旗帜和树木的轮廓。

墙上用饰针固定着各种各样的纸片。飞艇的照片、印着埃菲尔铁塔的明信片、剪报——大部分是从带有照片或插图的《法国简报》里搜集来的。剪报上有一行字："亨利·卢梭在'秋季沙龙'的展出作品再次引发轰动"，不管看多少遍，他都会沉醉其中。

把装有夹心糖的木箱放到画架旁边的红色天鹅绒长椅上，还没来得及脱下大衣，卢梭先来到已经动笔的画架前，抱起双臂，目不转睛地盯着画面看了好久，然后长长地叹了口气。

"啊，真是没办法。"他不由得自言自语，"这幅作品完成了，又会引起轰动吧。"

铛、铛、铛，午后三点的钟声从附近的教会里传来。卢梭倏地回过神，打开窗户，冰冷的空气瞬间涌入屋内。

卢梭从窗户探出身子，俯视公寓的庭院。石板铺地的院子中央有一口井，井边站着一个女人，正使出浑身力气压着水泵，往金属脸盆里打水。

"你好啊，雅德维嘉！"卢梭大声喊道。

听到有人叫自己的名字，女人抬头看了一眼，下一刻又埋头继续压水泵。

卢梭像唱歌似的对她喊道："我刚刚回来，你等一下，我有东西要给你。"

说完他火急火燎地从木箱里拿出一袋卖剩下的夹心糖，又解下一支红气球，匆匆忙忙就往楼下跑。卖完夹心糖回来时像天国一样遥远的五层楼突然变得不值一提，一眨眼的工夫，卢梭已经从五楼奔到了庭院。他知道，周日下午三点，她会出现在井旁，所以今天最后一个气球他谁也没送，特意为她留了下来。

"安息日还工作，你真能干，雅德维嘉。"

对着吭哧吭哧在搓衣板上搓着堆积如山的内衣的女人，卢梭搭话道。被叫做雅德维嘉的女人没有任何反应。卢梭弯下腰。"看，这个，给你。"说着拿出夹心糖和气球，"希望你喜欢。"

雅德维嘉停下搓衣服的手，看向卢梭，把冻得皲裂通红的双手在围裙上一抹，插在腰上，说："你是傻子吗？哪个女人会为收到这种小孩子的玩意儿高兴啊？我可不是那种无知少女，好歹也是有丈夫的人啦。想勾引别人家的老婆，最好拿点更讨巧的东西啊。"

"我知道，雅德维嘉。"卢梭耸耸肩慌忙道，"我知道你有一位优秀的快递员丈夫，你说勾引你，我想都不敢想啊，只不过……"

"只不过什么？"雅德维嘉的眼睛瞪得像铜铃一样大。

"没什么，我以为女人都喜欢这些东西，五颜六色的、松松软软的，像梦一样。"

卢梭轻轻地捅了捅气球，说道。雅德维嘉则哼了一声，露出不屑的神情。

"那种小东西谁稀罕。有本事你把那个拿来，比埃菲尔铁塔还高的那个，飞艇。"

"飞艇！"卢梭惊讶地喊出声，"不，再怎么说，那个也有点太……借一天得花多少钱哪……而且会借给我们吗……不过，如果这是你的愿望，我在协会有一个当教授的朋友，我可以托他的关系想想办法。"

雅德维嘉翻翻白眼，瞪着卢梭，看到他惊慌失措，简直快要晕厥过去的表情，终于忍不住笑出了声。

"你真是个傻子。"最后竟大笑起来。雅德维嘉又说道："一个洗衣女和卖夹心糖的，乘坐飞在塞纳河上空的飞艇幽会？太傻了。"

"不，雅德维嘉，我不是卖夹心糖的，我是画家，是光荣的被独立美术家协会和秋季沙龙所认可的画家。"

看到雅德维嘉笑了，卢梭也开心地挺起了胸膛。雅德维嘉笑得越大声，卢梭也越来劲。他翘着引以为傲的小胡子，继续对雅德维嘉说："你也不是洗衣女，我知道，由我来告诉你一些不为人知、甚至连你也不知道的真相。知道吗，其实你是乐园的公主。异国的吹笛人、象、猴子、狮子，全都在丛林里屏息凝神，关注着你的一举一动。万物皆因你痴狂，为你着迷。"

洗衣女没在听卢梭说什么，只是不停地发出豪放刺耳的笑声。

搬到佩雷尔大街八周，与叫雅德维嘉的洗衣女邂逅七周。每到安息日，老画家的单相思都会肆意疯长。

亨利·卢梭真正开始作画时正值四十岁整。那时他是巴黎市入市海关的一名小官。小官，听起来不错吧，但干的活不过是叫停出入巴黎市内的商贩、人力马车等，向他们征收入市税，实际就是个看门人。勤勤恳恳地工作，没有飞黄腾达的希望，每天工作一结束就立即回家，在安息日演奏小提琴，卢梭过着简朴的生活，日复一日。

卢梭出生在法国西部的一个小城，拿瓦。父亲是一名锡匠，作为副业还经营着不动产。中世纪末期修建的不希列斯之门上的古塔，便是卢梭一家的住所。

少年卢梭绝对谈不上成绩优异，唯独音乐和美术的得分高得吓人。遗憾的是，他的家人谁也没注意到这一点。卢梭从未树立过当艺术家的大志，就这样平凡地长大，之后去到一个叫昂热的小镇，在一家律所工作学习。在这期间，因一时邪念，伙同朋友一起在律所内偷盗。被告发后事情败露，幸好获得法院的酌情判决。为避免家人受到流言蜚语的中伤，卢梭主动报名加入昂热步兵连队。兵役生活虽苦，总比背着盗贼的污名苟且一生要好。

二十四岁时卢梭来到巴黎，得到一份法警的工作，不久便和房东的女儿克蕾曼思结婚，二人育有两男三女，然而孩子们先后夭折，只有三女儿茱莉亚和次男亨利·安纳托来得以长大成人。之后克蕾曼思患肺结核去世，安纳托来也在十八岁因病早逝。茱莉亚十八岁就搬到叔父家，结婚后更是音讯全无。卢梭五十五岁时和一位叫约瑟芬的女子再婚，可结婚仅仅四年，第二任妻子也成了不归人。

进入巴黎市海关工作后，卢梭安息日的乐趣除了拉小提琴还有一个，那就是去卢浮宫美术馆逛。原因极其单纯，因为他觉得既然到了巴黎，怎能不去巴黎最引以为傲的美术馆呢。

那时，全巴黎都在因一股美术热而沸腾。世界博览会开得如火如荼，人们有机会一饱眼福，看到来自世界各地的稀有工艺品和美术品。此外，还有每年由巴黎美术协会主办的"官展"，那是顶级艺术家们切磋较量的平台。享受都市生活的市民们若在沙龙上物色到自己中意的画家，便会向他们求购肖像画或风景画。而被选入沙龙、得到协会承认的画家会马上咸鱼翻身，风风光光地加入到艺术家的光荣行列。他们的作品要么是被有钱的贵族装饰在客厅，要么获得承诺终有一日将被送到卢浮宫的殿堂展出。

卢浮宫美术馆对卢梭来说，就像一个令人心脏乱跳的游乐园。平日里省吃俭用、一分一分算计着生活，可一旦身处卢浮宫，他整个人的神经都会无限舒展开来，仿佛这里的所有名画都出自自己之手一般，心情畅快淋漓。时而化身为雅克-路易·大卫[①]，见证拿破仑一世的加冕典礼，时而化身为杰里柯[②]，在险恶的大海中遇险，乘坐木筏漂流在惊涛骇浪之间。不知从何时起，卢梭陷入了幻想，他幻想自己成了宫廷里皇帝的御用画家，为创作出流芳百世的名作而彻夜挑灯。

四十岁时，卢梭获得了在卢浮宫美术馆临摹的许可证，这并不是谁想申请都能得到的，需要一定程度的绘画技能。和音乐一样，喜欢画画的卢梭因为得到了在卢浮宫画画的资格而欣喜若狂。

就在某一次，卢梭正在卢浮宫临摹时，时下炙手可热的协会画家威廉·阿道夫·布格罗的作品映入了他的眼帘。这一眼，让他猛然间有什么卡在了心里。

咦？说不定，我也画得了这种女神、天使的画。

那是迄今为止，他从未感受过的一种奇妙的诱惑。毋庸置疑，

[①] 雅克-路易·大卫（Jacques-Louis David, 1748-1825），法国画家，新古典主义画派的奠基人和杰出代表，代表作有《马拉之死》《荷拉斯兄弟之誓》。拿破仑掌权后重新重用他，遂成为拿破仑一世的首席宫廷画师，为拿破仑创作了许多大型歌颂作品，比如文中提到的《加冕仪式》。
[②] 西奥多·杰里柯（Théodore Géricault, 1791-1824），法国画家，法国浪漫主义画派的先驱。一八一八年他创作了名作《梅杜萨之筏》，描绘梅杜萨号船遇难后，幸存的人们在木筏上漂流多日，遇到远方船只后呼救的情景，即后文提到的画面。

布格罗是协会里的大家,一个外行再怎么模仿也终究成不了气候。尽管如此,不知道为什么,卢梭就是深信不疑,深信自己将来会成为超越布格罗的大画家。

这个想法一旦萌生,"想画一幅真正属于自己的画"的诱惑便搔得卢梭像心里有只小虫子爬来爬去一般奇痒难耐,再也无法平静。终于,他走向画具店,掏空腰包,将最高级的画布、画笔、颜料和调色板凑齐一整套带回了家。没有画架,他就把画布立在餐桌上,以报纸上的新闻图片为模板,试着画了第一幅。那是一幅年轻人们沉醉于舞蹈的画——结果出乎意料,卢梭自己都难以置信,他觉得这第一幅画就轻易地超越了布格罗,简直是一幅旷世名作。

卢梭拿着这幅作品,信心满满地送交了官展。焦急地等待结果期间,他已在脑子里想象自己的首幅作品一路过关斩将、最终摘得桂冠,到时他将站在作品前与布格罗双手紧握。可不知为何,他落选了。卢梭心情沮丧了一天,不过到第二天他又斗志昂扬,开始为下一次官展创作新的作品了。

卢梭想,官展评委里肯定没有布格罗,如果布格罗在,一定能从自己的作品里嗅出和他的作品一样的浪漫高贵的气息。如果布格罗当评审,就肯定没问题。

虽然卢梭不断自我激励,失望之情还是与日俱增,眼看着比自己年轻得多的画家们一个接一个登上了官展,自己已经四十一岁,已是日薄西山的年纪,官展的评审会就不能大度一点,考虑一下应征者的年龄吗?

没过多久,他得知还有一个专门展出官展落选作品的展览会。据说这个名为"独立沙龙展"的展会完全无需审查,会专门特设会场,展示所有应征作品。不能在巴黎大皇宫展出固然遗憾,不过总算能把自己的作品公之于众,说起来,这样一来审查会不就是全体法国国民了吗?获得协会画家的承认算什么,博得全国人民的欢迎才称得上真正的画家啊,卢梭又摩拳擦掌地兴奋起来。

卢梭的预期百分百中了。他的作品首次挂在大众面前就博得了惊人的人气。人们到达会场后都争先恐后地直奔放有卢梭作品的展厅。在作品前,人们捧腹大笑,有的人笑过了头有些呼吸困难,甚至有老妇人出来时面色煞白,嘴里嘟囔着"没见过这么恶心的画"。报纸和美术评论杂志不约而同地打出大标题争相报道。"亨利·卢梭氏,独立沙龙展上的话题"、"祝不畏嘲笑、持之以恒不断画出拙劣画作的卢梭氏好运!"看到这样的报道,又有更多的人涌向会场。简直像一场畸形秀。

无论多么伤人的报道,只要写有自己的名字,卢梭都会把那则新闻剪下来,贴到剪贴薄上。受到国民如此高的关注、博得如此热烈的人气,可为什么一封作画委托信都没收到呢?难道是委托一下子来得太多,让独立沙龙展事务局的工作人员手忙脚乱了?这么想着,卢梭便前去事务局询问。"没有,卢梭先生。作画委托信一封都没有。"事务局负责人冷冷地回了一句。

虽然吃惊,但家人只是沉默地看着卢梭渐渐把工作扔到一边,疯狂地奋笔作画。每完成一幅作品,他都要细细端详、沉醉地观赏。终于有一天,他在家人面前宣布:"从今天起,我要成为画家。"妻子完全没把他的话放在心上,孩子们则面面相觑。

画画让他如此快乐,以至于除了绘画之外,他不想在别的事情上浪费一丁点时间。就这样,四十九岁时,他断然辞去了海关的工作。辞职的理由是"以后想靠一只画笔生活下去"。上司和同事有的嘲笑他，有的发自内心地关心他，不过这些都没有影响他的决定。

自那以后十年过去了。回过神来卢梭才惊觉，妻儿已故去，女儿嫁了人，独居生活已有三年。终日吃着面包和清汤，食物单调，难以果腹；上下楼梯也着实辛苦，不过最深入骨髓的打击还是如此费尽心血画出的画却无人问津。

每年一次的独立沙龙展卢梭都会参加，去年还去了秋季沙龙，博得了上万人的好评。可饶是如此，仍然没有像样的委托找上门。偶尔会有熟识的邻居前来拜托他画静物画，或是为了抵偿债务主动提出为别人画肖像画，仅此而已。年复一年，拿到独立沙龙展上的作品攒得越来越多，找不到买家只能都存下来，用作画室的客厅便显得越来越狭窄。最终，他再也无法敷衍催缴房租的房东，开始辗转寄宿。

总有一天，这些作品都会大卖。怀着这个信念，卢梭把自己的大作全部用蜡纸细致地包好，小心翼翼地保管起来。

我的画一定能卖出去，那不是奇迹，而是必然，所以只要静静等待那一刻的来临就好。

可到底要等多久呢？等大画商、大富豪或大收藏家从天而降，赞不绝口地说："先生，您太棒了，您是天才，我把您的画全买了。"然后现场开出一张支票？

心快沉到了谷底，难道自己的作品能卖出去，不，连自己得到世人正当的评价都不是必然，而是奇迹吗？画布费和颜料费是一笔庞大的支出，今后还是别创作大幅作品了吧。

终于，去年年末，卢梭在这处寄宿地稳定了下来。我还要创作更大、更优秀的作品，下定这个决心是在他搬来一周，并邂逅了一个名叫雅德维嘉的女人之后。

每周日下午三点，女人都会来卢梭住的公寓的庭院里洗衣服。她有一头栗色的长发，微微卷曲，浓浓的眉毛，狭长的眼睛和深邃的五官。那时卢梭为补贴家用开始卖夹心糖，从巴黎圣母院回来的路上，他一眼看到了正和脸盆中的衣物搏斗的她。那一瞬间，卢梭惊呆了。

这种吃惊的感觉到底是什么？卢梭一时也说不清楚。或许是许多画家口中的"灵感"吧。总之就在这一瞬间，"要把这个人画到画中"的冲动从卢梭的身体里喷薄而出。

过了三个安息日，他打听出"雅德维嘉"这个名字，又过了三个安息日，他打听出"已婚"。要说出"我想你"，还要过多少个安息日呢？卢梭不得而知。

他决定暂定为两个安息日。把飞艇漂浮在空中的风景画完成，送到她面前。一幅小小的风景画，为了她去创作，即便这样会加大工作量和画具店的债务，画家也乐此不疲。

S

夏日的傍晚，巴塞尔的街道还一片明亮。

莱茵河倒映着渐渐染上橘色光晕的天空，滔滔流去。岸边零星可以看到几个坐在椅子上饮着红酒、相谈甚欢的市民。

载着提姆和织绘的凯迪拉克停在莱茵河边最豪华的酒店，"德莱科尼格"的正门前。门口的服务员刚一打开后面的车门，另外两名男服务生迅速奔了过来。入口处，酒店负责人约瑟夫·理查德亲自等候着两人。

"欢迎光临，布朗先生、早川女士。我谨代表酒店对二位的入住表示衷心的欢迎。房间已经准备好，如果二位还不太累，去酒吧喝点香槟如何？"

说实话，提姆还真想去喝一杯。然而织绘却抢先说："承蒙您的好意，不过实在不好意思，我有些累了。"

于是提姆也只好吞吞吐吐地回答："不了，我也……"

"这样啊。"理查德和善地笑着，接受了，"晚餐如何安排呢？可以在酒店的餐厅就餐，也可以替两位预约市内的本地餐厅。"

"我什么也不想吃，今天想直接休息了。"织绘虚弱地笑笑。

"我也……不，我……嗯……桥附近、莱茵河边，有一家专门做鱼的餐厅吧？我想去那里简单吃点。每年美术展的时候我都会去那里。"突然想起自己现在是"汤姆·布朗"，提姆故意这么说道。

"啊，您说的是'幻想曲'吧？那里的蓝鳟鱼是一等一的绝品呢。帮您订什么时间方便呢？"

"八点吧。"

"明白了。我会联系那边的老板，让他把餐费记到酒店的账上。"酒店负责人笑嘻嘻地答道，紧接着又说，"我们酒店的老板吩咐过了，只要是通过我们进行的预约，不论餐饮费、车费、花束，还是美容室的使用费用，全都由本酒店承担。女士，也请您随意享用。"

他笑着对织绘说。"通过我们"，重音故意放在这几个字上，也就是说，可以以这种方式随时监视两个人的行动吧。

"德莱克尼格"是拿破仑一世、歌德等名人名士都曾造访过的历史悠久的酒店，本不是助理策展人之流能来的地方。这家酒店在漫长的岁月里多次易主，最终到了现在的主人——康拉特·拜勒手中。要是入住登记时要求出示护照就万事休矣，提姆提心吊胆地想，还好什么手续都不需要。说不定,拜勒都不想让酒店里的人知道"有什么人住在这里"。

今天读完《做梦》的第一章后,有一个迟到的午餐会。与拜勒、孔茨同坐一起,提姆和织绘沉闷地用完了午餐。

和织绘一样,并不长的第一章《安息日》,让提姆足足用完了九十分钟。本打算采取先泛读一遍,第二遍再慢慢验证细节的战略,奈何就像直直扎向海底的锚,提姆迅速陷入故事中的世界不能自拔。

当然,这个故事他是第一次读到。要是内容极其复杂、或是和卢梭完全不相关该怎么办?这样的担忧在刚读到开头两行时就烟消云散了。故事用非常正统的法语写成,内容单纯得让人扫兴,焦点完全对准卢梭本人。

故事的舞台在巴黎,时间是一九〇六年,这在一开始就很明确了。因为卢梭是一九〇五年年末搬到佩雷尔大街二号乙的,而故事是从次年开始写起的。那时,卢梭已是独立沙龙展的常客,一九〇五年,名作《饿狮》(The Hungry Lion Throws Itself on the Antelope)参展秋季沙龙,他本人正式受到广泛的关注。然而作品依旧难销,为赚点零花钱,他开始卖夹心糖。书中简单勾勒出的卢梭的生平与史实基本一致。

不过话说回来,这真是一个奇妙的故事。它到底是史实,还是虚构的呢?

而且是谁写的,写作目的又是什么呢?

描写卢梭在经济方面饱受摧残的内容是史实。一次次向画具店借债,还曾遭到起诉。滞缴房租、穷困潦倒的画家只能以给房东画肖像画来抵债,这在研究圈内人尽皆知。然而,没想到卢梭竟如此自信,狂妄地相信自己的作品是超过布格罗的名作,这部分内容让提姆怎么也无法释怀。

　　还有就是"雅德维嘉",她和MoMA馆藏的卢梭代表作《梦》中,如女主人公般君临一切的裸体女人的名字一致。卢梭还为这幅晚年创作的作品亲自题了一首诗,虽然从文学角度上看堪称"拙劣",却是一首牧歌式的、静谧感伤的诗。而那首诗点明了登场女性的名字——雅德维嘉。

　　要说出"我想你",还要过多少个安息日呢,卢梭不得而知——这是第一章的结语。提姆注意到了这一小节。

　　果然是虚构的吧,而且是虚构的爱情故事。不就是以亨利·卢梭的视角叙述了一段悲伤的爱情故事吗?

　　还有第一章文末的一个字母——"S"。

　　就在提姆几乎要把这个颇为神秘的大写字母盯出一个洞时,规定的时间到了。难道是这一章作者名字的首字母?

　　前来书斋迎接提姆的不是孔茨,而是管家修那曾。

　　"辛苦了,稍后请参加由拜勒先生主办的欢迎午餐会。"

　　水晶吊灯熠熠发光的餐厅里,拜勒、孔茨、提姆、织绘,四个人的午餐会宛如一场告别仪式,肃静得可怕。织绘好像一直在沉思什么,刀叉都难得动一下。提姆也一样。孔茨说"所有的问题和感想都请保留",那还能说什么呢?

　　"明天上午九点我会派车去酒店,接两位一起来这里。然后和今天一样,早川小姐先开始,每人用九十分钟阅读第二章。之后请自便。"临别时,孔茨如此说明道,说完展开一份皮革制的文件,"可以的话,请在这里签名。"

　　只见文件上用英语写着:在拜勒宅邸的一切见闻均不可外传,如违反契约将承担相应责任。

提姆和织绘盯着文件看了片刻，随后织绘先签了名。提姆一瞬间犹豫了，随即模仿已经烂熟于心的老板的签名，龙飞凤舞地勾出了"T.Brown"几个字母。

啊，终于还是干了，这样一来，文书伪造罪就成立了。

要是被发现，立马会被 MoMA 无条件解雇吧。岂止如此，恐怕一生都将被美术行业放逐了。妈的，加油啊，卢梭。

就这样，提姆自然想喝些酒。可又不能邀请织绘，因为到讲评日之前，两人必须将感想封印起来。

干脆去理查德推荐的餐厅，吃鳟鱼吃个够，再灌它几瓶雷司令好了。

提姆住在酒店四层，织绘在五层。两人一起乘上了电梯。古老却保养得当的金色密室开始缓缓上升，两人一直保持着沉默。从在拜勒宅邸织绘被带进书斋，到现在，一直。

叮的一声，电梯停在了四楼。提姆走前回头说："明天见。"织绘依然沉默无语，可就在电梯门关闭的前一刻，她突然从门缝间嗖地滑出了电梯，来到呆若木鸡的提姆面前，问道："我想问你一个问题，第一章最后一节末尾……有一个大写字母吗？"

织绘的眼神严肃而认真，那视线让提姆只能说出事实。提姆不由地点点头。

"嗯，有，我确实看到了。"

"那个大写字母是……"

"S。"

织绘的目光瞬间柔和下来。

"还好。"她安心地舒了口气，"确实是'S'，也就是说，我和你读的东西是一样的吧。"

看来织绘和自己一样,也在怀疑"两人读的是同一个故事吗"。受到织绘的感染,提姆也鼓足勇气问道:"那个是虚构故事的人名首字母吗?你是怎么想的呢?"

织绘突然笑了,仿佛又变回之前那个刻薄强势的研究者,她反问道:"你怎么能断言它是'虚构'的呢?"

叮,随着一声轻响,电梯金色的门开了。织绘步入电梯,甩动长长的黑发,回过头,用毫无感情的声音道:"明天见。"

冷冷的微笑消失在电梯门后。

第五章 破坏者

一九八三年 巴塞尔 ／ 一九〇八年 巴黎

兴许是在莱茵河边的餐厅里喝得太痛快了，在巴塞尔的首个夜晚，提姆睡得非常香甜。这一觉睡得太沉，梦都没做。要不是八点的闹钟，提姆准会睡到日上三竿。

提姆来到阳台上，眼前是一片波光粼粼的河水，清晨的阳光干爽而温暖，抚摸着肌肤，凉凉的空气沁人心脾。纽约这个时候已经有华氏九十度了，提姆不禁产生一种逃离了炎热的纽约，来到瑞士首屈一指的豪华酒店度假的感觉。他伸了个大大的懒腰，将身子探出栏杆。奔流不息的莱茵河在朝阳的照耀下熠熠生辉。横跨河面的莱茵中桥上，瑞士国旗和巴塞尔市旗悠悠荡荡地迎风飘扬。路面上，电车懒散地穿梭着。

朝正下方看去，餐厅的阳台正好尽收眼底。几对正在吃早饭的老年夫妇里混着一个头发乌黑发亮的女性，穿着白色罩衫的服务员正把菜肉蛋饼端到她的桌子上。提姆马上飞奔到盥洗室，洗好脸刮了胡子，换上白衬衫和棉质裤子，脚步匆匆地走出房间。

"早上好，可以一起喝杯咖啡吗？"

提姆来到正吃着菜肉蛋饼的织绘面前，打了声招呼。当然，他时刻牢记自己现在是"汤姆·布朗"，故意装出一副颇有威严的表情和声音。在织绘对面坐下后，提姆问服务员点了咖啡。

"本想不吃早饭直接走呢。昨天一个人喝多了……"不顾对方完全没有回应，提姆自顾自地说道，"桥对面的'幻想曲'……正如酒店负责人所说，那里的蓝鳟鱼真的是绝品，我都不知道鳟鱼能做得那么好吃。"

"你每年都来这里的吧,巴塞尔,"织绘开口了,"不吃鳟鱼那一般都吃些什么呢?"

本想展现身为首席策展人该有的潇洒劲儿,没想到一上来就被抓到了小辫子,提姆苦笑着说:"啊啊,那个啊……我喜欢吃鲑鱼,鳟鱼吧,我总觉得黏糊糊的,不太喜欢。所以每次去那个店都点鲑鱼,到现在为止。"

连提姆自己都觉得这理由莫名其妙的,不过织绘似乎并不在意。提姆啜饮着咖啡,同时打量着默默地把菜肉蛋饼送到嘴里的织绘。织绘似乎在竭力避免与提姆视线相交,放眼去看前方的河景。可以明显看出,即便过去了一晚,她仍然对提姆抱有强烈的警惕心。

昨晚在"幻想曲"里喝闷酒时,提姆觉得索然无味。好不容易来到巴塞尔,见到传说中的收藏家,看到了卢梭的名作,读了不可思议的故事——对一个卢梭研究者来说,这些都是无上的喜悦。可遗憾的是,这一喜悦却无法与他人分享。按理说,美术史学界的新星——早川织绘,正是一起讨论卢梭和其作品的不二人选。要不是因为二人彼此互为对手,想必早就坐在一起,一边喝着冰镇雷司令,一边敞开胸怀倾诉感想了吧。那个故事到底是谁写的?是在什么时候、有什么目的呢?读了故事再讲评作品,拜勒是怎么想到这个点子的?故事的内容是虚构的还是史实呢?还有,故事中的卢梭之后会怎样呢……

咍的一声,织绘把餐刀放到了盘子上,然后开口道:"抱歉,我先失陪了。车子九点来接我们是吧?到时候见。"

说着她站了起来,黑色的秀发轻轻晃了晃。

"等等。"提姆下意识地叫住了她,"今天要读第二章……你觉得会有怎样的发展呢?"

面对这个唐突的问题，织绘的眉毛都皱到了一起。可看到提姆满脸好奇，她似乎有些无可奈何，于是又坐回到原位。

"嗯……怎么说呢……一九〇六年一月的故事已经完了，应该会从那年独立沙龙展上的轶事开始讲起吧。第一章也出现过有关独立沙龙展的只言片语。"

一九〇六年三月，在第二十二届独立沙龙展上，卢梭展出了《呼吁艺术家参加第二十二届独立沙龙展的自由女神》等五幅作品。第一章中有一段写道："画面上方，孤零零地画着一个吹响号角的女神，她的周围则白茫茫一片，隐隐约约可以看见用炭笔描绘出的旗帜和树木的轮廓。"要是没能马上反应出来这是哪幅作品，那连卢梭初级竞赛都无法通过。

原来如此，提姆煞有介事地点点头。

"我的想法有点不一样。"

织绘黑珍珠似的眼睛一动不动地盯着提姆。身为一介研究者，她自然对现代艺术界权威的见解表现出浓厚的兴趣。

见织绘的胃口被充分吊起后，提姆才开口道："今天，我们将在故事中遇到毕加索。"

织绘的视线有一丝动摇。或许是太震惊了，正在组织回击的语言吧。看到这个刻薄强势的学者震惊地说不出话来，提姆有些飘飘然。然而，织绘困惑的表情仅持续了一瞬，随即摆出一副不服输的神情，说道："这样啊，不愧是毕加索研究界的权威呢。"

的确如此，MoMA的首席策展人汤姆·布朗被公认为毕加索研究界的权威，不过提姆这样说并非为了装汤姆。从昨天初读第一章开始，他就一直在思考，为什么作者选择一九〇六年这个微妙的年份作为故事的开头呢？

卢梭逝世于一九一〇年。一九〇六年到一九一〇年这五年间，晚年卢梭在绘画领域接连引发令人注目的大事，其中之一便是和支撑起二十世纪美术黎明的天才画家们的邂逅。而巴勃罗·毕加索正是其中心人物。

对于一九〇五年秋季沙龙的事，书中只蜻蜓点水般地描了几笔，却引起了提姆的关注。没记错的话，文中是这么写的"去年还去了秋季沙龙，博得了上万人的好评。可饶是如此，仍然没有像样的委托找上门"。这个一九〇五年的秋季沙龙上，不仅展出了卢梭的作品，还展出了数幅可以在之后的近代美术史上被称为"事件"的作品，预示着亨利·马蒂斯、安德鲁·德兰所掀起的"野兽"之风即将来袭。由狂野奔腾的色彩构成的异样画作占领了秋季沙龙的一整个展厅。在这个被批评家们揶揄为"野兽的囚笼"的展厅里，卢梭的《饿狮》也被展出了。

野兽派的登场成为热门话题，许多画家也来造访这个"野兽的囚笼"，毕加索就是其中之一。对于日后发现卢梭的艺术家，天才画家毕加索来说，《饿狮》是一幅怎样的作品呢？遗憾的是，并没有留下相关记载。无论如何，"博得上万人好评"的《饿狮》，明显与一直被嘲笑不懂远近法的门外汉画家卢梭的那些被当成笑话看的作品迥然不同。为了收获晚年最后的成熟果实，画家开始准备了。

另外，名副其实地反映了这个时代艺术变革的是巴勃罗·毕加索。提姆隐隐感觉到，作者看似在以小孩子般的文笔写一个单纯到让人忍俊不禁的故事，其实背后精心埋下了绵密的伏笔。贫困到走投无路，六十一岁高龄还对一个年轻妇人百般献媚的可怜男人；而慧眼识出这位谁都不屑一顾、被人以"拙劣、垃圾"百般调侃的画家，不正是被奉为二十世纪美术变革者的毕加索吗？

"毕加索一定会出场，要打赌吗？"

提姆又重复了一次。虽没有确凿的证据，还是想以"现代美术界权威"的身份给对手造成心理上的动摇。

"赌什么？"织绘不甘示弱。

"如果第二章毕加索没出来，讲评那天的顺序就由你决定。不过，如果出来了……"提姆用食指在餐桌上咚咚地轻叩了两下，继续道，"今晚就在这里一起喝一杯雷司令。"

☆ ☆ ☆ ☆ ☆ ☆ ☆

第二章 破坏者

殉道者街一家古董店的店门口，站着一个矮矮胖胖的男人。

磨得开了线的夹克衫袖子上贴着块膏药。男子双手插在裤兜里，站在那里一动不动，仿若雕像，不知道已经站了多久。炯炯有神的大眼睛让他宛若暗夜中瞄准猎物的猫头鹰。循着他的视线望去，是一座由无数画布堆积起来的小山。

"哎呀，这不是毕加索老爷吗？来找旧画布？"

店主说着从店里走出来。听口气，这位男子应该是店里的常客。

这个名叫巴勃罗·毕加索的男子八年前从西班牙的巴塞罗那来到巴黎，决心成为职业画家。除此之外他什么都不放在心上，那双目光灼灼的大眼睛只为追求新艺术而发光。

"这个，多少钱？"毕加索指着堆成小山的画布中的一张问。

"啊，哪个？"店主哗啦哗啦地翻着堆积成山的几十张画布，确认道。

"啊,不是那个,在更下面……对,那个。露出女人脸的那张。"

店主每次只能挪动三四张,终于把埋在最深处的大型画布挖了出来。一张描绘身穿黑色连衣裙、体态丰盈的女人肖像画展现在毕加索眼前。

那时,贫穷的画家们没钱买新画布,便去二手古董店把廉价的老画买下来,回家先用颜料涂一遍,再在上面重新作画。这家古董店门口摆的也都是些连壁纸都当不了的、为了再利用才收集起来的画。

"啊,老爷果然有眼光。这幅大小正合适,也不太旧,涂过后使用一定不错。五法郎给您了。"

"什么,五法郎?"

炯炯有神的大眼睛盯着店主,店主慌忙说:"您就饶了我吧,五法郎,不能再便宜了,再便宜一法郎我就要亏本了。"

在裤兜里窸窸窣窣地摸索了一阵后,毕加索掏出五枚一法郎的硬币摆到店主的手掌上,笑嘻嘻地说:"五法郎卖给我,你可别后悔哦,老爷子。"

说完,毕加索抬起足有自己身体那么大的画布,得意扬扬地朝自己在蒙摩特尔的画室走去。

这幅原本等待被涂掉的命运的画,正是亨利·卢梭的《女人的肖像》。毕加索那如鹰一般锐利的眼睛从众多画作中发现了它。这么轻易就得到了卢梭的作品,毕加索欣喜若狂。

这不是偶然,就在数天前,毕加索由诗人朋友纪尧姆·阿波利奈尔带领,造访了位于佩雷尔大街二号的卢梭画室。新鲜颜料描绘而成的密林;面向正前方的正统人物肖像,屋里的一切都让平时大胆在画家本人面前大加批判其作品的毕加索陷入了长久的沉默。

"太厉害了。那个人是真正的创造者，不，是破坏者。"

从卢梭画室回来的路上，毕加索低声感叹，像是在自言自语，可每一个字都清晰地传到了阿波利奈尔的耳中。

巴勃罗·毕加索，那时，在自称"前卫"的艺术家中间，没人不知道这个画家的名字。有人称他为革命家，有人称他为创造者，也有人称他为破坏者。究竟哪个名称更合适呢？或许把所有的称呼结合起来才最准确。

在遇到卢梭的前一年，毕加索，这个西班牙人创作出了一幅决定二十世纪美术走向的作品，是的，就是那幅——《亚威农的少女们》。

那么，该怎么描述这幅作品呢？比起作品本身，说说毕加索身边的艺术家和支持者们的反应或许更为明了吧。

那时，毕加索住在蒙摩特尔高地一处名为"洗衣船"的破烂杂院中，在一间塞满画具，充斥着狗的气味，狭窄得无处落脚的画室里，他和美丽的恋人费尔南德·奥利维，以及爱犬佛利卡生活在一起。这个画家只有二十七岁，年轻而野心勃勃。在他所栖息的这个杂院里，还有很多艺术家出入。画家、诗人、作家、评论家、音乐家、演员，还有对新事物充满好奇心的画商和新晋收藏家，宛若一个马戏团或移动游乐场。饮酒作乐、激烈争论、打架斗殴、男女情事，每天都在反复上演。每个人都对即将开始的新世纪充满期待，坚信这个属于他们的时代能冲破那早已腐朽的大门，展翅腾飞。而对于卢梭所执着的"官展"，他们却嗤之以鼻。

独立沙龙展、秋季沙龙等，以不同于官展为目标而设立的展览会迅速赢得了这些人的关注，对塞尚、莫奈等艺术家的评价一路飙升。卢浮宫美术馆和夏乐官还举办了"非洲伊比利亚－未开化之地的美术"主题展览，自由清新的艺术之风吹遍了巴黎大地。和毕加索一样，大批艺术家怀着来巴黎这个艺术开放之都试试拳脚的愿望，从法国周边各国，甚至美国络绎不绝地涌来。

运用独特的蓝色和粉红色色调，以丑角、盲人、乞丐等生活在最底层的人物为原型进行创作的毕加索，不论技术还是野心，都无可挑剔地先同行们一步。更何况那时在画家心目中，"技术"已经不是问题，画得好的画家一抓一大把。艺术家们议论的主题早已与"画得好"这一基本出发点相距十万八千里。"画得好"指的是什么样的画？"画得好"指的是什么样的艺术家？已经没人能给出准确的答案。不管是人物、静物，还是风景，能把眼前的对象原封不动地搬到画布上，已经不算是"画得好"的画了。

在敏锐到极致的感性情怀，以及引领时代潮流的气魄方面，毕加索确实先人一步。然而，像作为"色彩的破坏者"而受到世人瞩目的马蒂斯和德兰那样，在运用大胆的表现手法方面，他还没找到自己的位置。

到底什么是新的？我该画什么？毕加索每天都贪婪地徘徊在大街小巷，出入美术馆，参观高更或塞尚的展览，而每每此时，他总能感觉到胸口有一股热流涌上来，却又卡在某个地方动弹不得。一点、一点，这位年轻的画家把自己的头脑和心灵全部置于时代的洪流中。他不想画所谓"画得好"的画，他追求的只有一个——"新的表现"。

某个夏天，毕加索和恋人费尔南德·奥利维来到西班牙的乡下小镇戈佐尔度假。这里朴素的百姓循规蹈矩的生活方式，以及被风化得凹凸不平的岩壁风景，在年轻画家眼中是怎样的一番模样呢？那次旅行之后，他的画有了新的变化。他得到了某个思想的指引，一次又一次地反复素描。谁也不曾发现的新大陆正从水平线那端遥远的彼岸初现倩影。叮咚、叮咚，雨滴轻敲心灵的地表，即将掀起一场激烈的风暴，这一预感强烈地冲击着毕加索的心。最终，那幅作品完成了。

在完成创作的几个月里，毕加索把自己完全禁闭在画室中，曾经热闹非凡的画室突然日日门可罗雀。他一头扎进创作中的骇人之状，与他同居的费尔南德再了解不过了。

之后，几个亲密的友人被毕加索作为"最早的发现人"邀入画室。见到《亚威农的少女》，友人们无不呆若木鸡，一个个不知是失了声音，还是找不到词语。

"母子像呢？丑角呢？"最擅长语言的诗人阿波利奈尔显得张皇失措。对毕加索颇为得意的用蓝色和粉红色描绘的人物像，以及那抒情诗一般的气氛，阿波利奈尔比谁都赞赏，可连他都到了词穷的地步。新作上彻底不见抒情的踪影。

"毛骨悚然啊。"说出这句话的是毕加索和马蒂斯的拥护者，从美国来的作家格特鲁德·斯坦，"花了这么长时间、费了那么大劲，却创作出这样的东西，可怕的徒劳啊。"

格特鲁德的哥哥、收藏家雷奥则感叹道："毕加索走上了灭亡的道路。"

"为什么把人都画得像怪物一样？"受到冲击的画家乔治·布拉克问道，"这鼻子是怎么回事……不，不是鼻子，那不就是个楔子吗？"

安德烈·德兰则再也坐不住，走出蒙摩特尔四处宣扬——"毕加索的尝试令人绝望，画出那幅画后，离他上吊的那天可能也不远了。"

批判得最为激烈的是马蒂斯，他断然放言："毕加索是现代美术的破坏者，是个疯子。"

让至今为止支持他、为他的才能所倾倒的人们混乱到如此程度、愤怒、绝望到如此程度的，就是那幅画——《亚威农的少女》。想来也确实如此，那幅画彻底颠覆了人们原本建立的对于"画应有的样子"的概念。

画面上描绘了五个妓女。最左侧的女人撩起窗帘似的东西；中间的两个女人一个举起一只手，一个双手都举着；再往右是一个背对而坐的女人；最右边的女人则像正从画面最深处走出来一来。从左向右看，五个女人一个比一个没有表情，不，岂止是没有表情，整个脸孔都被完全破坏了。不是普通人类的脸，而是像被施了巫术的面具似的，如怪物般恐怖的脸。棱角分明的身体没有丝毫诱惑性可言，特别是那个坐着的女人，明明是背对着坐，脸却朝向正面。远近法、立体感统统没有，只是五个让人不舒服的裸体女人勉强地贴在一起。

用一句话概括，那就是一幅"丑陋的画"。"这对法国美术界来说是个多么大的损失啊。"不知是谁感叹了这么一句。这句话确实完美地诠释了那些曾醉心于毕加索作品中散发出来的哀伤之美的人们的心情。熟悉毕加索的人，因这幅作品将他们欣赏柔美人像的权利剥夺，而打从心底施以深深的诅咒。

然而，这幅作品正是毕加索经过长时间对美和美术的反复思考、痛苦挣扎、屡试屡败后，最终得出的结论。他想通过把这幅"丑陋的画"摆在世人面前，提出"美是什么"、"美术是什么"，这样一个无比庞大却又直击本质的终极问题。

但对看的一方来说，那感觉就像心脏被人徒手捏扁搓圆一样。好不容易把万众目光吸引到这里，他为什么宁愿冒着众叛亲离的危险，也要做那样的事呢？不必过于辛劳，只需稍微加快脚步，他不是依然能引领时代的潮流吗？不，对毕加索来说，那样还远远不能满足。

那时毕加索读了一本书，叫《地狱的季节》，是放浪诗人阿蒂尔·兰波的诗集。其中有一节，像根针一样直扎画家的心窝，再也没有拔出来。

某个夜晚，我让"美"坐在膝上……
我想，她真是个薄情的家伙……
我大声斥责她……

仿佛有冰冷的舌头舔过脖颈，全身一阵战栗。这一节简直就是毕加索心里的呐喊。一想到美是什么，他就被焦躁不安、愤怒不已、想摧毁一切的情绪折磨着。美就是一个不论你如何表达爱慕，都不会回头看你一眼的高傲女人。冷酷无情，让人心里窝火。那么，与其得不到，不如干脆呵斥她、殴打她，甚至杀了她。这位年轻的天才画家因为对美近乎病态的执着反而产生了彻底的厌恶。

另一方面，虽然对美或不美无法做出明确的定义，但邂逅到的一些事物又让毕加索心中的焦虑不断升级。戈佐尔凹凸不平的岩壁、四五世纪的伊比利亚雕刻、非洲的假面、加泰罗尼亚的罗马式绘画、高更描绘的塔西提的女人们、把自然界分解为圆柱、球体和圆锥的塞尚……还有，亨利·卢梭。

毕加索第一次看到卢梭的画，是在《亚威农的少女》完成之前两年，在秋季沙龙的"野兽的囚笼"里。那时，马蒂斯描绘的粗野的绿脸女人夺走了所有人的目光，而一直被当作笑话看的卢梭的作品前竟没有一个捧腹大笑的看客。

这时的毕加索，对于马蒂斯对色彩发出的挑战，总的来说是冷眼看待的。诚然，色彩是决定作品质量的一个重要因素，但也不过是其中一个因素罢了。毕加索更在意卢梭的《饿狮》。

那幅画带着一股执拗劲，浓浓的绿色一层叠着一层，绿色的中央是一只还来不及出声就被狮子死死咬住的羚羊。玻璃球般乌黑透亮的眼睛里，落下一滴泪来。整个身子压在羚羊身上的狮子脸上露出一抹下流的笑，就像在对一个毫无抵抗能力的处女施暴的粗野男人。相当于舞台背景、没有一丝纵深感的画面正中间，太阳正无情地下沉。毕加索不禁睁大了他那如暗夜一般深邃的眼睛。

这到底是什么？

不是塞尚，也不是高更。既不像过去的任何画家，也不像现在受到瞩目的任何一个画家。面对这幅不属于任何美术系谱的画，毕加索的视线被牢牢地钉在了上面。

简直像湿壁画[①]一样。不，是中世纪的织锦，或罗马时期的

[①] 湿壁画又叫"鲜画"，一种刷底壁画。它是趁泥灰土潮湿时用颜色进行描绘而成的，泥灰土干透后壁画经久不坏。湿壁画为文艺复兴以前画家们常用的画种之一，后来被油画所逐渐取代。

祭坛画。

当时几乎没有评论家或艺术家对卢梭的画给过正经的评论。这幅狮子吃羚羊、戏剧场景一般奇妙的画,当然也没有一个人站出来评价,更没有人突然称赞说"太美了"。然而,毕加索在与这幅画邂逅的一瞬间就敏锐地嗅到了,他知道,就在这幽暗的密林深处,全新的美正在萌芽、正在蠢蠢欲动。

在之后的独立沙龙展,以及次年的秋季沙龙上,毕加索都特别关注了卢梭的作品。作家阿尔弗雷德·雅里[①]、画家罗伯特·德劳内[②],还有阿波利奈尔等几个先锋艺术家也不约而同地开始关注卢梭。说不清为什么,总觉得有点在意,所有人都是这样的感觉。

日子就这样不断逝去,直到毕加索终于把《亚威农的少女们》带到世上。这个"鬼孩子"刚出生就被人敬而远之,然而毕加索淡定自若,因为在他的内心深处有个信念。

那就是,所有杰作诞生时都是相当丑陋的。

这种丑陋,正是创作者为了用新方法表现新事物,而辛苦挣扎的证据。

把美抛开的丑,才是新艺术所允许的"新的美"。这就是毕加索的结论。

能得出如此大胆而独特的美的理论,是因为毕加索的内心深处有一种绝对的自信,相信在这个世界上,自己是唯一得到

[①] 阿尔弗雷德·雅里(Alfred Jarry,1873—1907),法国象征主义作家,作品以荒诞、夸张著称。代表作有戏剧《愚比王》等。
[②] 罗伯特·德劳内(Robert Delaunay,1885—1941),法国画家,尝试抽象形式和色彩,是最早创作纯抽象作品的画家之一。代表作有《日光盘》等。

神的允许,有权把所有东西都破坏、再重建的人。

　　引起艺术潮流巨大改变、完成丑陋之美的《亚威农的少女们》,以及立体主义在此时出现。不论是毕加索的同伴,还是后世的美术史家们都不曾注意到,在呼吁、并断然掀起一场革命的年轻领导人毕加索心中,卢梭早已存在。

P

☆ ☆ ☆ ☆ ☆ ☆

　　在巴塞尔的第二天,拜勒宅邸。这天午后,和前一天一样,主人也在空荡荡的餐厅里举行了午餐会。

　　酒杯里注入白葡萄酒,是雷司令。拿起杯子,轻轻碰杯。提姆向邻座的织绘使了个眼色。织绘的嘴微微歪了一歪,似乎在笑着说"你赢了"。

　　四人分坐在宽大的餐桌两侧,提姆对面是康拉特·拜勒,织绘对面坐着埃里克·孔茨。和前一天一样,所有人都沉默不语地盯着自己的餐盘。不同的是,今天提姆和织绘都积极地动着刀叉。自己的猜测果然正确,毕加索登场了,为此提姆有些兴奋。

　　"简直像在开追悼弥撒。"正在吃饭的拜勒突然发出声音,"没人说一句话,再乏味也得有个限度啊。"

　　提姆慌忙拿起餐巾擦了下嘴,马上回道:"讲评日之前所有的问题和感想都保留……孔茨先生这么说过。"

　　一抹毫无感情的视线射了过来,孔茨用法语回道:"我说的是保留想法、见解的话,布朗先生,请尽管说。"

　　真是个不好对付的男人,提姆这么想着,但早已心里痒痒,按捺不住想阐述自己的"见解"了。

"昨天读《做梦》第一章的时候,我就预感到总有一天毕加索会出场。作为这个故事最重要的出场人物。不过,说实话,我完全没想到他会以这么崭新的方式出现。"

"崭新?"拜勒嚼着食物,重复道,"崭新的方式是指什么?"

"《亚威农的少女们》。第二章的结尾让人觉得,那幅革命性的作品的创作背景和卢梭的存在密不可分。据我所知,这是前所未闻的新说法。"

这么说着,提姆向织绘的方向看去,试图征求她的同意。"你不觉得吗?"

织绘把叉子搁在盘子上,说道:"这么性急地断言是'新说',还为时过早。"

这是一个学者应有的、非常严谨的判断。真是的,这个女人也不好对付啊,提姆在内心感叹道,却不忘装出自己是"毕加索研究领域的世界性权威",继续对拜勒道:"《亚威农的少女们》是受到非洲假面、伊比利亚雕刻,以及高更和塞尚巨大影响而诞生的一幅作品,这在研究者之间已经达成了共识。的确,戈佐尔之旅后,毕加索的素描有了新的变化,这是事实。不过卢梭的作品影响了《亚威农的少女们》一说从来没听说过。如果这是真的,那在毕加索研究领域会是一个能引发轰动的新说。"

如果真正的汤姆·布朗现在坐在这张桌子前,恐怕早就无法这么镇定自若了吧。他一定会在心里冷笑,卢梭那样的人怎么可能给毕加索带来影响。但是假冒的汤姆·布朗考虑到老收藏家对于卢梭近乎异常的偏爱,故意委婉地提出了意见。看来,这个提出奇特新说的故事确实是由某个人杜撰的吧。某个卢梭的崇拜者,为了把卢梭定义为为二十世纪美术改革做出贡献的伟人而虚构的。这是读到目前为止提姆的见解。

"我的意见有些不同。"

听了提姆的话，织绘开口了。

"的确，阿波利奈尔、阿尔弗雷德·雅里，以及罗伯特·德洛内都为'卢梭的发现'出了一份力。不过，我很早就在考虑，比起他们，或许毕加索与'卢梭的发现'联系更加紧密。一九〇八年，毕加索在古董店找到了卢梭的《女人的肖像》，这是则非常有名的轶事。而且毕加索一生都把那幅画放在身边……为什么他对卢梭着迷到那种程度？理解了这一点，我相信就可以明白现代美术的变革是如何发生的。"

"嗯。"拜勒低低地哼了一声，那声音像是对织绘的意见表示赞赏一般。在这张桌子上进行的交流，难道是讲评会的前哨战？决不能轻心大意。

提姆连忙反驳道："毕加索与卢梭相遇是在一九〇八年。而《亚威农的少女们》是在一九〇七年完成的。一九〇五、〇六、〇七，卢梭在这三年的独立沙龙展或秋季沙龙上展出的作品可有一幅与《亚威农的少女们》有共同点？

"在创作《亚威农的少女们》的那两年时间里，毕加索有可能接触到的卢梭作品有《饿狮》、《呼吁艺术家参加第二十二届独立沙龙展的自由女神》和《玩足球的人》。这几幅作品和《亚威农的少女们》关联性很低。不论是主题、表现方式、技法，还是对美术的洞察、思想和哲学都完全不同。极端点来说，在对美术的认知上，毕加索和卢梭的差异是实质性的。即便是卢梭的研究者，承认其艺术性和先锋性的人，都不可能把二者定位为同系画家。"

织绘的话却出人意料。

"安格尔呢？"

"啊？"提姆不由地反问道，"安格尔？"

让－奥古斯特·多米尼克·安格尔，织绘举出一位十九世纪新古典主义画家，只听她继续道："还记得一九〇五年，秋季沙龙举办了安格尔的回顾展吧？毕加索应该也去看了。他对当年'野兽派'画家们发起的色彩革命不屑一顾，却没能逃出安格尔的影响。其证据就是，一九〇五年秋天，虽然还残留着粉红时期的特征，但他立刻创作出将人体表现和动作形式化了的《理发师》和《拿扇子的女人》。"

织绘的眼神游移在空中，仿佛眼前就是毕加索的画。

"简化了的两个女人和裸体孩子，简直就像半成品……以匪夷所思的姿势拿着扇子的女人……毕加索并没有学习安格尔的表现方法，而是学到了将对象'形式化'。比方说，安格尔的《土耳其浴室》就将裸体女人群像形式化了。把女性的肉体那样集合在一起，其本身就非常接近'抽象化'，也可以说是'形式化'。从这层意义上出发，我们可以建立一个假说，那就是《亚威农》背后有安格尔的影响……不过话说回来，《土耳其浴室》和毕加索的《亚威农的少女们》又有哪里相似呢？"

"都是几个裸体的白人女性吧，就这一点。"拜勒愉快地插嘴道。

"嗯，确实如此。"织绘冲着拜勒笑了笑，"也就是说，某个艺术家从别的艺术家身上获得了灵感，其结果并不一定是创作出'相似'的作品。所以，我认为也可以建立这么一个假说——与卢梭的作品没有任何相似之处的《亚威农》，背后有卢梭的存在。"

提姆哑口无言。

将杯底残留的白葡萄酒一饮而尽,一直沉默不语地旁观二人辩论的孔茨终于发话了。

"好了,今天就到这里吧。在讲评日之前就分出胜负,多没意思。"

和前一天一样,从拜勒宅邸驶向酒店的路途中,提姆和织绘互不理睬,没说一句话。

在拜勒面前被织绘逼得哑口无言的提姆心里一片苦涩,心底某处,他觉得自己不可能输给这么一个年轻的研究者。自己毕业于哈佛大学,好歹还是 MoMA 的策展人助理,每天在常设卢梭作品的展区附近工作,怎么可能被这个只会纸上谈兵的丫头超越,他心里这么想着。

不过自信也要有个限度。织绘·早川,是个比想象中还要棘手的对手,而且,更可恨的是……

提姆偷偷瞄了一眼正欣赏窗外风景的织绘的侧脸。

她好美。

突然,黑色的眸子转向了这边,提姆慌忙移开视线。近似叹气般的笑声冷不防响起。提姆故意将脸转向窗外。

"今晚几点去阳台呢?"

织绘的问题让提姆的心猛颤了一下。对了,早上的"打赌"自己勉强算赢了。早把这件事忘得一干二净的提姆面向前方,苦笑道:"你还记得啊……被揍得惨不忍睹,还以为那个约定也没了呢。"

"约定就是约定,而且,被揍……"织绘噗嗤一笑,说,"我真正揍你的时候,可不只是刚才那种程度哦。"

这话听得人毛骨悚然。提姆不得不再一次苦笑。

约定七点在酒店阳台一起吃饭后,两人道别。提姆稍微重振精神,回到了房间。那个女人虽然好胜心强、脑筋快得让人生气,不过在某些地方还是挺实在的。

晚饭前先洗个澡吧,这么想着,提姆边哼着歌边开始脱衣服。突然,和第一章最后一样,今天读到的第二章末尾的大写字母毫无缘由地闯到了他的脑海里。

P。

咦?有什么卡在心里。

昨天的大写字母是"S"。"S"和"P",连起来是有什么意思吗?

说起来,第二章和第一章相比,叙述的手法也变了。说不清是更纯熟,还是更睿智。难不成和第一章的作者不是同一个人?

电话铃声把提姆拖回了现实。刚才委托酒店人员帮忙预约阳台的餐位,得到回复说"阳台的餐位预约已满,但会尽量帮您调整出来"。现在一定是来通知预约到了。

"喂,你好。"提姆愉快地接起了电话。

"有国际电话打进来,需要为您转接吗?"

国际电话?

"是谁?"提姆下意识地问道。

"是马宁格先生。"接线员回答,"来自纽约。"

纽约的马宁格?完全陌生的名字,提姆拼命翻阅脑海中的通讯录——不是自己的,是老板汤姆的。马宁格,马宁格……是谁?

"要为您转接吗?"接线员催促道。算了,提姆横下心来。

"请转接过来。"

嘟——电话接通的声音响起,紧接着是哔的一声,然后是流水一般的声音。

"喂喂……是汤姆吗?"

从听筒里传来的声音提姆没有任何印象。此时他的额头已渗出汗珠，尽可能模仿老板的音色，短促地说了声"是"。

"呀，最近还好吗？我是保罗·马宁格，你那边天气应该转凉了吧？"

什么？提姆惊呆了。

保罗·马宁格。世界最大的拍卖行"佳士得"在纽约分社的印象派·近代美术部门董事。提姆曾与他在 MoMA 的欢迎会和拍卖的内览会上有过几面之缘，还经汤姆介绍，交谈过几句。从马宁格刚才的口气推测，汤姆和他的关系应该相当亲密。一瞬间，提姆感觉到冷汗从脊背上流了下来。

"呀……保罗，你怎么知道我在这里？休假的地方我连我们馆长都没告诉呢。"

冷静，提姆一边不断暗示自己，一边全身心地模仿老板的口吻。心脏一张一合的声音都清晰可闻。

马宁格语调轻松地回道："那易如反掌。你也知道，拍卖行就像艺术品侦探似的，时刻关注着世界各地宝贝的走向，一旦发现哪处有动作，立马扑上去调查蛛丝马迹。这次我们得知一个不得了的宝贝有异动，当然不能坐视不管……你被邀请的事，我们事先都摸清楚了。你被那个独一无二的——"装模作样地故意停顿一下，然后他才继续道，"独一无二的大收藏家，康拉特·拜勒邀请，为了鉴定某幅名画……是吧？"

一阵寒意袭来。

暴露了？这边所有的行踪都暴露了？

提姆深知，世界两大拍卖行——佳士得和苏富比，能够敏锐地察觉隐藏在世界各地的名画动向。特别是"印象派·近代美术部门"，由于交易的都是天价作品，这就需要部门领导必须具备准确的识别力和高超的交涉手腕。为了追踪世界各地的收藏家，把盯上的作品拽到拍卖会场上，他们会使尽浑身解数，设计各种战术。说不定马宁格很久以前就盯上了拜勒的秘宝。被美术馆策展人奉为"传说"的拜勒的藏品，必然早在很久之前就被佳士得摸得一清二楚了吧。

"康拉特·拜勒？"拼命抑制住眼看就要从嗓子眼儿跳出来的心脏，提姆决定装傻，"你是说传说中的收藏家在巴塞尔？"

"别装傻了。"马宁格的声音有些冷了，"拜勒最近委托谁做藏品鉴定，我们早就调查得一清二楚了。毕竟那老怪物都九十五岁了，对他的藏品今后去向感兴趣的可不止我一个。特别是里面那个带着假鉴定书的作品……《做梦》，更是备受关注啊。"

仿佛在确认这边的反应，电话那头的马宁格噤了声。过于惊愕使得提姆连附和都忘了。到底该怎么回应才好？哟，知道得真清楚，不愧是佳士得的董事啊——这么拍一拍马屁能应付得过去吗？

"要鉴定秘宝中的秘宝，必须得委托最可信赖的人才行。那种能厚着脸皮在满纸谎言的鉴定书上签字的家伙，拜勒可不会找。这样一想，全世界有资格鉴定那幅作品的人就少之又少了。既然不是泰特的首席策展人，还会是谁呢？"

听到这里，提姆算是彻底认识到，有关那幅作品的所有情报已经被马宁格掌握得一清二楚了。包括拜勒收藏着《做梦》，泰特美术馆的首席策展人安德鲁·济慈在鉴定书上签了名——他还断定那是"满纸谎言的鉴定书"，还有能鉴定卢梭作品的人除了汤姆·布朗之外再无其他人选。说不定连早川织绘参与鉴定的事他也早就摸透了。

"好吧，保罗。"提姆终于举手投降似的回应道，"那为什么特地给我打电话呢？"

"我就直说了,就你现在参与鉴定的那幅作品,我想和你做个交易。"马宁格间不容发地说道,"刚刚我也说过了,拜勒现在九十五了,天国的大门就在眼前。死后那些作品会怎么处理,是他现在最关心的事。你也知道,拜勒的家人都已去世,没有可以继承财产的人。所以他只可能捐赠给某个美术馆、卖出去,或是委托给第三方。当然,我们也在想尽办法和他沟通,可惜那个老顽固怎么也不相信拍卖行……他既然委托你来鉴定,可见非常相信你,所以,如果你去劝他,他应该能听进去吧。"

这些年来,马宁格投入了大量经费、费尽心思去接触拜勒周边的人,而最终得到的情报是——

拜勒现阶段的打算是,把钟爱的藏品《做梦》的处理权全部转交给能鉴定它的人。被拜勒选中的人不止一个,还有另一个。这些情报马宁格都已掌握。

"所以呢,你想让我做什么?"

提姆的声音有些焦躁。连"另一个鉴定人"的存在——虽然他没提及早川织绘的名字——都能追查到,这是多么可怕的调查能力啊。难道他收买了拜勒身边的人?是司机、用人、护士、管家,还是代理人?

"哎呦,淡定淡定,这又不是什么违法交易。"马宁格意气风发地回应道,"老实说,关于拜勒和你,还有另一个鉴定人之间签订了怎样的协议,非常遗憾,我们完全不清楚,还没了解到那个程度——不过,希望你能从拜勒手中拿到《做梦》的所有权,不是MoMA,而是你。"

"我?"提姆重复道。他不明白马宁格的意思。

"对,你。"马宁格又重复了一遍,"也就是说,你要成为《做梦》

的所有人,然后把它让渡给我们佳士得·纽约拍卖行。当然,名字不会对外公布,但卖主是你。作品的预计成交价为三百万美元。我们只从你那里收取百分之十,再从中标人那里收取百分之十,共计收取百分之二十的手续费。小锤子一敲,你就能成百万富翁啦。"

提姆不由地咽了一口口水,贴着听筒的耳朵麻麻的,很烫。

"那个……"提姆有些狼狈,"那怎么可能!以 MoMA 的名义接受作品捐赠还好说……更何况,那幅作品值三百万美元?它到不了那么高的价格吧。"

提姆不小心说出了心声。亨利·卢梭的作品从来没被拍卖过,在美术市场上能以多少钱成交,没有先例可以进行预测。毕加索或莫奈还好,卢梭的作品价格也能超过一百万?真是让人惊得眼珠子都掉下来的天价。对方竟把预计成交价格定为三百万美元,是基于什么做出的判断呢?

"那幅作品要是进了 MoMA,恐怕永远都不会出现在拍卖会场的桌子上吧。单从这一点来看,它的价值也很可观。"

马宁格的声音认真起来。看来即便拼上自己的职业生涯,他也要把那幅作品拽到拍卖行里不可。为此,就算利用自己的朋友,MoMA 的首席策展人,也在所不惜。提姆感受到了马宁格那病态的热情,觉得毛骨悚然。

真正的汤姆·布朗会接受他的提议吗——再怎么想象也得不到答案。

"非常遗憾。"提姆深深地叹了口气,说道,"这种荒唐的提议我不能接受。我是以 MoMA 首席策展人的身份被拜勒邀请到这里的。即便作品的所有权到了我手上,我也会原封不动地把它拿到 MoMA。如果这幅作品能成为馆藏品之一,那对我来说也是莫大的荣幸——"

"拙劣的演技就到此为止吧,提姆。"

提姆大吃一惊。

没听错,他刚刚确实叫的是"提姆"。

"你是谁,我们也早就知道了。你的小把戏现在该收场了。"

"呃……呃?"干裂的嘴唇止不住地颤抖,提姆费了点劲才终于开口,"你……你在说什么呢?保罗,别开玩笑了……"

"既然是拜勒的贵客,我猜测你一定住在那个酒店,于是试着拨了通电话。'德莱科尼格'的确是一家超一流酒店,不过电话接线员却是二流的。我一说'帮我转接下布朗先生',她就这么傻乎乎地接通了。不是汤姆·布朗,是提姆·布朗哦。"

这下提姆完全失声了。仿佛逐条解开推理小说中的伏笔一般,马宁格娓娓道来。

"昨天早上,在苏黎世机场的大厅里,你曾对拜勒派来的司机出示了一个印有字母'B'金色封蜡的信,对吧?真是该死的幸运,当时我恰好路过。我刚从日内瓦的保税仓库回来,打算回国。不过目的地不是纽约,是夏威夷的瓦胡岛。"

昨天早上抵达苏黎世机场时的场景此时如电光火石般在提姆的脑海中复苏。

啊,是的,我确实把信封举了起来——可就一瞬间,就那么一瞬间。

那个瞬间不过两三秒,竟然被马宁格看到了。

"我和朋友约在瓦胡岛吃晚饭,顺便度假。你猜我刚刚和谁在一起吃了三文鱼沙拉?没错,正是你的老板——汤姆·布朗哦。"

脑袋里面突然嗡嗡一阵乱响,像有撞钟在激烈地鸣响。全身的血液顺着血管迅速流光，耳朵里只剩下马宁格那得意扬扬的声音在回响。

"如果不想被你亲爱的MoMA赶出去，就照我说的做——怎么样，提姆？"

第六章 预言

一九八三年 巴塞尔／一九〇八年 巴黎

和前一晚截然不同,这一夜,提姆辗转难眠。

直到黎明时分才昏昏睡去,然而没过多久就被一个噩梦惊醒了。看看时间,还不到六点。朝阳已经透过窗帘的缝隙射了进来。提姆从床上起身,拉开窗帘,再把窗户完全打开。顷刻间,一阵怡人的风顺着河面吹进室内。

我是做了一场噩梦吗?

昨天的电话。佳士得·纽约分社,印象派·近代美术部董事,保罗·马宁格打来的国际电话,像一把利刃,突然横在了他的脖子上。

想和你做个交易。希望你能从拜勒手中拿到《做梦》的所有权。不是 MoMA,是你。

如果不想被你亲爱的 MoMA 赶出去,就照我说的做——怎么样,提姆?

啊——提姆呼出一口气,啪的一声把右手按在额头上。

真是的,事情发展成了一场噩梦。

马宁格声称在夏威夷的瓦胡岛见到了休假中的汤姆·布朗,这话不知是真是假。然而不管怎样,自己伪装成汤姆·布朗来到这里的事实已经暴露。如今自己的命运已经完全捏在了马宁格的手中。

既然事已至此,提姆呆呆地望着滔滔逝去的莱茵河水,心想,就按马宁格所说,在讲评对决中战胜织绘,夺下那幅作品的处置权吧。处置权相当于买卖权。然后把作品摆到佳士得的拍卖桌上。就按那小子说的,卖它个三百万试试看吧。我一夜之间就变成百万富翁喽。

这样就可以在富人区买一套两百平方米的高级公寓,在家乡西雅图的话，可以买栋附带游泳池的豪宅。再把父母接过来一起住，买点股票，提前享受退休后的悠闲生活。

提姆这样劝说自己，心里的阴霾却丝毫没有散去。

如果真成了那样，那就和卢梭的生活完全相反了啊。

卢梭四十岁方才真正开始绘画。要是一直待在海关工作，他之后绝对可以享受安稳平静的退休生活吧。

一路被人咒骂，遭人嘲笑，却奋不顾身地选择最艰难的道路。即便穷到卖夹心糖的地步，依旧一心一意地朝着自己的信仰迈进。

这样的卢梭，恐怕直到生命的终点，仍在孜孜不倦地描绘着那幅作品——《做梦》。

要把这样的作品扔到拍卖行讨价还价的桌子上，眼看着它被以几百万美元的天价买走，再拿那些钱去买高级公寓吗？

提姆又一次深深地叹了口气。

该怎么办呢？

所有的一切都是你的错呀，卢梭。

"早上好，布朗先生。今早在阳台没看到您……休息得还好吗？"

拜勒宅邸派来的车差五分九点准时抵达酒店，而提姆现身于大厅已经九点十分了。酒店经理约瑟夫·理查德在正门旋转门处和他打招呼，提姆只简单回了一句"早上好"，没再多言直接钻进了车里。

"早上好。身体怎么样？"早已坐在凯迪拉克里等待的织绘问道。

昨晚两人依约来到阳台上，喝了冰镇雷司令，不过提姆显然心不在焉，两人没怎么对话。织绘马上就发现了提姆的异样，但什么也没问。

织绘似乎不喜欢酒精，几乎没动杯子。在提姆的杯子变空之前，有那么一段短暂的时间，两个人都沉默不语，之后就各回各屋了。"看来时差综合症现在才发作。"进入电梯时，提姆随便找了个借口。

"早上好。"提姆尽可能轻快地打了声招呼，"时差综合症迟迟不好，真难办啊。"

织绘噗嗤一声笑了。

"是吗，那待会儿读故事的时候能支撑得住吗？"

提姆伸出左手，食指在皮制坐垫上轻轻叩了叩。织绘不可思议地看向提姆。只见提姆紧紧抿起嘴巴，头微微摇了摇，意思是什么也别说。

事到如今，他不得不怀疑周围的每个人。理查德，司机，因为还搞不清楚和马宁格暗地里接触的到底是他们中间的谁。

织绘一瞬间似乎迷惑不解，不过马上就像没事人一样沉默地把头转向窗外。提姆对于她如此识眼色感激不已。

车抵达拜勒的宅邸后，在门前转盘处等候已久的管家修那曾急匆匆地打开后车门，说了声："早上好。"

"迟到了十分钟……是中途堵车了吗？"

不动声色地表达不满。当然，这个男人也很可疑。提姆什么也没说，匆匆迈进房子。

还是之前的客厅里，拜勒的代理人埃里克·孔茨前来迎接二人。提姆有意避开孔茨的视线，大脑里的警戒灯在闪烁。

——这个男人最危险。

"拜勒先生是个对时间非常严格的人。"孔茨连眉毛都不动一下，"请二位都不要忘了这一点。那么走吧，早川小姐。"

孔茨说完转身走出客厅。织绘稍显不安地看了看提姆，随即紧跟在孔茨后面走出房间。啪嗒一声关上门后，提姆注意着摄像头的位置,然后咚一声,任凭身子沉沉地陷进单人沙发里。

既然加入了这个游戏,就必须承受艰难险阻。

虽然事先也做好了心理准备,但这疲劳感终究还是太沉重了。

第三天,故事《做梦》终于要掀开第三章了。

我能坚持到第七天的最后一章吗——

☆ ☆ ☆ ☆ ☆ ☆ ☆

第三章 预言

和往常一样,那天,又有一幅画被送到了贫穷的洗衣女雅德维嘉家。

在塞纳河边悠闲漫步——不,不是漫步,是僵直不动的豆粒一样的人们。河对岸是疑似埃菲尔铁塔的塔形建筑,空中飘浮着好似飞艇的物体。雅德维嘉两手叉腰,打从心底发出一声无可奈何的叹息。"真是的,那个傻不拉叽的画家。"

"虽然我没啥学问,也不懂啥是艺术,可有一点我清楚得很,那就是——这幅画没有一丁点价值。什么嘛,这些古怪的人群。后面画的那个……是想说埃菲尔铁塔吗?为啥我只看到一个难看的苍蝇拍。"

破破烂烂的公寓里,油画被平铺在不平整的地上。约瑟夫背对着正看着油画冷嘲热讽的妻子,只是静静地听着。终于,伴随着吱吱呀呀的声音,他来到妻子的身旁,说道:"都说多少遍了,画不是这么看的。要把它立在墙上看。这样。"

说着,他小心翼翼地双手把画端起来,轻轻立在做工粗糙的桌子上,然后靠在墙壁上。"哼。"雅德维嘉不满地咕哝了一声,"不管怎么看,苍蝇拍就是苍蝇拍。"接着愈加过分地嘲讽起来。

"前几天他给了我一幅稍微大点儿的,我没拿回家,直接搬到殉道者街上的一家古董店里去了。据说那里给旧画布开出的收购价要比那一片的旧器具店高。可是你猜,我拿到了多少?四法郎!我当场就一屁股坐在地上,亏人家费那么大的劲儿搬过去……"

"大一点的画?"约瑟夫两眼放光,"是什么样的画呢?"

"忘了。"雅德维嘉怅然若失地回答,"我只记得非常难看。"

"你啊,这样对艺术家多失礼啊,即便再难看,至少也得记得画的是什么呀。"

这次轮到约瑟夫无可奈何地感叹了。

雅德维嘉瞪视着丈夫:"什么嘛,你怎么这样啊?有人向自己的老婆求爱,你怎么还帮忙?什么艺术家啊,那个傻子要是能称得上艺术家,那在地上乱涂乱画的小孩也能叫艺术家了。"

"真是莫名其妙。"丢下这么一句话后,雅德维嘉蛮横地躺到简陋的床上,只把后背留给丈夫。

有必要生气吗?不过,你说一两句甜言蜜语,然后从后面抱住人家就好了嘛。虽然心里这么想,却难以说出口。雅德维嘉双手紧紧环抱住自己的身体,在心里嘟囔着。

温柔,哼,这个人真是指望不上了。

十八岁那年,雅德维嘉和同岁的约瑟夫结了婚,如今已经过了两年。这对年轻的夫妇一直没有孩子。一定是因为自己是不孕体质,对此雅德维嘉几乎有些破罐子破摔了。

一定会被丈夫休掉吧,就是因为想早点要孩子才结婚的,结果肚子里迟迟没有动静。唉，真是太不幸了。

约瑟夫和雅德维嘉都出生于社会的底层家庭，从小就去送牛奶、帮人家看小孩来补贴家用。约瑟夫是个认真、善良的青年，和这个人一起的话，即便再苦再累也一定能建立一个美满的家庭吧。雅德维嘉明明这么固执地相信过。

绝不能让孩子重蹈覆辙。咱们的孩子要去正规的学校上学，要成为真正能独当一面的人。向雅德维嘉求婚时，约瑟夫曾神采奕奕地发过誓。

婚后，约瑟夫当上了快递员，靠把商品、家具、工具从商店搬到别人家里，或是帮人搬家赚点薪酬。一年前，随着来自画廊的委托渐渐增多，他开始帮忙搬运画作，常常在展览会场搬进搬出。就是从那时起，他开始对妻子看画的方式和放画的方法指手画脚。而雅德维嘉看到的画，几乎全部出自那个蹩脚画家，亨利·卢梭。

给别人的妻子没完没了地送画的画家。画上也不写几行情诗妙语。那样不知疲倦地赠画的真实意图到底是什么？谁也不清楚。虽说可以感觉到，他是在委婉地表达爱意……

话说回来，即便往好听里说，那些画也绝对称不上"好画"。只不过有种声嘶力竭的东西在里面。注意到这点的不是雅德维嘉，而是她的丈夫约瑟夫。

当然，作为丈夫，约瑟夫不会对妻子说这些。他只是静静地看着亨利·卢梭这个谜一般的画家送来的画被妻子百般嘲讽，最终消失在某个不为人知的地方。约瑟夫从不提任何意见。

雅德维嘉把卢梭送来的画一件接一件地转卖出去。刚开始，听说在叫做"官展"之类的地方展出过的作品能卖到高得不得了的价格,雅德维嘉心里还期待着这好歹是一幅"画",应该多少值点钱。谁料不管拿到哪个画廊,都一律吃了闭门羹。没办法,只好卖给旧器具店,勉强拿个两三法郎。

竟然把连壁纸都不如的画送给自己,一想到此,雅德维嘉就无端地生气。仿佛自己被烙上了"廉价女人"的烙印。

不过只要能换来一法郎,就默默地接受吧。只要还能贴补点家用,就不能有怨言。就这样,她自暴自弃般地继续接受卢梭的画。

雅德维嘉常用卖掉卢梭的画得来的钱买些苦艾酒,和拖着疲惫的身子回到家的丈夫一起,围着简陋的桌子交杯欢饮。这是这对年轻夫妇日常生活中唯一的奢侈享受。

今天,受一个德国人模样的画廊老板委托,约瑟夫把一幅特别奇妙的画搬到了维尼翁街一家新开的画廊里。

晚上,约瑟夫对雅德维嘉说起白天的事,雅德维嘉只"哦"了一声,似乎没什么特别的兴趣。

约瑟夫依旧有些兴奋,继续说道:"那是一幅非常恶心的画。不像是已经完成的油画,倒像是习作……五个怪物一样的女人,其中一个明明背对着坐在那儿,脸却朝向正面,像怪物一样。不过怎么说呢……总觉得有什么让人放不下的东西在里面。"

"哦?"雅德维嘉把胳膊肘支在饭桌上,双眼半睁,百无聊赖地应和着,"如果那都能称作艺术的话,这幅画的卖价也应该能稍微高点的嘛。"

餐桌上放着的,是昨天卢梭刚送来的一幅孩子的肖像画。一张没有一丝笑容、脸朝正前方的婴儿的脸。尽管周围装点着玩偶和花束,但那带着一脸恐惧表情的婴儿更像个年老色衰的女人。雅德维嘉想马上把它拿到旧器具店卖掉,稀奇的是,约瑟夫竟然制止了她,说想再多看两三天。是因为没有孩子觉得寂寞吗?他对这么阴森的婴儿画都依依不舍,雅德维嘉的心情复杂起来。

"我说,你把这幅画拿到画廊试试看?叫前卫什么的……就是那些价值还没被大众认可的画,他们都会收购。"

"这种画,不管拿到哪里都卖不出三法郎。"雅德维嘉依旧百无聊赖地回应道。

"不是钱的问题,那种怪物一样的画,都有人能发现它的价值,你不觉得很有意思吗?说不定这幅画的价值会得到认可呢。那个……这样的画才是所谓的'现代'啊。"

雅德维嘉托着腮帮子"唉"了一声,苦笑起来。

"'现代',那是什么啊?"

"我也不太清楚。不过那个德国人模样的画廊老板提了好多遍,大概是'新'的意思吧。新的画……就是新的价值观吧。"

雅德维嘉觉得真不可思议。这人好像对那个画家的画有着浓厚的兴趣。现代啊,新价值观啊的,他明明不怎么说这么难懂的东西的。自从他开始出入新锐画廊,就感觉哪里不一样了。

"好吧,那我明天去试试。"

次日,雅德维嘉出门前往丈夫说的"送过一幅怪物一样的画"的画廊。那是家新店,开在维尼翁街上,名叫"丹尼尔·康维勒"[①]。

雅德维嘉抱着用蜡纸包好的画布,透过展示窗偷偷往店里

[①]丹尼尔·亨利·康维勒(Daniel-Henry Kahnweiler, 1884-1979),德国画商,对立体派的发展起到了推波助澜的作用。一九〇七年,刚刚二十三岁的他就在巴黎开了人生中的第一个画廊。他在经济上支持艺术家,并通过举办系列活动来推广艺术家的作品。

面张望。

只见店里面有几幅用布包着的巨大画布，都立在墙边，旁边是看似画廊老板的年轻男人和一个矮矮胖胖的小个子男人，正面对面站着，似乎在讨论着什么。最先发现店外有个打扮寒酸、抱着画布的女人的，是那个小个子男人。

"喂，你是谁？画家吗？"

男人打开门，一脸好奇地问，乌黑敏锐的眼睛直直地盯着雅德维嘉。

雅德维嘉摇摇头，终于开口了。

"这个……要买吗？"

两个男人互相对视了一下。

雅德维嘉第一次没吃闭门羹，被邀请进了画廊。

当画从蜡纸中露出真容时，两个男人沉默了，并同时抱起双臂一动不动，困惑地盯着画面。看，果然吧，雅德维嘉感觉心里像被爪子挠了一般难受。

能把这种画看做"新画"的人，估计全世界打着灯笼也找不着。

"虽然我不知道为什么这幅画会在你手里，"半晌，眼睛又大又黑的男人才叹口气，开口道，"可是，不能就这么轻易地拿到画廊来啊，会吃大亏的。"

雅德维嘉眨巴眨巴眼睛，看着男人。男人那双如暗夜一般深邃的眸子转向这边。

"我做个预言吧。"他突然说道，"这幅画……它的价值总有一天会涨到高得惊人的地步，我这么说，是因为这个画家是个天才。"

雅德维嘉一动不动地盯着男人，似乎要把他的脸盯出个洞来。她完全无法理解男人的意思。忽然，她发现男人的脸颊上沾着一点白色的颜料，夹克衫的胳膊肘处也有，指尖上也是。

"您是个画家吧？"终于反应过来的雅德维嘉问道。

"嗯，我是画家。"男人回答，"而且我知道画这幅画的画家是谁。"

"价值会上涨，是真的吗？"雅德维嘉问，心情忽然变得雀跃，她都想蹦起来了。

"您也这么觉得吗？画廊老板？"

画廊老板样子的男人露出苦笑，然后操着带有浓重德语口音的法语答道："这个我倒不清楚。不过，可以肯定的是，它确实是'新画'。"

"意思是……'现代的'？"

意想不到的词从一个女人嘴里蹦出来，两个男人又相互对视了一下，禁不住偷偷地笑了。

"对，没错。现代，也可以这么说。"

德语腔男人虽然没有完全赞同，但也没有否定。

雅德维嘉像用手动泵从希望之泉里掬起泉水一般，心情欢快。

"那现在您要买吗？由您定价，您看……"

雅德维嘉抑制不住激动，探出了身子。

"我不是说了吗？现在卖会吃大亏的。要耐心等，等到那个时刻的到来。"

男人一口拒绝了，让雅德维嘉把即将脱口而出的话又咽了回去。

这个和自己差不多岁数的年轻画家，所说的"预言"里却充满普通预言所不具有的坚定。

"价值会涨到高得惊人……天才……"雅德维嘉重复着男人刚才的预言。

"没错。"男人咧开嘴、点点头，"这才是'新画'啊。"

最终，那个画廊没有买下雅德维嘉带来的画。回家的路上，雅德维嘉也没去旧器具店，而是气喘吁吁地直奔破破烂烂的公寓。

将画如往常一样铺在简陋的桌子上，雅德维嘉支起腮帮子，久久地凝视着。直到约瑟夫回到家，连续几个小时凝视着。屋子里暗下来，她便点起了煤油灯。

新画到底是什么呢？指的是什么呢？

等？等待那个时刻的到来。

就在这个贫穷的洗衣女第一次因艺术为何而陷入遐想的时候，夜静静地降临。

0

☆ ☆ ☆ ☆ ☆ ☆ ☆

午后两点半，提姆乘上了巴塞尔的市营公交车。

身旁坐着织绘。车上所有的窗户无一例外全部敞开着，凉爽的风从车前一股脑贯穿到车后。织绘的头发不时被风吹起，每当此时，一股甜甜的花香就会轻轻刺激提姆的鼻腔。

公交车正驶向巴塞尔动物园。不是美术馆，而是动物园。竟然会和对手一起外出兜风，这在今天午餐结束之前提姆想都没有想过。

读完第三章后，提姆和织绘参加了已成为定式的午餐会。与昨天的活跃相反，提姆除了送吃的进嘴里之外，完全没开过口。

"怎么又像追悼弥撒一样啊。"拜勒百无聊赖地低声感叹。

"今天没有任何见解吗？"孔茨问道。

"嗯，没什么。"提姆若无其事地回答。

今后要尽可能少地和这个男人对话。而且，像昨天那样在午餐会上和织绘进行无用的争论，只会让自己陷于更危险的境地。好像比起布朗先生，早川小姐更有胜算啊，要是让马宁格做出这样的判断，那自己可真的要完了。

不知道马宁格是否已和织绘进行过接触——笼络更有胜算的选手，那个人会有这样的想法也不足为奇。

这么一想，连织绘也变得可疑了。

难道她也被马宁格以同样的条件叮嘱"一定要获胜"了吗？分别笼络自己和织绘，这样不管哪一方获胜，都能把作品拽到佳士得的拍卖会场上。他打的该不会是这个算盘吧——

席间提姆突然站了起来，主菜的餐盘还没撤下，他就忍耐不住似的说："实在抱歉，我身体不舒服……今天就此失礼了。"

说完他转身离开，快步走出餐厅。顺着漫长的回廊走向玄关时，后面传来高跟鞋噔噔噔的急促声音。"把车开过来吧。"提姆刚在门廊处拜托宅邸的用人，后面就响起了织绘的声音。

"我也一起回去。"

提姆回头看去。只见那双黑色的眸子正担心地盯着自己，要是发自真心的就好了，这么想着，提姆说道："我想一个人静一静。"

"从昨天开始你就不对劲儿。发生什么事了？"

"没什么。"提姆简短地回答，"时差综合症比较严重而已。生来就是这样的体质。"

"好,那我来告诉你治好时差综合症的方法。"提姆话音刚落,织绘就说,"你从纽约来,而我从巴黎来,这样想想确实是不公平的。只有在身体状况良好、调查资料相同的基础上迎接讲评日的到来,这样才算公平竞争。"

凯迪拉克抵达门前转盘。钻入后座之前织绘说:"总之,回到酒店以后你跟我走,我带你去一个时差综合症唰一下就没有的地方。"

就这样,提姆被带到的地方是,动物园。

"真没想到啊……巴塞尔动物园竟然这么大。"

总面积达三十二英亩的巴塞尔动物园创建于一八七四年,是世界上最古老、最受欢迎的动物园之一。虽然提姆以前就知道它的存在,不过作为美术界人士,既然来到这个坐拥欧洲最古老的美术馆和美术展览的城市,不去美术馆还能去哪儿呢?提姆万万没想到,自己竟会来动物园。

提姆来来回回地东张西望,那滑稽样终于惹得织绘笑出了声。

"果然,不管来过巴塞尔多少次,你都不会来动物园。"

"嗯,一般策展人都这样吧。"提姆苦笑,"真没想到,治疗时差综合症的地方竟然是这里,你常来吗?"

"嗯,每次到巴塞尔,肯定会来这里。"织绘轻快地回答,"不过从巴黎坐飞机不用一个小时就到了,所以我来这里不是为了治疗时差综合症,只是单纯地喜欢而已。"

两人走着走着,来到了狮子休憩的地方——这里不像牢笼,反而像一片草木峥嵘的绿洲。凭栅眺去,午后正在打盹儿的狮子们显得特别悠闲,让这边的看客也渐渐起了困意。看到提姆忍不住打了个哈欠,织绘又笑了。

"看，我说的没错吧，心情放松，人自然就会困了。时差综合症要是犯了，千万别强迫自己睡，去动物园或植物园逛逛，反正除了美术馆，哪里都可以去。这是很早以前父亲教我的。"

"你父亲？"

织绘点点头。

"因为父亲工作的关系，我从小就旅居海外……一家人总出国，所以常常因为时差而痛苦不堪。而且我从小就非常喜欢去美术馆，不管时差多么严重，只要是第一次去的城市，肯定会先去那个城市的美术馆逛。艺术对我来说，是不管在世界的什么地方，都会等待着我的朋友。而美术馆就像是'朋友家'。"

这想法真有意思，这次轮到提姆忍不住笑了。

"艺术是朋友，美术馆是朋友家？确实，有一段时间我也是这么想的。"

"是吧？喜欢艺术的人都是一样的。"织绘露出了天真烂漫的笑容。

"不过，因为对艺术过于痴迷，每次一去美术馆就会聚精会神地看个不停……父亲就对我说，别去美术馆，去些和美术馆差不多、却又完全不同的地方才能放松心情。从那以后，每当时差综合症犯了，我就先去动物园或植物园，等调整好状态了再精神饱满地去朋友家玩。"

织绘的父亲把动物园、植物园称作"和美术馆差不多、却又完全不同的地方"。少女时的织绘有些似懂非懂，最近终于渐渐明白了。

美术馆聚集着艺术家们以独特的表达方式创造出来的"奇迹"。而动物园、植物园里有从遥远的太古时期起，就被艺术家们当做描绘对象而注视、凝望的动物和花草，是这个世界的"奇迹"聚集的地方。

"理解艺术,就是理解这个世界。爱艺术,就是爱这个世界。

"无论多么喜欢艺术,也不能只一味地盯着美术馆或画册上的作品看。如果真的喜欢艺术,就要去凝望、去感受、去热爱你所生活的这个世界,这比什么都重要。

"有一次,我觉得很早很早以前就去了天堂的父亲,仿佛就在我触手可及的地方,对我这样耳语道。"

父亲因交通事故去世,母亲为了照顾一个人在家乡生活的祖母而返回日本,将织绘独自留在巴黎。为了不负已故父亲和远在地球另一边的母亲的期望,织绘将毕生精力献给了美术研究,为了它燃尽了自己的全部能量。

然后,某一次她突然回过神来,那次也是为了治时差综合症,而去了卢梭也常常光顾的巴黎植物园。

难道我迄今为止过于执着于艺术本身,以至于忘了放眼看看这个充满美和惊奇的世界了?

"我模模糊糊地明白了那个时候卢梭的心情。他不单单凝望着艺术,而是自始至终凝视着世界中的奇迹。

"表情严肃的人物像;形状离奇的埃菲尔铁塔;飞艇;还有青草泛起热气的密林;缓缓下沉的赤红色夕阳;狮子、猿猴、水鸟;吹着横笛的黑皮肤女人;还有一头长发的裸体女人。

"正因为画家的眼睛关注着这个世界的一切生灵、神秘的自然,以及人类所创造的奇迹,他才能将那么多美丽的生命和风景描绘到画布上,创造出一个独一无二的乐园。"

静静地将自己的心路历程娓娓道来的织绘,侧脸上带着一抹淡淡的哀伤,却又奇迹般地融合了一丝满足感。

听了织绘的话，提姆不由得感到胸口一震。

对了，少年时，也和刚刚一样，胸口也曾那样震撼过。

那是第一次在 MoMA 邂逅卢梭的《梦》的时候。第一眼看到它，就仿佛被施了魔法般无法动弹了。少年提姆鼓起勇气向密林里踏出一步，和横躺在长椅上、侧过脸来的女人搭话。

你为什么那么悲伤？

这个女人正因什么事而悲伤，她感到寂寞，难以承受。他想帮助她。

而现在，凝视着织绘美丽的侧脸，不知道为什么，提姆再一次浮现出同样的心绪，让他的胸口剧烈地一震。

那天午后，提姆和织绘花了很长时间，将动物园的每个角落都逛了个遍。

巴塞尔动物园对于不会对人类造成伤害且没有逃跑意图的动物实行放养政策。羊肠小径中，时而有巨大的鹈鹕横在眼前，时而有小袋鼠自草丛中悠然地蹦出，提姆和织绘不时被吓得大惊失色，然后不约而同地笑出声来。

织绘果然是一个相当懂得察言观色的女人，她似乎早已察觉提姆不想就早晨读的故事，以及卢梭周围的艺术家们发表任何意见。昨天午餐会上那个慷慨陈词的年轻策展人今天已经毫无踪影了。

事实上，提姆特别想就今天读的《做梦》的第三章和织绘交流。

第三章《预言》和第二章《破坏者》在写法上又迥然不同。这次文末的大写字母是"O"，是因为作者不同吗？是否可以认为这个故事是一本合著，故事的作者不停变化，像接力一样传递下去？

单纯、幼稚的文字总的来说和第一章比较接近，也可以说比前者有过之而无不及。然而，在已读的所有章节中，这一章却最有灵动鲜活的情感，让人深切地感觉到贫穷愚昧的雅德维嘉就要"向艺术觉醒"了。如春回大地般强大的生命力在她的心中萌芽，那画面冲破了薄薄的纸页，活灵活现地展现在眼前。

而且，尽管卢梭本人在这一章中一次都没登场，却让人时时刻刻都能感觉到他的存在。

虽然没写名字，但画家应该就是毕加索，在将现代美术传播到世界的传奇画商——丹尼尔·康维勒的画廊里。两人之间的简短对话，还有那段"预言"，文章在看似漫不经心的叙述中，将奠定二十世纪美术基石的伟大功臣们对卢梭是何等的尊敬全都传达了出来。

既不洋洋洒洒地抒写情歌，也没有口若悬河地深情告白，只是一味地画画、送画，画画、送画。画家的恋情比任何情节都凄婉动人、催人泪下。

这个不开窍的画家，雅德维嘉要是能接受他就好了。怀着这种单纯的心情，提姆走出了书斋。而就在昨天，他还在为读出隐藏在字里行间的秘密费尽心思呢。

你是怎么想的？

提姆很想这样问织绘一句。

如果你是雅德维嘉，你会接受默默无闻、贫穷衰老的画家的那颗爱慕之心吗？

"走了不少路了呢，稍稍休息一下吧，我去买咖啡。"

二人走到安有椅子的广场时，织绘说道。

但提姆马上自告奋勇。"咖啡的话，我去买吧。作为帮我治好时差综合症的回礼，稍等啊。"

提姆把织绘留在椅子上，转身快步走向刚才在小路上看到的咖啡亭。想到这简直就像高中时期的约会一样,提姆的心情不由得愉快起来。

"给我两杯咖啡,一杯什么都不加。"

提姆哼着歌等着咖啡。事情就发生在接过两个弥漫出浓浓香味的杯子的一瞬间。

"不好意思,先生——想问您点事。"

背后突然传来女人的声音,是非常温润的法语。

"嗯?"提姆心情愉悦地应了一声,回过头来。

只见面前站着一个面带微笑的陌生女人。

"什么事呢,女士?有什么困难……"

话说到一半,提姆突然怔住了。

白色的麻质西裤、微微卷曲的栗色长发,还有那立体深邃的五官。

很眼熟,是在哪里见过吗?可是,她到底是谁呢?提姆无从判断。

女人依旧保持着微笑,用沉着冷静的声音说道:"你这几天不断出入康拉特·拜勒的宅邸,是为了鉴定某幅作品吧?"

突然被问了个正着,提姆倒吸了一口凉气。

"没关系,不想回答就算了。不过对于你到现在为止做过的事,以及今后要做的事,我都知道得一清二楚。在此基础上,我想请您听我说几句。"

说着,女人从外衣的内侧口袋里掏出一个小小的笔记本似的东西,打开后展示在提姆眼前。提姆睁大了眼睛,眼神追着上面刻的字母。

I——C——P——O——

"我叫朱丽叶·露露,是国际刑警组织的艺术品追踪员。此次来巴黎,主要是为了调查一幅画作。关于你和另外一位鉴定人正在鉴定那幅作品的事,我们很清楚。"

胳膊条件反射般地打了个晃,咖啡从杯子里洒了出来。

"好烫!"提姆不由得哀号一声。

"小心点儿,在咖啡变冷之前我会把要讲的话讲完。"

自称朱丽叶的女人冷冷地说道。提姆表情僵硬地看着她。

"什么?我做了什么事要被逮捕吗?"

"什么逮捕啊……"朱丽叶苦笑道,"我不是说过了吗,我是艺术品追踪员,不是刑警。不管你做了什么,我既没有逮捕你的心情,也没有那个权力。"

说起来,好像之前曾收到过一次来自国际刑警组织的联络,说想照会一下 MoMA 的藏品负责人。那个人不是刑警,也自称艺术品追踪员。追查全世界范围内遭窃或经地下交易的美术品,正是这群人的工作。

如果刚刚这女人出示的证件是真的,那提姆只好乖乖地把有关"那幅作品"的事一一坦白了。

"所以呢,找我有什么事呢?"

总之先问问什么情况吧,这么决定后,提姆把杯子放回到咖啡亭的收银台前,问道。既然和那幅作品有关,会出现这样的事情也是在所难免的,他已经做好了充分的心理准备。

"我有个问题。"朱丽叶像在仔细观察一般盯着提姆,说道,"你知道你承接鉴定的那幅作品……拜勒先生收藏的《做梦》,是赃物吗?"

"啊?"提姆不由地失声惊叫。与此同时,他看到朱丽叶的嘴角微微上扬了。

"不知道吗?"朱丽叶轻轻叹了口气。

"赃物……那它原来的主人是谁呢？"

"是一个俄罗斯富豪。那是他从苏联亡命逃到瑞典时带的财产……大概十年前被一个国际盗窃团伙偷走，出手到黑市上。不久价格就被炒到高得吓人的地步。"

几经转手，最终被拜勒买走。能和 MoMA 的汤姆·布朗匹敌的近代艺术界权威——泰特美术馆的首席策展人，安德鲁·济慈在证明"真迹"的鉴定书上签了名，这成为拜勒购入这幅画的决定性因素。购入价格是，三百万美元。

提姆不禁吞了口口水，这和马宁格说的预计成交价惊人地一致。

"你一定不敢相信吧？作为专门研究卢梭的你，想必最清楚不过了，卢梭作品的市场价值至今还不稳定，不可能以那么高的价格成交。"

完全猜透了提姆的心思，朱丽叶的眼里闪出笑意。提姆无端地不安起来。

这个女人似乎对那幅作品十分了解——程度远在马宁格之上。

不过话说回来，为什么她要在这里、把花费大量时间调查到的信息说给自己听呢。

"那么重要的信息，就这么轻易泄漏给刚刚认识的人，可以吗？"提姆抑制住颤抖的声音问道，"你刚刚说的那些，是国际刑警组织的机密吧？你就那么有把握，我绝对不会透露给第三者吗？"

朱丽叶冷冷地注视着提姆，仿佛在探究他这番话的真意。半晌，她用沉着的声音回道："组织并没有追踪此案，是我依个人的判断在行动……因为我想拯救那幅作品。"

就像听到了一种奇妙的外语一般，提姆屏息凝神地瞪着朱丽叶。

——想拯救？

"从前天开始到下周三,连续七天时间里你们要对《做梦》进行鉴定,这是我所掌握到的拜勒那边的动向。也就是说,拜勒最宠爱的那幅作品的命运完全握在前天才首次踏入宅邸,七天后就将离开的人手中。听说拜勒决定把那幅作品转让给做出精彩鉴定评讲的卢梭研究者,而且好像被委托的不只一个人,而是两个——"

看着朱丽叶云淡风轻的样子,提姆大脑里的记忆回路开始卡嚓卡嚓地擦出火花。

我见过她,不,是偶尔碰到过。

可是,是在什么时候碰到的呢——

"到底邀请了谁作鉴定人,我一直没有掌握到确切的消息。不过我偶然看到了你。那时你乘上了拜勒家的凯迪拉克,就是前天,在苏黎世机场。"

啊!

记忆的回路一下子接通了。

前天在苏黎世机场,站在钟塔下面的那个女人。

白色的西服,长长的卷发,深邃的五官。确实,那时觉得好像在哪里见过她,不知不觉就被夺去了注意力。

没想到竟然是国际刑警组织的人……

"你乘车离开后,我马上打车跟了上去。一直看着你踏入拜勒宅邸。"

太荒谬了。

提姆不禁觉得浑身发软,一股苦涩的感觉在体内奔腾。

是说在机场,我同时被马宁格和朱丽叶两个人看到了吗?我是有多愚蠢啊。

另一方面,提姆也被美术品专家可怕的执着震慑住了。像这样把瞄准的宝贝调查得一清二楚，动用所有人力、资金和网络，即便挖到地底也要探到作品，这对身为一介策展助理的他来说，是无论如何都想象不到的。

朱丽叶看着已经完全失声的提姆，稍过片刻后又抛出一个问题。

"如果作品转让到你手上……你准备怎么办？"

提姆闭上了眼睛。

"无可奉告。"

只回应了四个字，却仿佛用光了毕生的力气。朱丽叶的长发随风飘动，傍晚的微风钻过两人之间的缝隙，温柔地吹过。

"你觉得那是真迹吗？"

对于朱丽叶的问题，提姆抿嘴笑了。

"现在，在这里，我无法回答。"

"也是……"朱丽叶的脸上浮现出有些苦涩的笑容，"你说它是真迹也好，判断它为赝品也罢，怎么都行……只要救得了它。"

提姆盯着朱丽叶的眸子，那褐色的虹彩在微微晃动。在短短的几分钟里，两个人只是默默地看着对方。

眸子仍旧在微微地颤抖，终于，朱丽叶开口细声说道。

"告诉你那幅作品所隐藏的秘密吧……作为交换，你要发誓，一定要从那个怪物——不，拜勒手中夺过那幅画，保护好它。"

宛如宣告一般，庄严的声音静静地打在提姆的耳鼓上。

"《做梦》里面还藏着一个秘宝。在那处乐园的下面，沉睡着毕加索'蓝色时期'的大作。"

第七章　拜访 – 夜宴
一九八三年　巴塞尔／一九〇八年　巴黎

傍晚时分的风送来了遥远的钟声。

啊，那一定是巴塞尔教堂五点的钟声，一座十五世纪重建的哥特式教堂。昨天在酒店房间敞开的窗户边也听到了它的声音。

提姆那昏昏沉沉的脑袋一隅想着这些事情。手中握着的纸杯里，咖啡早已冷却，每踏出一步，褐色的液体就在杯中起伏。

织绘还坐在长椅上等着，原本百无聊赖的面孔在看到提姆的一瞬间绽放出笑容。她起身迎了上来。

"花了不少时间啊，是去很远的地方买的吗？"

"啊……那个……突然有点头晕，就坐在附近的椅子上稍微休息了一下，久等了，抱歉。"

提姆寻了个借口，赶忙把咖啡递了过去，指尖还在微微发颤。织绘接过杯子说了声谢谢，啜了一口冷却的咖啡，什么也没说。

提姆心中已惊涛骇浪，甚至没想到本该再去买杯热咖啡。

——在那个乐园下面——沉睡着毕加索"蓝色时期"的大作。

就在刚才，一个名叫朱丽叶·露露、自称是国际刑警组织艺术品追踪员的女人告诉了提姆这个惊天秘密——到底是不是"事实"还不清楚，她只是云淡风轻地一口气说了出来。

《做梦》，那幅作品毫无疑问是亨利·卢梭的真迹。只不过在它下面，还有一幅不为人知的、毕加索"蓝色时期"的杰作。

最初的所有人，包括那位俄罗斯富豪，也不曾知晓这个秘密。卢梭死后，他以五千法郎的价格从一个法国画商手里买下这幅画。之后俄罗斯发生革命，富豪将画带到了瑞典，却在二十年前被盗窃团伙偷走。而他拥有的其他作品，如毕沙罗、勃纳尔等，皆安然无恙。似乎是预谋已久的一般，唯独《做梦》被偷走了。

据说俄罗斯富豪本以为那幅画"没什么价值"，所以亡命时期做财产申报时都不曾向瑞典当局申报过，事已至此再闹腾起来可不是什么好事，这么一想，只好把苦水和泪水都咽到肚子里，就这样作罢了。因此，那幅作品没有出现在国际刑警组织的遭窃名单里，自然也没成为追踪的对象。

这幅画在黑市里几经转手，最终滚雪球般膨胀到惊人的天价。毕加索"蓝色时期"的作品隐藏在乐园之下，这个秘密有多少人知道还不得而知。然而，想必正因为是极为罕见的卢梭和毕加索的"二重作"，它才会飙到天价。拜勒在黑市上买到那幅作品时付出的价钱是三百万美元，作为卢梭的作品，可谓是破格之价，可拜勒却连眼睛都不眨一下，当场支付了现金。

朱丽叶的话还不能完全相信，要摸透事情的真假，提姆的脑子开始飞速运转。

如果说《做梦》里面真藏着毕加索，就能理解佳士得的保罗·马宁格为何如此执着于那幅作品了。而他预计成交价是三百万美元，也就能说得通了。如果是幅还不曾发现的毕加索，恐怕价格远不止此。

把那幅作品放到拍卖会场，再由佳士得的拍卖能手操作一下，成交价格完全有可能高达五百万，不，甚至有可能跃至一千万美元。这样一来，它就创造了史上最高的成交价。马宁格作为最大功臣，总有一天能登上佳士得纽约分社的社长宝座。

不过，拜勒又是怎样的呢？他是在知道内幕的情况下买下那幅作品的吗？

如果明明知道那是卢梭和毕加索的二重作，他为什么还特意邀请自己和织绘来做鉴定呢？是因为一旦请来的专家做出"赝品"的鉴定，他就可以安心地取下卢梭的作品，救出隐藏起来的毕加索吗？还是他想转让给获胜方的不是"卢梭"，而是"毕加索"？

话说回来，为什么朱丽叶追着《做梦》不放呢？她还说过"你要发誓，一定要从那个怪物——不，拜勒手中夺过那幅画"，也就是说，拜勒想救的不是卢梭而是毕加索，但朱丽叶想救的不是毕加索而是卢梭？

"你为什么对那幅作品那么了解？"

终于按捺不住内心的困惑，提姆问道。

"你说过，你不是以国际刑警组织追踪员的身份行动，而是依个人判断，是吧？为什么对那幅作品那么执着呢？"

这个女人也在试图接近我，想让我把那幅作品弄到手。难道她是马宁格的同伙？疑云立刻在提姆胸中翻涌起来。

"在过去的二十年里，我追踪调查过各种各样遭窃或丢失的美术作品。"朱丽叶冷冷地看着提姆答道。似乎在向他挑衅："比起你我更像是专家"。

"俄罗斯革命时期，亡命出逃的俄罗斯富豪有好几个，混乱中行踪不明的藏品、亡命后失窃的作品有好几幅。就是在调查这些作品时，我偶然发现了《做梦》。

"那是亨利·卢梭不为人知的杰作。就在凭私人兴趣调查摸索的过程中，一封委托调查丢失的毕加索早期作品的信送到了我面前。委托人是近代美术收藏家、世界著名美术评论家，已故的克里斯蒂安·塞沃斯的代理人。"

塞沃斯在毕加索生前就编纂、发行其作品图录，并因此闻名于世。塞沃斯去世后，毕加索作品图录的编纂工作仍在继续，到现在已多达九十七卷。毕加索在其九十一岁的人生中，凭借旺盛的创作热情不断作画，随着调查的不断深入，如今新作品一幅接一幅浮出水面，谁也搞不清楚还未发现的作品究竟有多少。特别是"蓝色时期"未发表过的作品，很有可能隐藏在某些不为人知的地方。

说到"蓝色时期"，指的是毕加索作为初出茅庐的画家初到巴黎时，以在城市最底层挣扎苟活的人为原型所画的画，即早期作品集。盲人、乞丐、穷困的母子，每幅画都以蓝色为基调，带着一抹或浓或淡的哀愁。尽管才二十出头，毕加索却已拥有惊人的绘画技巧和丰富的感情，培育出了摄人心魄的艺术之花。毕加索一生留下的作品多达十万幅以上，其中"蓝色时期"创作的作品被人们特别命名为"蓝色毕加索"，无论在美术史上还是美术市场上，都被视为特别之作。

塞沃斯的代理人秘密接触了国际刑警组织的艺术品追踪员朱丽叶·露露，据说已经去世的塞沃斯生前一直在寻找一幅行踪不明的"蓝色毕加索"，那幅作品似乎与众不同。塞沃斯临终前委托代理人，即便自己死后也要继续寻找它，并留下了遗言："它有可能藏在其他重量级画家的作品下面。"

毕加索和塞沃斯曾是挚友，某天，毕加索突然凑到塞沃斯耳边，说："我把一幅谁都没见过的早期作品放在了某个地方。"据说那幅画和他的蓝色时期代表作《人生》诞生时间差不多，也就是一九〇三年左右，是一幅"$2m \times 3m$"的巨作。不过谁也没有见过——只除了一个人。那幅画是什么样的，在谁手上？"为了那'一个人'的名誉"，毕加索至始至终缄默不语。

塞沃斯推测，如果毕加索的耳语是事实，那幅画很有可能被他送给了当时交好的穷画家，据说"美好时期"的画家们常常彼此交换作品，把别人的画用作装饰或转卖，迫不得已的时候甚至会当做画布二次利用。毕加索也不例外，因为他们的画在当时一文不值。

然而，即便翻了个底朝天，塞沃斯仍旧没能找到那幅作品。他只得在临终前给代理人留下遗言："我死后你也要继续寻找它，找到后一定要把它记载进正在编纂的毕加索作品图录里。只不过，万一在其他重量级画家的作品下面发现了那幅作品，该怎么办？到时候去问问毕加索本人吧。"

天不遂人愿，塞沃斯一九七〇年去世，三年后，毕加索也离开了人世。最终，画家也没在公开场合提过那幅作品，没人发现它的存在。

接受代理人的委托后，朱丽叶开始进行秘密调查。如果它是遭窃作品，就可以利用国际刑警组织的力量正式立案调查了。只是在毫无头绪的现阶段来看，那不过是个荒诞无稽的美梦罢了。然而，同时在另一条线上追踪《做梦》的朱丽叶有了一个重要发现。她注意到这幅作品的尺寸是"240cm×298cm"，和MoMA收藏的《梦》的尺寸完全相同。另外，也和毕加索所说的"2m×3m"的作品尺寸基本一致。

毕加索和卢梭的邂逅发生于一九〇八年。如果说毕加索惊异于卢梭的才能，为了帮助这个贫困的画家而把自己的作品赠送给他的话……

事实上，朱丽叶从未亲眼见过《做梦》，因此它到底是不是二重作品，也无从调查。就在好不容易追踪出作品在哪里时，它已被收入康拉特·拜勒的宅邸。不过，年迈的拜勒终有一天会撒手人寰，到时候那幅作品又将独留于世。朱丽叶能感觉到，围绕着那幅作品，美术界深处已开始暗流涌动，各种各样的阴谋也在蠢蠢欲动。

"那是亨利·卢梭的作品，不是巴勃罗·毕加索的，可为什么所有人都盯着'乐园下的毕加索'不放呢？"满脸憔悴的朱丽叶说道。

提姆不禁发出感叹："竟然……真不敢相信。既然你知道得这么清楚，为什么不把这个'事实'告诉拜勒呢？"

"你觉得他会相信一个世界刑警组织艺术品追踪员的话吗？"朱丽叶的声音里透露出不安。

"拜勒知道吗，那幅作品是二重作品的事？"

朱丽叶静静地笑了。

"看来你还不清楚自己为什么被叫到巴塞尔吧。那个结论，他正等着你说出来呢。"

提姆猛然将手握成拳头。

绕了个圈子又兜回来了。为什么拜勒要委托自己鉴定那幅作品？为什么朱丽叶要把那么重要的秘密告诉自己？为什么说让我保护好卢梭？最终，什么都没搞明白，明白的只有一件事——

那就是，所有人都在盯着那幅作品。

面对思绪已经极度混乱的提姆，仿佛乘胜追击般，朱丽叶又叮嘱道："你的对手，那个日本研究员，织绘·早川，别对她吊以轻心。如果你和我一样想救卢梭的话……就一定要战胜她。"

一旦她更胜一筹，拿到《做梦》的处置权，那幅作品就会永远从这个世界上消失。

因为……

"你还是回去吧，看你脸色很不好。"

织绘的话让提姆一下子回过神来，他抬起头看向她。

双手环抱着盛有冷咖啡的杯子，清凉的眸子正看向这边。提姆逃也似的移开了视线。

"也是……回去吧。"

提姆轻轻咕哝着,软弱无力地从座椅上站了起来。

织绘走在前面,提姆跟着,两人稍微隔着些距离,沿着动物园的小路向出口走去。朱丽叶的话像咒语一般回荡在提姆的脑海中。

——因为,她和泰特美术馆的首席策展人安德鲁·济慈,是一伙的。

早川织绘是济慈的情人。明知道他有妻子,还和他保持着亲密的关系。

那个济慈,和苏富比·伦敦分社私人销售部经理斯蒂芬·欧文勾结在一起,试图拿到卢梭下面的"蓝色毕加索"。

对,作为泰特美术馆的新进藏品,作为所有理事垂涎欲滴的超级压轴之作。

这样一来,济慈也就能一跃成为泰特美术馆的馆长了吧——

☆ ☆ ☆ ☆ ☆ ☆

第四章　拜访

一个女人正在爬卢梭公寓的楼梯,年久失修的楼梯每踩一下就发出吱呀吱呀的声音。这个女人正是洗衣女雅德维嘉。这天,她终于下定决心,决定去拜访一下卢梭的画室。拉起有些脏兮兮的裙裾,沿着陡峭的阶梯一圈一圈往上爬,一直爬到五楼。来到门前时,她已经累得上气不接下气了。

在这之前,她好几次接到了卢梭的邀请。"来我的画室玩吧,请你喝茶吃点心。如果你不愿意一个人来，就和你丈夫约瑟夫一起来吧。他对我非常好，前两天还帮我把画搬出了房间。对，是免费的。所以我有义务款待身为女主人的你……"

喊，谁会去啊，雅德维嘉在心里冷笑。然而最近她的想法有些变了。她知道丈夫约瑟夫偶尔出入卢梭的房间、帮他搬运作品，而每次回到家，丈夫的表情都和以往大不相同。那神情恍惚、如醉如痴的样子，就像偷舔了蜂蜜的孩子一样。

"该不是在那个蹩脚画家的屋里看到裸体模特了吧？"她讥讽道。

而约瑟夫仍是一副陶醉的神情，答道："啊，啊，那才是新画，是所谓的现代画啊。"

丈夫到底怎么了，难道被灌了什么迷魂酒或毒品？雅德维嘉百思不得其解。而且不知道为什么，就连她自己，也开始渐渐被那个蹩脚画家的画吸住了心神。最近，约瑟夫禁止自己把那个男人送来的画拿到旧器具店了。"那买苦艾酒的钱就没了啊。""比起便宜的劣质酒，看这幅画才更醉人呢。"

在雅德维嘉看来，卢梭的画透着一股瘆人的感觉，似乎看画本身就是一种禁忌。那幅一身黑衣的女人画像，那死一般静寂的感觉让人心里极其不快。可另一方面，不知为何，她又无法从这幅画上移开视线，那种感觉更加强烈地牵制着自己，宛若面对着一幅眼角流血的奇迹圣母像一般。发现这点时，雅德维嘉觉得一阵莫名的恐惧猛然穿过胸口。

承受力要突破临界点时，雅德维嘉把那幅立在餐桌上的画翻了过去。晚些时候回到家中的约瑟夫注意到了这一点，就在他动手想把画再翻过来时，雅德维嘉发出了尖利的叫声。

"别!我害怕那幅画,不想看到它。"

看着全身颤抖的妻子,约瑟夫劝道:"可以的话,去卢梭的画室看看吧。"

"我才不要!"

"我说去就去。"

明知那个老朽的画家对妻子有意思,约瑟夫还在说服自己去见他,这带给雅德维嘉极大的不安。

"为什么?"

约瑟夫超然地答道:"把那个人画的画一幅不落地看一遍,你就会明白,新时代已经来了,一定。"

看来丈夫在出入新画廊和艺术家画室的过程中不知不觉也被毒害了,被那些莫名其妙的"现代绘画"所毒害。

门毫无犹豫地打开了,门后现出亨利·卢梭的身影。在认清来人的一瞬间,那仿佛被闪电劈到般惊愕的表情缓缓变为喜悦,就像看到从天上飘下的天使。

"啊……你终于来啦。"画家立刻把门敞开到最大,迎接雅德维嘉进屋。

"约瑟夫非要我来一趟。"雅德维嘉边找借口边迈进屋子。下一瞬间,啊,喉头跃动了一下。

绿色、绿色、绿色,一整片、无数块妖艳濡湿的绿色淹没了小小的房间。郁郁葱葱的森林,森林中间跃然浮现的月亮,树荫下蠕动着不知名的生物们。房间中央,有一头猛虎好像下一刻就要大开杀戒,露出尖利的牙齿和爪子朝野牛扑去;野牛则拼命试图摆脱猛虎。生命和生命的碰撞、甘甜的杀戮,悄无声息、寂静优雅地,在这个小小的空间里铺展开来——

雅德维嘉有些透不过气来,不禁摸了摸喉咙处。看到她那样子,卢梭微笑着说:"哎呀,果然……在这个屋子里画画,总会觉得透不过气,好像被一步一步拉进了森林一样。所以,像这样,我会不时地打开窗户。"

卢梭说着来到窗户旁。咔,随着一声细长而清亮的声响,窗户被拉开了。卢梭就伫立在窗边,仿佛沐浴着初秋略带寒意的空气。他回过头来。

"真不巧,今天没有准备茶和点心……那个,我做梦都没有想到,你会来我这里。"

雅德维嘉依旧沉默着,视线穿梭于密林,看着猛虎和野牛的对决。片刻后,她终于突兀地嘟哝了一句:"我竟不知道……你给我的画净是些女人孩子呀、塞纳河风景什么的,竟然还有这样的画,这么……奇妙的……"

扑向野牛的老虎的样子是如此残酷,然而不可思议的是,雅德维嘉觉得那幅画很"美"。是的,很美。猛兽们豁出生命的决斗,那一片深邃的密林,浓稠的空气,压倒一切的声音,还有不可一世地淹没这个狭小房间的绿色。雅德维嘉觉得有些头晕,顺势坐在身边一张磨破了的红色天鹅绒长椅上,呼——这才不由得松了口气。

"啊,好美。"仿佛看到了什么意想不到的风景般,卢梭说道,"那么老旧的长椅,被你这么一坐,简直就像一幅画一样。"

听了画家的话,雅德维嘉觉得自己的耳根瞬间发热了。她腾地一下站起来,故作冷漠地对卢梭抱怨道:"没有茶也没有点心,真没意思。我回去了。"

"是吗……"出乎她的意料,卢梭没有挽留,"真不好意思,没有什么可招待你的。下次来的时候,我一定会准备好的。"

作为拜访的礼物,卢梭让雅德维嘉拿走一幅画着密林的小品作,还叮嘱道:"颜料没干,拿的时候请小心点。"

一圈一圈走下楼梯,雅德维加仍觉得胸口堵得慌。这段楼梯仿佛是离开芬芳满溢的异国森林的归途,出口就是贫寒荒凉的现实。

在公寓狭窄的出入口,雅德维加与两个男人擦肩而过,不知道为什么,她不想让别人看到自己的脸,于是保持着低头的姿势走了过去。"喂,你。"背后突然响起一个男人的声音。

"那幅画,你又打算把它拿到哪个画廊去吗?"

雅德维加大吃一惊,抬起头来。瞬间撞上一双漆黑的眼睛。看着那深如暗夜般的眼睛,雅德维嘉立马想起来了。

是在康维勒画廊做过"预言"的那个男人。

"咦?巴勃罗,是熟人吗?"另一个个子高大的男人也回过头,不是之前的画廊老板。

被称作巴勃罗的画家答道:"不是熟人。"接着说,"你先上去吧,纪尧姆,别让卢梭等久了。我和这个女人有话要说。"

被称作纪尧姆的男人嘎吱嘎吱地踩着楼梯上去了。巴勃罗面向雅德维嘉,突然蹦出一句:"原来如此,你就是卢梭的女神啊。"

听到"女神"一词,雅德维嘉的耳根再次发热了,她不想让对方发现自己的窘迫,慌忙回嘴道:"什么啊,什么女神?!我和那个蹩脚画家才没什么关系呢,什么也没有。这幅画我本来也不想要的,是他硬塞到我手上的。"

"姑娘,你忘记我的'预言'了吗?"巴勃罗说道,漆黑的眼睛依旧盯着雅德维嘉,"不想要也先拿回去,总有一天,这幅画会改变你的命运。"

不可思议,和初次见面时一样,这个男人的"预言"里有种斩钉截铁的肯定。雅德维嘉想着该怎么顶回去才好,于是把右手拿着的画布轻巧地抛到半空中,接着试图用左手去接。

"哎呀,小心点。"巴勃罗说,"要是那绿色的颜料上沾上了指纹,最少也得损失几百法郎呢。记好了。"

说完,年轻画家饱含深意地微微一笑,之后便踏着嘎吱嘎吱的步子,消失在了昏暗的楼道里。

☆ ☆ ☆ ☆ ☆ ☆ ☆

巴塞尔,第四天。

《做梦》中的情节不断发展,雅德维嘉终于拜访了卢梭的画室。看到两人之间的距离渐渐缩短,提姆很想为之举杯庆贺,奈何他不但开心不起来,反而心情一天比一天沉重、一天比一天苦闷。

故事里毕加索的存在感在明显地渐渐放大,甚至让人觉得这个故事真正的主人公不是卢梭,而是毕加索。这么说来,它果然是一个讯号,暗示着作品《做梦》下面其实隐藏着毕加索吗?

对于这一点,织绘又是怎么理解的呢?每天晚上她都会给安德鲁·济慈打电话汇报吗?不,如果打国际长途,马上就会被拜勒一方察觉到。她还不会蠢到冒那么大的风险。

不想见拜勒,也不想见织绘,提姆像个罪犯似的,迈着沉重的步子向举行午餐会的餐厅走去。然而,在提姆和织绘到达餐桌之前,拜勒突然提出了一个意想不到的提案。

"今天我们去外面用餐吧。怎么样,先生,女士?"

提姆有些诧异,不由自主地看向织绘。织绘也是相同的反应。两人视线交汇的刹那,提姆立刻转开了头。

"那个……当然……好。"提姆吞吞吐吐地回答。织绘马上追随着说"非常乐意"。唯一惊慌失措的是埃里克·孔茨。

"这个……这个提案也太突然了吧。已经把今天的主餐——羊羔肉放到烤箱里了。"

"没事。"拜勒豪爽地说,让人不由得想感叹,果然富豪就是任性,"修那曾,马上把我的车开出来,还有客人用的凯迪拉克。"

"那请允许我陪您一起去。"孔茨站起身来。这个大收藏家一言既出就必须服从,比任何人都了解这一点的正是孔茨。

"午餐地点要安排到哪里呢?'德莱克尼格'的餐厅,还是'幻想曲'的阳台上呢?或者——"

"你不必跟来。"拜勒说道,态度前所未有的冷淡,"我带这两位去。"

周围突然忙活了起来。一会儿开门,一会儿安排车,用人们在偌大的宅邸里手忙脚乱地来回穿梭。拜勒的轮椅由管家修那曾推着,若无其事地驶向正门玄关。提姆和织绘见状连忙追上去。

距离拜勒突然提出出去吃饭仅过去了五分钟,一辆能容下整个轮椅的黑色面包车已经停在车廊处待命了。当然,凯迪拉克停在其后。拜勒的专车内甚至坐好了主治医师和护士,准备得极其周到。用人们在玄关前横成一长列,为了目送很久不曾外出的主人,早早地等在了那里。

对着正打算钻进凯迪拉克的提姆和织绘,孔茨急急地用英语道:

"距讲评日还有三天,现在对拜勒先生说出任何感想或意见都属违规,请二位别忘了。"

句尾故意加重了力度,提姆感受到了一种奇妙的敌意。是因为自己被排除在外而觉得不甘,还是因为二人将和拜勒去一个自己"监视"不到的地方而感到不安呢?

"事情的发展真是越来越有意思了。"

紧随着黑色面包车,凯迪拉克也发动了。刚行驶起来,织绘就凑到提姆耳朵前低声私语:"铁面人埃里克·孔茨都急了。总觉得……稍微……有点爽。"

说完织绘呵呵地笑了。近在咫尺的嘴唇吐出热呼呼的气息,让提姆的耳朵突然一阵发烫。

昨天离开巴塞尔动物园时,提姆再次感到筋疲力尽。面对一度恢复生气的提姆又变回原来的样子,织绘什么也没问。她总是那么聪明,那么优雅,这反而进一步搅乱了提姆的心。

一通来自佳士得董事保罗·马宁格的电话让他疑心顿起,国际刑警组织朱丽叶的出现又让他倍受冲击。不仅得知了"卢梭下面藏着毕加索",更被告知织绘是安德鲁·济慈的情人,这一切都让提姆的心情急转直下、沮丧不已。

自己正被一步一步逼到悬崖边,这已是无可争辩的事实。事到如今,不管未来发生什么,都只能硬着头皮继续假装成老板汤姆,拼上卢梭研究者的威信,做出最漂亮的讲评,提姆暗下决心。

"卢梭下面藏着毕加索",这一事实固然让提姆战栗。然而不知道为什么,织绘的事给他带来的打击似乎更大,让他心里沉甸甸的。

织绘是济慈的情人,这件事已经非常令人难以置信了,至于说她和济慈、苏富比·伦敦分社的斯蒂芬·欧文勾结,图谋拿到"卢梭下面的毕加索",就更像天方夜谭了。难道说她每每看着卢梭的作品,实际上看到的都是毕加索?

也许不知从何时起,提姆开始试图从这个叫织绘的研究者身上寻求一丝希望。期待着如果自己败给织绘,没有得到《做梦》的处置权,甚至被 MoMA 和美术界永远排除在外——她也能保护好卢梭的《做梦》。

可以的话,那样也好。这么一想,就能放下输赢,把精力集中到讲评上了。什么处置权、什么出人头地、什么豪宅,让这些没用的东西都见鬼去吧。只需对这个叫做亨利·卢梭的画家——愚直地追求着艺术的画家——献上毕生的热情,去赞美他那既让人捧腹大笑、又会让人哀婉啜泣的伟大灵魂就行了。

提姆曾这么期盼过。也可能这不过是因承受不了讲评的重压,开始寻找捷径的借口。而不知从何时起,织绘就成了那条捷径。

可是——

汽车停到了巴塞尔美术馆前。在员工出入口处,拜勒被连人带轮椅一起从车上放了下来。就在护士想要上前推轮椅时,拜勒用沙哑的声音,向刚从凯迪拉克里走出来站定的提姆用力喊道:"你来推我好吗,布朗先生?"

今天的拜勒真奇怪,虽这么想着,提姆还是无可奈何地接受了。

稀客突然来访,美术馆方面当然是夹道欢迎。馆长秘书飞奔出来道歉:"不巧馆长现在不在馆内,让我们的策展人带您参观参观吧。"

"没事,我身边有两个世界顶级专家呢。"拜勒爽快地回应着,抬头看向提姆和织绘。

"好了,今天午餐的主菜不是烤羊羔,而是《激发诗人灵感的缪斯》。"

提姆推着拜勒的轮椅，三人乘上电梯，去往二楼的近现代美术展厅。

美术馆的入口连通主街和中庭。一进一楼大厅就可以看见正面宽敞的主楼梯，从一楼延伸到三楼，与各层开阔的大厅相通。古典的装饰相映成趣，十七世纪就开始运营的巴塞尔美术馆，在历经漫长的历史沉淀后，散发出一种祥和、淡然的气氛。

提姆虽然仅在巴黎大学研究生院交流时来过一次，但就在迈进大门的刹那，昔日那难以言喻的美妙心情就瞬间从记忆中复苏。稍过片刻，更宛如回到母亲的子宫般，内心感到一片祥和。勉强成为策展人圈里微不足道的一员后，每当来到美术馆，提姆总会不自觉地以一个专家的眼光冷静地审视，有时还会因为能和相关人士面谈而紧张不已。可巴塞尔美术馆不同，在这里可以呼吸到不可思议的祥和空气。推着传说中的收藏家的轮椅，提姆觉得终于从快要把自己压垮的重压中解放出来了。

正值盛夏午后，午饭时间，展厅里空无一人。在静得落下一根针都能听得见的室内，三人来到亨利·卢梭的画前，正是那幅《激发诗人灵感的缪斯》。

该作品创作于一九〇九年，画中是前一年，即一九〇八年开始和卢梭往来的诗人纪尧姆·阿波利奈尔和他的恋人，也就是"激发诗人灵感的缪斯"——画家玛丽·洛朗桑。

"这幅画完成于一九〇九年，"拜勒声音沙哑地说道，"动笔于一九〇八年，和阿波利奈尔见面那年。"

"也是通过阿波利奈尔结识毕加索的那一年。"织绘呼应道，"那个作者……很重视那一年吧，第三章和第四章都写的是那一年。"

织绘很自然地提到了那个故事。不过也可能是离开宅邸时被孔茨警告，明知危险却故意提及的。展厅里虽然只有他们三个人，但说不定隔墙有耳。然而，拜勒选择在这个时候把两人带到这幅画前，必有其用意所在。和提姆一样，织绘也一定在揣摩他的真意。

"那个时候的巴黎被人称作'美好时期'，人人醉心于艺术，一切事物的价值都会改变。年轻人们全部坚信着……我也一样。"

提姆忽然想起拜勒的年龄。的确，保罗·马宁格说过"那个怪物已经九十五岁了"，也就是说，在一九〇八年，他正好二十岁。那时他在哪里，又在做什么呢？

说起来，自己对拜勒几乎一无所知。除了知道他被人称作"传说中的收藏家"、对亨利·卢梭极为偏爱，以及如此高龄脑子却转得极快之外，他到底是如何成为让佳士得、苏富比，甚至国际刑警组织都神经紧绷，密切关注其一举一动的大收藏家的呢？不管怎样，马宁格和朱丽叶都把这个人称作"怪物"，这一点提姆倒是认同。

"是名副其实的'盛宴的时代'呢。"织绘说。

话音刚落提姆立刻补充道："是罗杰·沙迪克说的时代吧？"

《盛宴的时代》是美国文化学者罗杰·沙迪克于一九五八年出版的著作，他以独特的视角描绘了二十世纪即将到来时蠢蠢欲动的巴黎文化圈，是一本颇有意思的书。为研究卢梭和他所在的时代，提姆曾不厌其烦地来回翻阅此书，甚至把书页都翻破了。就是那位罗杰·沙迪克，发现了新时代中巴黎的宠儿，他们是音乐家埃里克·萨蒂，诗人阿尔弗雷德·雅里、阿波利奈尔，还有——卢梭。

二十世纪初期的巴黎，前所未有的前卫艺术浪潮浩浩荡荡地席卷而来，将亨利·卢梭也吞噬其中。虽然他本人并无此意，可历史浪潮不可违抗，那就是现实。

"您也很欣赏《盛宴的时代》吗，先生？"

提姆尽可能漫不经心地问道。拜勒只是蠕动蠕动嘴唇，随意地回了声："唔……"

"看情节发展，明天应该就能读到'卢梭的夜宴'了。"

织绘把话题转回到《做梦》上。比起提姆，织绘似乎更擅长自然地承接对话。拜勒沉默着。提姆试着搭话。

"是一九〇八年，在毕加索的画室里为招待卢梭开的'夜宴'吗？"

"嗯。"织绘点点头，"毕加索、阿波利奈尔、安德烈·萨尔蒙、格特鲁德·斯坦……集结如众星闪耀般的才子，共同赞美卢梭的'夜宴'。"

她的眼神变得仿佛在做梦，接着又嘟囔了一句："真羡慕……"

拜勒抬起头。"你刚说羡慕，女士？"

"嗯，羡慕。"织绘微笑着回答，"我……也想去那个现场。"

就像打从心底期盼坐上时光飞船的少女，织绘的表情没有一丝杂质。让人瞬间恍然大悟，她的愿望原来那么纯粹，纯粹到只是想和卢梭、毕加索，以及众多才华横溢的艺术家们一起，即便贫穷落魄，也要热热闹闹地围在桌前畅谈。

这不是在拜勒府邸的餐厅里神经紧绷的织绘，她也因沉浸在巴塞尔美术馆祥和的气氛中而变得平静、柔和了。

"的确，我也想在那个现场。"

拜勒皱巴巴的脸上浮现出笑容。四天以来，他第一次，笑了。

卢梭是谁，我不知道。不过只要有宴会，大家都去，我们也受邀了，那么管他卢梭是谁，我不在乎——没有任何预兆，《爱丽丝·B.托克拉斯自传》中的一小段浮现在提姆的脑海中。那是美国女作家、美好时期的庇护者格特鲁德·斯坦，借当时身为自己秘书的爱丽丝的视角所写的一部自传体小说。毕加索、马蒂斯、阿波利奈尔、洛朗桑、乔治·布拉克……书中提姆所憧憬的艺术家们一个接一个地登场。交谈、单恋、失恋、争吵、友情，以及崭新到令人窒息的新艺术的诞生。宛如冒险小说般，惊心动魄的故事不断发展着。举行盛大庆典的日子和最终爆发的二次大战同时存在的时代……

学生时代，提姆曾沉迷其中不可自拔。一遍一遍地读，一次一次地做梦，梦想着要是自己生活在那个时代，要是自己也是卢梭的朋友该有多好。

孤苦伶仃的卢梭啊……让我陪在你身边，为你缓解苦痛吧。

没关系，你的艺术才是新的艺术。现在还太早，时代还没有追上你的脚步，仅此而已。总有一天，那天会到来，一定会到来……

"话说，先生、女士，如果卢梭对你们说'想为你画一幅画'，你们会怎么做呢？"拜勒眼里闪烁着戏谑的光，问道。

提姆和织绘不由得相互对视。

"您的意思是……成为他的模特儿，然后被测量全身？"织绘苦笑着问。

"当然。"拜勒继续刁难，"眼睛、嘴巴、手脚，全部。如果模特不在眼前，卢梭是没法画的。就像阿波利奈尔和洛朗桑一样。"

"这样啊……"织绘似乎打从心底感到困扰，"该怎么办呢……"

"我会接受。"提姆愉悦地说。事实上，那是个令人愉快的幻想。自己的身影将留在卢梭的笔下，穿越永恒的时光，流传到后世……

就在这时，隔壁展厅的地面上映出一个人影，影子晃了一下，恰好被提姆捕捉到。提姆心里一惊，凝神向那身影望去。

隔壁展厅里展示着雕刻作品。聚焦于雕刻作品的聚光灯束，将藏身于附近的身影映在了地面上。

影子在微微移动。能看到一头微卷的长发。

"卢梭直到死前,都一直是模特不在眼前就没法做画吗?"

拜勒轻语道,说不清是在问谁,更像是叮咛。下一瞬间,影子忽地消失了。影子的主人朝着和三人所在的展厅相反的方向蹑步而去。

☆ ☆ ☆ ☆ ☆ ☆ ☆

第五章 夜宴

东拼西凑,雅德维嘉终于用千方百计攒下的钱做了一件碎花连衣裙。她受邀去参加"夜宴",被那个亨利·卢梭邀请,他说:"年轻的艺术家朋友们邀请我去,可以的话,和我一起去好吗?"

不知道是真的还是谎言。据说,那是一场崇拜卢梭的年轻艺术家们为赞美卢梭、为卢梭举杯相庆而举办的宴会。

去,还是不去?雅德维嘉把卢梭给她的邀请函拿给丈夫约瑟夫看。约瑟夫的脸上马上泛起了光芒,并眼见着越来越耀眼。

"太棒了。上面写着'在毕加索的画室'。说到毕加索,那可是当今在前卫画廊里极富盛名的画家啊。能得到那位画家的邀请,那个人果然了不起。"

这段时间别买面包和酒了,攒点钱去做件新衣服,这么建议的也是丈夫。雅德维嘉虽然有些将信将疑,不过对"夜宴"这个词心里多少还是有些小激动。她和附近裁缝店的老板娘软磨硬泡,对方终于答应以尽可能便宜的价格为她做件连衣裙。

虽然廉价，但毕竟是亮闪闪的新衣服，胳膊伸进衣袖里时，雅德维嘉的心情也变得明媚起来。

时间一天天过去，终于，"夜宴"的日子到了。

卢梭在公寓庭院的井旁惴惴不安地等着雅德维嘉。他带着圆顶礼帽，穿着打有补丁的燕尾服，左手提着一个小提琴盒子。当看到雅德维嘉走来时，他下意识地"啊——"了一声，然后说："多么美丽啊，就像一幅画一样。"

这句话里饱含着真挚的情感。雅德维嘉的耳朵染上了一层炽热的红霞。

"是吗？"她腼腆地笑了。

"呀，久等了，亨利。我们这就走吧，马车在外面等着呢。"

一个男人上气不接下气地跑向井边，是之前曾在公寓出入口擦肩而过的、被称作纪尧姆的高个儿男子。纪尧姆看看雅德维嘉，问卢梭："这位是？"

"啊，这位是雅德维嘉，今晚我请她作我的女伴。雅德维嘉，这是我的朋友，非常有名的诗人，纪尧姆·阿波利奈尔先生。"

卢梭介绍道。眼前突然站着一个"非常有名的诗人"，雅德维嘉一时不知道该说些什么，只得扭扭捏捏地低下了头。阿波利奈尔有些诧异地看着她，然后打了声招呼："哦，多多指教，小姐。"

雅德维嘉猛地抬起头，脱口而出："我不是小姐，是夫人。"

"啊，失敬失敬。那请随我一起来吧，夫人。"

阿波利奈尔窃笑着，走向主街。卢梭将右臂突然伸向雅德维嘉，雅德维嘉一时不明所以，随即反应过来，然后破罐子破摔似的挽上了那只胳膊。穿着浑身补丁的燕尾服的老男人，一身廉价棉布裙子的年轻妇人,这对世间罕见的奇妙组合在诗人的指引下,乘上了马车。

马车停在蒙摩特尔区一处山丘的广场上。正对广场的,就是贫穷的年轻艺术家们的大本营——联排画室"洗衣船"。宴会早已在里面拉开了序幕,笑声、追逐打闹的脚步声从屋内远远地传到了外面的广场上。卢梭和雅德维嘉都有些紧张,不知不觉,两人的手紧紧地握在了一起。

走廊破烂不堪,每踏出一步就发出令人紧张不安的吱吱声,像在船上一样。丈夫说过,那里是极富盛名的画家的画室,而且既然是"夜宴",起码应该有个宽敞的宅邸吧,曾有过如此幻想的雅德维嘉此刻就像泄了气的皮球,失望不已。"什么啊,这么寒碜的屋子。"

三人来到一扇门前停下,阿波利奈尔回头说:"听好了,一打开门,我会马上向大家介绍你,表现得大方点啊,亨利。"

亨利郑重地连点了两下头。受他影响,雅德维嘉也跟着点了两下。

吧嗒一声,门打开了,阿波利奈尔扯着嗓子喊道:"女士们、先生们!现在,亨利·卢梭先生到啦!"

脸、脸、脸……挤满狭窄画室的脸一下子全部转向这边。

卢梭伸出一只手,缓缓取下顶在头上的帽子,冲着这些陌生的脸,郑重其事地说:"晚上好,各位,谢谢各位的邀请。"

不知道是谁起的头,屋里响起零零落落的掌声,慢慢地,在场的所有人都开始奋力地鼓掌。类似感动的明媚气息如浪涛般一浪接一浪,渐渐覆盖了整个屋子。雅德维嘉从始至终都只是茫然地旁观着这一切。

画室的屋顶上挂满了灯笼,到处是各国的国旗和装饰彩带。屋子的最深处,毕加索从古董店买来的卢梭的作品《女人的肖像》放在画架上,以无以伦比的气势宣告自己的存在,让人不禁以为它才是这个屋子的女主人。卢梭被引到画前的一个奇形怪状的"宝座"上,雅德维嘉也被拉过去,坐在他旁边。

"欢迎光临,亨利……呀,你的'女神'也一起来啦。"

来回打量两个人的,是那个名叫巴勃罗的、眼睛漆黑的男人。

"啊,是你。"雅德维嘉笑出了声,"怎么回事,为什么你也在这里呢?"

"你这种打招呼的方式真特别啊。"巴勃罗也忍不住笑了,"在这里就不必拘谨了。来,亨利,喝酒喝酒。今天我的恋人费尔南德专门为你做了西班牙海鲜饭哦。非常好吃,我打包票。快点,你也把杯子举起来,尊敬的女神。"

举起的杯子被斟满了红酒。玛丽·洛朗桑唱起诺曼底的老歌,她唱完另一个人又接着唱。一个人开始跳舞,所有人都跟着跳舞。阿波利奈尔声情并茂地即兴咏起了诗。

为赞美您的荣光,我们欢聚于此,
为保卫您的名誉,毕加索斟上红酒。
喝吧,把酒一饮而尽,这个时候已经到来。
各位,让我们一起呐喊,万岁,卢梭万岁。

万岁,卢梭万岁。万岁,卢梭万岁。咏到这一节时,所有人都开始齐声呐喊。卢梭笑容满面地一一看向每一个人。

那时的雅德维嘉的心情,该怎么形容才好呢?她的心,就像一颗酸酸的树莓。她能敏锐地感觉到善意和恶意、敬意和蔑视,两种完全相反的情感却像连体婴儿般同时存在于这间屋子里。每个年轻艺术家都打从心底享受着和亨利·卢梭在一起的时光,然而,嘲讽、戏弄、以他为乐的恶意,也深深地嵌在屋子的每个角落。

万岁,卢梭万岁。万岁,卢梭万岁。

不知道为什么,对卢梭露骨的赞美之歌越是狂热,雅德维嘉就越想放声大哭,越想用手把耳朵捂得严严实实的。

作为回礼,卢梭开始演奏小提琴,趁着这个机会,雅德维嘉偷偷地溜出了画室。她跟跟跄跄地来到走廊,继而蹲在了那里。不知蹲了多久,感受到一双大手正轻抚着自己的后背。雅德维嘉抬起苍白的脸。

"没事吧,尊敬的女神。"来人是那个巴勃罗。

"没事,就是有些醉了。"雅德维嘉试图站起来,却不小心踉跄了一下。纤柔的身体马上被巴勃罗健壮的手臂紧紧抱住。

"你真瘦,有好好吃饭吗……"

"多管闲事。"雅德维嘉推开巴勃罗的手臂,脸涨得通红。巴勃罗那暗夜般深邃的眸子一动不动地盯着雅德维嘉,突然问道:"你是卢梭的情妇吗?"

真是的,这个男人怎么老是说一些让人大跌眼镜的话。雅德维嘉咯咯地笑了起来。

"别开玩笑了,谁要和那种穷男人……"

"是吗……"巴勃罗锐利的眼中藏着一抹淡淡的笑意,"去成为那个人的女神吧。去获得永生。"

又是一句不可思议的话。

雅德维嘉直直地看向巴勃罗，再次感叹那真是一双深邃到摄人心魂的眼眸。

"获得永生？什么意思呢？"

"永生是什么呢……"巴勃罗的嘴角浮现出一丝肆无忌惮的笑容，"你以后会明白的。"

卢梭和雅德维嘉离开"洗衣船"时，已经凌晨三点多了。

马车哒哒哒地行进在石板路上。卢梭已完全陷入沉沉的睡眠，熟睡的脸上时而漾起像被人挠痒痒一般淡淡的微笑。是在做着幸福的梦吧，雅德维嘉想。

幸福的梦，我可一次都没做过。

黎明前的夜空，月亮渐渐沉了下去。雅德维嘉目不转睛地凝视着仿佛要与街灯竞争般的月亮，久久地凝视着。

说起来，在卢梭画室里看到过的乐园中的月亮，也是那样轻飘飘地挂在空中的呢。

像梦一样的月亮。像做梦一般的，美丽的画。

第八章 乐园
一九八三年 巴塞尔 ╱ 一九〇九年 巴黎

巴塞尔的第五夜。难得地，提姆和织绘收到了来自拜勒代理人埃里克·孔茨的邀请，请他们一起共进晚餐。

那是读完《做梦》第五章"夜宴"以后的事。读完这章，提姆觉得心痛得难以忍受。

作为最能代表二十世纪盛宴的时代到来的一大盛事，艺术家们簇拥着卢梭举行的"夜宴"，已经成为美术史上永恒的传说。有关那场宴会，数位亲身经历过的艺术家都留下了记录，将那个时代特有的氛围栩栩如生地表达了出来，成为后世研究者们参考的资料。不论哪份资料，都洋溢着明艳活泼的气氛，让人仿佛能看到新世纪即将到来，年轻、莽撞又才华横溢的艺术家们欢畅淋漓地相互攀谈的画面。理所当然的，提姆对那些资料全部耳熟能详。在知识储备方面，关于那到底是个怎样的聚会、都有谁参加、发生了什么，他也一度以为自己一清二楚。

然而，萦绕在《做梦》第五章周围那无边无际的寂寥感又是什么？那时对卢梭作品的评价还未成定论，他的画作被侮辱为连小孩的恶作剧涂鸦都不如，却依然默默地奋笔作画。面对被邀请到毕加索画室的卢梭，年轻艺术家们不遗余力的赞赏背后到底隐藏着怎样的真实想法？雅德维嘉敏锐地感觉到善意和恶意、敬意和蔑视，两种完全相反的感情却像连体婴儿般同时存在于那间屋子。像一颗酸酸的树莓，文中对她内心世界的描写正是提姆此时的心情。

如果故事按史实发展下去，卢梭将在几乎无人注意的状态下凄然离世。"夜宴"举办于一九○八年，卢梭殁于一九一○年。那两年里,不,故事剩下的两章里,会出现足以颠覆历史的事情吗?

开始读故事的前四天里,提姆的心情每天都像遭遇风暴的小船一样,在惊涛骇浪中颠簸。甚至已经不知道自己为什么会在这里、想要做什么了。

身不由己地卷入到一场战斗之中。和织绘的一场单打独斗。赢了,或许会像马宁格所说,成为百万富翁。而身为输家的织绘将名誉尽失,从业界永远消失。虽不知道济慈准备拿她怎么办,不过知道一切内幕的他一定会把织绘放逐出去。而如果自己输了,无疑将被MoMA、以及整个美术界永远踢出。就连老板汤姆也有可能被追索连带责任。相应的,MoMA的对手泰特美术馆,则将高举传说中的名作得意地放声大笑吧。为了挖出下面的毕加索,他们会除掉表面的"假卢梭",而《做梦》就将永远从这个世界消失。

提姆不禁开始诅咒自己的命运——将自己卷入一场由恶魔审判的比赛的命运。再这样下去,他担心自己都无法顺利迎接讲评日的到来。

就在提姆即将崩溃的时候,拜勒发出了邀请,邀请他和织绘一起去巴塞尔美术馆参观卢梭的作品。而在那一瞬间,一丝难以置信的清爽感淌过提姆心头,仿佛双脚浸在冰冷的泉水中。他觉得脑中的杂音全部消失了,心扉也随之打开。

或许这便是拜勒真正的目的。这个突然带两人出去的"怪物",像被画家的灵魂附体了一般,带有一种令人愉悦的纯真。

提姆恢复了状态,迎来第五天,读完了第五章,不料又一次感到难以忍受的心痛。卢梭终将在无人认可的情况下走向生命的终结吗?亦或会有一位无比伟大的救世主出现……

当天的午餐会上所有人都沉默不语。拜勒似乎确定提姆和织绘都在心里反刍着第五章的主题——"夜宴",与前一天相比像换了个人似的,他自始至终没说一句话。一旁的孔茨看起来有些沮丧,似乎还在为昨天的午餐没叫上他而不快。

两人返回酒店时,已经有两封邀请函等着他们了。取房间钥匙时,服务员把信封分别递交给他们。奶油色信封上浮着透明的刚古纸纹。难道是来自拜勒的指示?提姆瞬间神经紧绷起来。然而寄信人是埃里克·孔茨。里面只有一行简短的字,写着今晚邀请您吃晚饭,车子会在六点半前去迎接。

"今天吹的是什么风呢。午餐的时候,要吃晚餐的事可提都没提一下。"

钻进前来迎接二人的车里后,织绘抱怨道。不过倒也没造成多大的麻烦。提姆也是一样的想法,这或许是个小小的机会,说不定能找到些线索,探明孔茨在这场游戏中到底和谁勾结在一起。

打开车窗,凉爽的晚风吹了进来。织绘的头发在风的吹佛下轻轻摆动着,甜甜的花香刺激着提姆的鼻腔。她为赴晚宴而特意换上领口略低的小礼服,裸露在外的肌肤柔滑细腻,在夕阳的照耀下甚至闪闪发亮。提姆一本正经地转开了脸,像看到了不该看的东西。

车子带他们来到一幢小巧整洁的独栋房子,孔茨早已坐在餐桌前等着二人。

"谢谢您的邀请。"提姆心怀警戒地打了声招呼,和孔茨握了握手。

"这么突然,还真是吃了一惊呢。今天到底吹的是什么风啊……"紧接着织绘也和他握了握手,并毫不畏缩地调侃道。

"算是讲评前的慰劳会吧。"孔茨干脆地答道,"这家店在巴塞尔可是行家才知道的名店。德国著名的红酒全部齐备,还有摩泽尔、莱茵河……白酒的话，有和勃艮第的蒙哈谢不相上下的名酒。你肯定好酒量吧，布朗先生？"

"嗯，算是吧。"提姆支支吾吾地回道。酒里该不会混有吐真剂吧。

"第一杯来点塞克特怎么样，早川小姐？"

"好，我什么都可以。"织绘微笑着回答。

三只香槟酒杯里斟上了德国发泡酒塞克特。孔茨举起杯子。

"那么，为了两位的健康——干杯。"

提姆和织绘也举起杯子。清爽的泡沫嘶嘶地钻进喉咙。织绘只是嘴巴稍微沾了点，马上把酒杯放回原处。把这一切都看在眼里的孔茨翻开菜单，说："酒和菜都交给我点好吗？给你们点这里的招牌菜。"

"请。"提姆有些认命地说道。管他是吐真剂还是安眠药，有本事尽管来吧。

"主菜我想要鱼。配菜的话，沙拉就好。"织绘简单地提了要求。

接着，稍小些的红酒杯里注入了雷司令。提姆咕咚一声一饮而尽。

"你说有关《做梦》的问题或感想都不能说……那么，有关你的问题可以问吗？"提姆先发制人般地挑衅道。

"真让人意外。"孔茨连眉毛都没动一下，马上回应，"我不是富豪，也不是收藏家，更不是美术专家，您对我有兴趣，可真是荣幸。"

"你是怎么当上拜勒的代理人的呢？"

能得到那个"怪物"的信赖，足以说明这个男人有相当大的能耐。孔茨仍然面不改色，直截了当地回答："我长年担任先生的专属辩护律师，勤勤恳恳，仅此而已。"

"不仅如此吧……能担任拜勒先生的辩护律师，说明你是个相当有本事的人。毕竟服务的对象是被人称作'怪物'的拜勒啊。要驯服那个'怪物',可不是凡人能做到的事。"

"哦,这可真是……"孔茨终于动了动眉毛,淡淡地笑了,"你知道得很清楚啊,还知道先生的绰号,是受了谁的指点呢……"

"你说自己不是美术专家,可是,既然当了很多年拜勒的辩护律师,多少也具备些美术知识吧?"织绘不失时机地插嘴道。

孔茨瞥了她一眼,说:"对于先生所有的美术品的价值,我自以为还是比较精通的。不过说实话,那些画是好是坏,我判断不来。我的委托人依自己的喜好买的许多作品都超出了我的理解范畴。"

"那你喜欢的艺术家是……"织绘漫不经心地问道,"贵宅邸有那么多作品,里面总有一两件你喜欢的吧——"

"从资产价值来看,肯定是毕加索吧。"还没等织绘说完,孔茨就抢着答道,"拜勒有好几幅非常贵重的毕加索作品。不过遗憾的是,里面没有一件'蓝色毕加索'……"

说完,仿佛想观察他们的反应似的,孔茨不慌不忙地来回审视二人。提姆从盛前菜的盘子里取了片熏香肠,胡乱塞到嘴里。织绘右手拿着叉子,戳着配菜里的酸圆白菜。孔茨用德语招呼服务员过来,说了两三句话,不知道指示了些什么。然后,他对二人说:"这是上好的莱茵河雷司令,非常美味哦。来,请,放开肚皮喝吧。主菜我点了这家店的招牌菜,卡巴度斯酱汁猪排,另外准备了配这道主菜的勃艮第红酒。"

提姆跟着孔茨,一杯接一杯地喝着。接着口感油腻的主菜猪排上来了。织绘明明专门要求过主菜想要鱼的,看来孔茨没有听进去。真是的,这个男人再以自我为中心也要有个限度吧……

织绘既没沾一口酒,也没碰一下主菜。

"话说回来,"不知道是不是有了些醉意,孔茨的眼睛周围赤红赤红的,"老实说,亨利·卢梭的价值我完全无法理解。我不觉得那个画家的作品将来会被认可,也不觉得那些画作会有任何升值的空间。"

提姆正忙活着的两只手突然停在半空。他知道,邻座织绘的身体也一下子僵住了。不知道是不是故意的,孔茨的言辞越来越具攻击性。

"真是的,我明明一直劝他别这么干,拜勒还是以现金方式把那幅画买下来了,理由是有证明书,还有现代美术领域的世界权威安德鲁·济慈签字的证明。"

织绘洁白的喉头微微地上下颤动了一下。提姆拿起餐巾擦了擦嘴,仿佛受到指责般慌忙解释道:"不,那个……谁都有可能受到那样的诱惑啊。怎么说呢,被人委托了,就一不小心在作品证明书上签了字,什么的……"

"哎呦,您这话我可不能装作没听到了。"孔茨盯着提姆说,"您的意思是……您也有过相似的经历?给还不能判别真假的作品做证明,在'此作为真迹'的证明书上签字?为了从中间人那里拿到报酬,一时间昏了头。"

织绘完全僵住了。本想出手帮一把,却弄巧成拙。提姆竭力忍住叹息。孔茨将杯中金色的液体一饮而尽,看向织绘。

"红酒怎么样呢,早川小姐?您一直没沾过一口。今天的午餐会也是……等等,我记得您好像一直没喝过酒,是身体哪里不舒服吗?"

"没有。"织绘简短地回答了一句后,低下了面色苍白的头。

孔茨望着她一口没动就被撤下的盘子,进一步逼问:"肉也不吃,是不能吃油腻的东西吗?午餐会上也是,一直都是,好像只吃了酸圆白菜……是因为酒精和油腻的肉类对母体不好吗?"

织绘腾地站了起来。提姆抬头看向她,大气也不敢出。只见她的脸已经完全失去了血色。

织绘声音颤抖地说道:"我心情不好……先失陪了。"

说完转身背对二人,甩着长发大步离去。提姆连忙站起来想追上去,却被孔茨尖锐的声音制止了。

"等等,我还有话和您说。"

提姆咬牙切齿地拼命坐了下来。

这个厚颜无耻的家伙,我要把你的狐狸皮剥下来!

孔茨朝织绘离去的方向看去,从鼻子里发出"哼"的一声,说道:"果然不出我所料,稍微下个套就露馅儿了。她恐怕怀孕了……怀了已婚情人的孩子。"

提姆忍住想往那张自命不凡的脸上打一拳的冲动,压低声音反问:"你凭什么这么说,有根据吗?你到底是谁?"

"正如你所知,我是那个'怪物'的代理人。只不过,对这次的事,我知道得稍微有点多而已。"

孔茨若无其事地回答。

"根据某个人提供的情报,织绘·早川的情况我已经摸得一清二楚了。她是个年轻聪明的学者,而且很漂亮,是个男人都会为她着迷。不过,她做了个坏选择。安德鲁·济慈,美术界内部公认的伪君子,她却不知道。估计她已经被济慈再三叮嘱一定要赢得这场比赛吧。恋爱是盲目的,她甚至都没搞清楚济慈背后和谁勾结在一起。"

听到这句话的瞬间,提姆确信了,这个男人才是把信息透露给佳士得的保罗·马宁格的罪魁祸首。

"不过,济慈也算是煞费苦心了。竟然舍得让已经怀孕的情人参加这么危险的比赛……"

看着满脸讥讽的孔茨,提姆厌恶地说:"让她来参加比赛的不是济慈,而是拜勒吧。确切地说,是寄出邀请函的人,是你。"

"确实。"话音刚落,孔茨就回应道,"这次比赛的邀请函是以我的名义寄出的,不过是寄给安德鲁·济慈的哦。可来的却是个女人。还说'先生,安德鲁委托我替他来'。"

提姆一时语塞。

也就是说……这场比赛本该是MoMA的汤姆·布朗和泰特美术馆的安德鲁·济慈两人之间的对决?

"事实上,济慈在还不能断定真伪的情况下就在证明书上签了名。事到如今,他也不能推翻之前的结论,说它是'赝品'。只是……后来他才知道,隐藏在那幅作品后面的秘密。"

卢梭和毕加索的二重作。泰特和苏富比盯着的,当然都是毕加索。只是,如果表面的卢梭也是"真迹",要不要除去它就得三思了。所以,要证明表面的卢梭是"赝品",然后心安理得地把它抹掉,这才是济慈他们要达成的目的。提姆恍然大悟。

孔茨用戏谑的眼神看着瞠目结舌的提姆,接着说:"济慈是个老狐狸,他摸透了拜勒的心理,知道他不会把一个既美丽、又充满异国韵味的女学者赶走,反而会兴趣盎然地欣赏这一切。从一开始,济慈就预料到了。"

说到这里,孔茨摇着头叹了口气。

"啊,多么可怜啊,那个伟大的策展人一定骗她说只要赢了,回来就和她结婚吧。这样一来,毫无疑问她会拼尽全力……可怜啊,等待她的是被抛弃的命运啊。"

咔嚓一声脆响,是玻璃杯碎了。店里的客人都不约而同地看向这边,服务员慌慌张张地飞奔过来。提姆完全不顾这一切,忍着怒气说:"和那个心术不正的人勾结的,其实是你吧。"

孔茨嘴角漾起波纹,露出肆无忌惮的笑容。

"哦?你说什么呢?"

两人隔着桌子互相瞪视着。对峙了一会儿后,孔茨首先移开视线,举起一只手示意"结账"。等服务员来结账的期间,提姆也将憎恶的视线从这个邪恶的律师身上收回。结完账后,孔茨抬起似乎燃烧着火焰的双眼,说道:"你要赢。"

然后像下敕令的君主一般,目光威严地盯着提姆,字字铿锵地说道:"你一定要获胜,绝不能输给那个女人。我刚刚也说过了,这件事的内幕,我知道得很多。当然也包括你到底是谁,请别忘了,布朗先生。"

☆☆☆☆☆☆☆

第六章 乐园

橘子和香蕉沉甸甸地压弯了枝头,不知名的花朵开到荼蘼,还有甜到令人窒息的香气。那天,雅德维嘉又一次迷失在绿意盎然的森林之中。

"你在哪儿呢,亨利?"雅德维嘉大声呼唤着画家的名字,"我完全看不见你,蕨叶挡住了我的视线。"

"我在这里哦,雅德维嘉。"声音像从亘古的远方传来,久久回荡在山林中,"小心点,你脚边有蛇。"

脚内侧似乎有柔软的触感,雅德维嘉倒吸了口气。通体发暗的蟒蛇嘶嘶地从脚边穿过,光润的皮肤闪着光。雅德维嘉"啊"

地惊叫了一声,睁开了眼睛。

褪了色的红色天鹅绒长椅,自己横躺在上面。环顾四周,原来这里是穷画家的画室。雅德维嘉深深地叹了一口气。

又做梦了。是什么时候睡着的呢……

"呀,你醒啦?刚刚睡得挺香的吧,不过好像呼吸有点急促。"正对着画布来回运笔的卢梭回过头来,把调色盘放到旁边的桌子上,说,"喝杯茶吧,我也正好有点累了,想休息一下。稍等,我去打水。"

卢梭说着走出了屋子。雅德维嘉站了起来,走到窗边把窗户敞开。春色尚浅的三月,凛冽的风抚上了脸颊。

最近雅德维嘉每天都会造访卢梭的画室,受丈夫约瑟夫的委托,给他送些画具、面包或劣质酒过来。每每卢梭都会深深感激一番,并竭力邀请她进屋坐。"快进来吧,给你看看我的新作,来喝杯茶。"刚开始雅德维嘉心里还有些抗拒,后来终于慢慢地接受,到现在已经习惯主动进屋,倚在长椅上消磨一段时光。

毫无疑问,约瑟夫是卢梭的第一个崇拜者。去年被带去的那场"夜宴"上,确实有许多自称崇拜卢梭的艺术家们,但雅德维嘉知道,那些人不是崇拜他,而是在揶揄他。唯一不同的是那个巴勃罗·毕加索,他打从心底对卢梭有着浓厚的兴趣。是不是崇拜,还不能肯定,但毫无疑问,那个男人被卢梭的画作强烈地吸引着。

说到约瑟夫,比起那些年轻的艺术家们,他才是真正意义上的卢梭的捍卫者,或者说是卢梭的崇拜者。最近他还把雅德维嘉收到的画像全部像圣画一样供奉起来,挂在狭小的屋子里,动辄就一动不动地盯上半天,然后一个人在那里自言自语:"这个人的画在我们死后也会被永远地保存下来,一代一代地流传下去吧。""啊,我想学习美术,我想了解更多有关新艺术的东西。"诸如此类的话。到最后甚至放言"我也要开个画廊,如果这个人的画得不到好评,我就要把它卖到人人夸赞为止"。是不是每天盯着卢梭那些奇形怪状的画,他的脑子也变得不正常了?

不过雅德维嘉也好不到哪里去。每天生活在充斥着卢梭画作的小屋子里,再加上还频繁地给画家送东西,这使得她慢慢开始对卢梭产生了兴趣。在画室里,两人并不会面对面地喝茶聊天。大部分情况是画家沉默地挥动画笔,雅德维嘉则坐在失去弹力的长椅上,呆呆地看着自己四周的一大堆巨幅画。有被评论家诟病为"技术像孩子一样拙劣"的塞纳河岸风光画;有僵硬的人物像;还有青翠欲滴的密林。她就这样不厌其烦地看着、看着,忽而意识飘远,一阵倦意袭来。每当此时,必定会步入那个迷失在密林中的梦。和卢梭两个人一步步走进森林的深处、更深处。

那个梦真实得可怕,是一个比现实还现实的梦。拍打着脸颊的树叶触感柔滑,透迤于脚内侧的蟒蛇皮肤濡湿;浓浓绿意释放出令人窒息的浓稠空气,腐败掉落的果实散发出糜烂的香甜味,还有花儿们喷出的花粉,给鼻头带来微微的刺激感。一切的一切,真实的都在那里,不在这里。

画太久了我都觉得害怕,仿佛要被自己画的森林一步步拉进去一样,所以我会像这样,不时地打开窗户——卢梭曾这么说过。

雅德维嘉倚在窗边,看着在庭院里奋力按压井泵的卢梭。

喝着卢梭为自己泡的茶，雅德维嘉突然问道："喂，你真的去过丛林吗？在那森林里看到过那些可怕的动物？"

"为什么问这个呢？"卢梭反过来问她。

"什么为什么……"雅德维嘉有些困惑，"能把丛林画得那么好，除非亲眼见过。叶子一片一片都闪着光，还有猛兽那可怕的感觉，花儿的香味，橘子酸甜的味道……我光看着都像身临其境一样。"

说完，雅德维嘉转向画布，闭上眼睛深吸一口气。"瞧，我能感觉到。"

卢梭看着她，双眼像洒了无数星星般璀璨。然后画家开口道："我当然去过。

"为支援墨西哥的马克西米连皇帝，法军曾派援军到墨西哥。我那时不过二十出头，就成了援军队伍里的一员。我从属于行军乐队，每天和着慷慨激昂的喇叭声演奏小提琴。结果不可思议的事发生了。猴子、蛇，还有奇奇怪怪的野兽们蜂拥而出，聚在一起。你猜怎么着？它们听我的演奏听得入了迷。

"还有个充满异域风情的女人。她的肌肤是咖啡豆般的褐色，只有眼睛灼灼地闪着白光。她几乎全裸，仅在腰部围了一条椰子树叶做的围裙。我们战战兢兢地冲她打了声招呼，她便朝我们莞尔一笑，露出了牙齿。说到牙齿，那真是白得吓人。她的身体纤长，像猎豹一般紧实，美丽而充满诱惑。不过也许是因为那时我还年轻，才那么觉得吧。

"那片大地全部被浓浓的绿色所覆盖，火红的太阳透过树木的缝隙洒下阳光。整个世界被寂静拥抱，时而从远处传来不知名的野兽的咆哮。站在密林正中央的我，毫无缘由地泪流不止。"

听着卢梭的话,雅德维嘉觉得自己在不知不觉间和卢梭一起进入了密林。不,与其说是密林,不如说那里是乐园。在那里,没有不安,没有痛苦,没有贫穷。青翠的草木、肆意绽放的花朵、挥着七彩翅膀从头上掠过的小鸟和蝴蝶、欢快地震动着翅膀的蜜蜂,还有从远方传来的若有若无的野兽们的怒吼,以及透过繁茂的枝叶漏下来的点点光斑。那里,才是真正的乐园。

在一片绚烂的寂静中,卢梭轻轻地抓起雅德维嘉的手。这只日复一日搓洗衣服、已如老妪般硬邦邦的手,被沾满颜料的手温柔地握住。就这样,两人手牵手朝着那芬芳四溢的森林,朝着悠远深邃的树林深处,一步、一步地走去。

成为那个人的女神吧,去获得永生。

巴勃罗的话在耳畔复苏。女神?永生?那是什么?终于,雅德维嘉觉得自己似乎有一点明白了。

明白了获得永生指的是什么——

☆☆☆☆☆☆☆

巴塞尔的第六天。读完第六章之后的午餐会比以往任何一场都压抑。午餐结束后,提姆和织绘辞别拜勒宅邸,彼此沉默着回到了酒店。

和织绘的交流仅限于早上乘车时的一声"早上好",之后再无对话。织绘的表情自始至终都紧绷着。想想昨天晚上和孔茨的事也就不难理解了。何况事到如今,提姆也不知道该和她说些什么。

该说别介意吗?还是该告诉她孔茨是个卑鄙的家伙?只怕说得

越多反而伤地越深。最终，提姆只好选择沉默到底。

而且自己也被孔茨抓住了把柄。如果在这场比赛中输了，不知道会遭到怎样的惩罚。孔茨那颇具威慑性的态度，比马宁格的越洋电话更让提姆战栗。

如果自己获胜了，织绘又会怎么样呢？"纸老虎"济慈和苏富比的欧文会怎么对待她呢？"她会被抛弃"，孔茨这么说过。不，不可能，事情不可能就这么轻易了结。

在一片阴沉沉的气氛中，提姆和织绘回到各自的房间。提姆马上打开落地窗来到阳台，试图换换心情。他倚在栏杆上，回味着今天读的第六章。

这章是迄今为止读过的所有章节里最短的一篇。全篇都是对卢梭和雅德维嘉走入空想乐园的幻想性描述，没有提及任何史实，几乎完全可以看做是虚构。

一九〇九年，在历史上是卢梭的人生留下污点的一年。谁都不曾料到，一九〇七年年末，卢梭竟因旧相识路易·索法杰而卷入一场银行诈骗案中。试图利用假票据套现的索法杰指使卢梭拿着那张假票据去提领现金。卢梭被捕入狱，几天后获得假释。一九〇九年，此案由法院提审，卢梭当庭痛哭道："我是艺术家，不可能诈骗，我帮索法杰的时候是完全不知情的。"最终，他被判监禁两年，缓期执行。

这绝不该是认真、正直、省吃俭用、辛勤度日的卢梭应受的待遇。此番不可思议的诈骗案给画家的人生留下了不小的污点。"帮我点小忙就能挣大钱哦，我们是朋友吧？"索法杰如此连哄带骗。这是之后卢梭本人自白时说的，也符合周围人的推测。因此法庭酌情判以缓期执行，可这样一来弄得卢梭更加羞愧难当了。"我为什么会受一个诈骗犯的牵连而被判有罪呢……"

但这个"污点"在今天的故事中完全没被提起,宛如小心翼翼地擦去沾在洁白桌布上的污渍,试图不留痕迹。从这里,也可揣摩到作者的意图。

你到底是谁?

这次,提姆在内心深处把昨晚问过孔茨的疑问抛给了《做梦》的作者。

还剩下最后一章,第七章。也就是说,离讲评日只剩一天了。然而,可供判断作品真伪的线索不仅没找到,连那个作品到底"是什么",提姆都还如在云里雾里。

提姆抬起头,看向覆盖着积雨云的天空,闭上眼睛。第六章末尾的大写字母是I。第一章是S,后来是P……目前的字母组合起来是:S-P-O-A-S-I。S-P-O-A-S-I……

突然,脑中如有电光闪过,提姆赶忙飞奔回屋里,从电话旁揪下六张便签纸,每张纸上写下一个字母,摆在床上来回调整顺序。一次又一次,反复调整。

P-I-A-S-S-O……

"毕加索……"提姆失声叫道,"难道是毕加索?"

"I"和"A"中间缺一个字母,如果明天第七章末尾写的是"C"……拼图就完成了。

怎么回事呢?

这也是在暗示《做梦》下面隐藏着"蓝色毕加索"吗?还是说那个故事的作者是毕加索?!不管怎样,这都是个大发现,如果毕加索和那幅作品、那个故事有所牵连的话。

提姆坐立难安,在房间里走来走去、徘徊不停。他的脑袋里一片混乱,简直快要爆炸了。

要怎么办才好？明天讲评时要如何出击呢？该说那是隐藏着毕加索的赝品，还是该说那是以毕加索为底板的卢梭真迹？

提姆停下脚步，闭上眼睛。他集中精神，呼唤着自己第一眼看到《做梦》时的记忆。

大型画布……尺寸大概有 200cm×300cm。对，第一印象和看到 MoMA 收藏的《梦》时惊人地相似，以至于他一瞬间还纳闷为什么《梦》会在这里。

密林、花朵、猛兽、吹着芦笛的黑色皮肤的男人，还有横躺在红色天鹅绒长椅上、长着一头栗色长发的女人。毋庸置疑，她和构成《梦》的女主角"雅德维嘉"是同一个人。

但有细节不同。是的，和两幅分别收藏于巴塞尔和莫斯科两个美术馆的《激发诗人灵感的缪斯》一样。因为错把赞美诗人的香石竹画成桂竹香，严谨的卢梭又重画了一幅，同样的主题、同样的构图、同样的色彩，但明显是两幅不同的作品。

难道说，卢梭在创作《梦》的期间，因为某种理由，又画了一幅差不多的《做梦》？

就在这一瞬间，国际刑警组织朱丽叶·露露说过的话突然蹦到提姆的脑中。

毕加索的朋友、毕加索作品图录的编纂人克里斯蒂安·塞沃斯，正在追寻一幅行踪不明的"蓝色毕加索"。

毕加索自己说那幅画的尺寸是"2m×3m"，和"240cm×298cm"的《做梦》尺寸基本一致。然而朱丽叶是这么说的——"尺寸不是和《梦》如出一辙吗？"

换句话说，也许行踪不明的"蓝色毕加索"不在《做梦》下面，而在《梦》的下面藏着？

"到底怎么回事……"提姆又一次失声叫道,"啊,如果能马上做 X 射线检查的话……"

被自己的自言自语一语惊醒,提姆立马从放在壁橱里的波士顿手提包中拿出通讯录,焦急地翻找着,试图找到 MoMA 修复师阿斯特拉德·德沃的联络方式。D……D……德沃。提姆看了一下手表,马上拿起电话听筒,告诉接线员"我要打国际电话到纽约",如流水般的哗哗声便从听筒里传了出来。

拜托一定要在办公室呀,阿斯特拉德。

"喂?"熟悉的声音从远处传来,"国际电话?你在哪里呢,提姆?你老家不在美国吗?"

她在。提姆呼地松了口气。"嗨,阿斯特拉德,你的声音听起来还不错哈。"他尽可能让语气像平时一样,"我带父母来墨西哥啦,他们突然说想吃正宗的鸡肉卷,就临时决定过来了。"

"哇哦,你这孝顺方式真是阔绰啊。"阿斯特拉德愉快地说,"那么怎么了?有东西落桌上了?"

"不是,有一件事在心里硌得慌。"提姆快速说道,"休假前,咱们不是拍过卢梭的《梦》吗?我又想起那时你说的话……确实,雅德维嘉左手位置的色调有些不同……也就是说,那里可能被描过或修复过,是吧?"

"这通国际电话太出其不意了。不愧是研究卢梭的,稍微有点疑问就忍不住啦。"阿斯特拉德笑着说,"是的,有加工修改的可能性。只是……在没有经过 X 射线检测的情况下,不能妄加断言。"

"能帮忙检测一下吗? X 射线。"提姆间不容发地说,"其实那个……我已经联络过汤姆了,获得了他的许可。我很着急,为了一项调查急用,十二个小时之内需要知道结果。"

"你在说什么呢，提姆？"阿斯特拉德惊讶地反问，"那肯定不行啊，那幅作品可是洛克菲勒家特别赠送的啊，要作 X 检测，必须获得理事长和馆长的认可，可不是你说了算的。我明天开始要休假了，现在都快忙死了。拜托别用国际电话跟我开玩笑。"

被对方怒吼着拒绝了，提姆这才意识到这番举动有多鲁莽，可即便如此，他目前能想到的只有这个办法。为了搞清楚 MoMA 的《梦》是否才是卢梭和毕加索的二重作。

"知道了，阿斯特拉德，冷静点……啊，墨西哥太热了，脑子也被烧坏了……知道了，知道了，对不起啊，打扰你工作了。假期愉快，旅行愉快。"

放下听筒，提姆软软地瘫在床上，头痛欲裂。

能搞清《做梦》真伪的线索一度出现，又消失了……

咚咚，规律的敲门声响起。提姆大吃一惊，抬起头，走到门前，眼睛对准猫眼——站在走廊上的是织绘。

提姆马上拧开锁，打开了门。看到提姆，织绘绽放出一抹羞涩的微笑。

"方便的话……要不要一起去散个步？"

沿着莱茵河的小径，提姆和织绘并排走着。

逐渐倾斜的夕阳将二人映在白色小道上的影子拉得长长的。旧砖墙差不多及腰高，对面是平缓的堤坝，延伸至远方，可爱的洋甘菊随风摇曳。莱茵河滔滔的河水反射着夕阳，起起伏伏闪着光，如同呼吸一般。

"明天我们就要分别了，离开这里的风景。"望着逝去的流水，织绘喃喃低语道。

听到"分别"这个词,提姆的心突然狠狠地疼了一下。

"虽然来过巴塞尔很多次了,但这次对我来说才是'乐园'。每天读着以卢梭为主人公的冒险故事,一刻不停、全身心地思考着卢梭、思考着那时的艺术家们……这几天,这里对我来说真的是'美术的乐园'。"

提姆也是同样的心情。虽然让他担惊受怕、烧心灼胃的事层出不穷,就像坐在云霄飞车上一样刺激,但一读起那本故事书,还有像这样和织绘两个人单独聊天,就像身处乐园,整个人都变得豁达而愉悦。

"你就在巴黎,随时都能来……我在明年美术展之前都来不了了。"提姆怀着鼓励织绘的心情说道。他知道,自己再也不可能来了,而且今生,再也不会见到织绘了。

"也是,什么时候都能再来。不过下次来的时候,我肯定不是现在的我了。"

这么说着,织绘的眼光突然一暗,露出一丝淡淡的落寞。不知是谁先停下了脚步,两人倚在堆起的砖墙旁,一时间谁也不说话,只是默默地盯着滔滔逝去的河水。

"我要当妈妈了。"

织绘突然开口,让提姆有些不知所措。他看向她的侧脸。是因为沐浴着夕阳的关系吗?织绘的侧脸被染上一层绚丽的玫瑰色,美得惊人。

"昨天被埃里克·孔茨那么一戏弄,我一下子没控制住……平时对于男性的挖苦或讽刺我都是一笑而过的。可能孔茨先生也只是开开玩笑,但他侮辱了我肚子里的新生命。"织绘转身面向提姆说道,"连你的心情也受到了影响,真是抱歉。"说完她微微低下了头。那郑重其事、饱含诚意的举动让提姆顿觉浑身上下一阵酥麻。

"你没必要道歉。"提姆微笑着说,"是那个人太失礼。你当场离开是对的。而且,专门邀我出来把这一切说给我听,你真的很勇敢。"

你是位超一流的学者,更是位迷人的女士。提姆想发自肺腑地称赞一句,却还是羞涩更胜一筹,最终也没能说出口。

"谢谢。"织绘的脸上绽放出笑容。

很迷人,很美,那个笑容。

每当看到织绘的笑容,提姆心中都会泛起一阵甜甜的痛楚,对此提姆已有自知。但他不想承认自己喜欢上了织绘,因为一旦承认,就意味着输了。

"回巴黎后我就要结婚了。跟那个人这么约定好了,我才来这里的。"织绘说道,脸颊一片绯红。那正是陷入爱河的女人的表情。一瞬间,提姆觉得一阵痛感袭至心脏。不是普通的疼痛,是剧痛。

他勉强振作精神,问:"他……开心吗?孩子的事。"

织绘摇摇头。

"我没和他说过,也没跟母亲讲,你是第一个知道的。"

织绘腼腆地笑了。这是六天以来,提姆见过的最美的笑容。

织绘直视着提姆的眼睛,说:"我很尊敬你,布朗先生,你是个了不起的研究者。我相信明年的卢梭展一定会成功,人们对卢梭的评价也一定会发生质的变化。"

提姆僵住了。就在这短短的几秒里,他的心里悔恨难当——不是以汤姆·布朗,而是以提姆·布朗的身份面对织绘该多好。

织绘抬起美丽的眼睛,接着说:"我,不会输的……也不能输。"

提姆凝视着织绘那如莱茵河水般漾着光芒的眸子,微笑道:"我也不会输哦。"

无论谁胜谁负，只愿过程无悔。

看着织绘倔强的眼神，提姆终于下定了决心。

无论未来有怎样的命运等着，我们只能前行。

提姆打开门回到房间，一张对折的纸片旋转着，落在了地毯上。谁把它插到了门缝里？提姆马上拾起来，展开一看。

　　九点在莱茵中桥等你　J

——是朱丽叶。直觉告诉提姆。

看看手表，八点五十分。

刚才他和织绘散步散到了巴塞尔美术馆，又进去观赏了个够才随便吃了点东西回来。仿佛回到之前去动物园时的感觉，两个人的心情都很好，要精神百倍地共同迎接明天讲评日的到来。

提姆觉得，只有把汤姆·布朗演到底，做出一个完美的讲评，才是最好的报答。无论是对错把自己邀请到这里的拜勒，还是对向命运勇敢发起挑战的织绘，以及对卢梭本人。是真是假到最后都不一定清楚，就像雾里看花，难以琢磨。不过明天即将读到的最后一章应该藏着所有的秘密。明天，就把一切都交给明天吧。

然而，就像瞅准了难得恢复的心情一样，朱丽叶的留言给他当头浇了一桶冷水。没办法，只能赴约。

提姆一边小心警戒着四周，以防孔茨派侦探跟踪，一边急急忙忙地赶向酒店附近的莱茵中桥。一头卷发的朱丽叶伫立在大桥中央，一看到提姆匆匆赶来的身影，就转身背对着他开始默默地往前走。

等到提姆和她并肩而立时，她突然小声且快速地说："做个交易吧。为了救那幅画。"

"救？什么意思？"提姆压低声音反问。

朱丽叶马上回道："我不是说过了吗……如果你输了，作品的处置权就会落到织绘·早川的手里，她背后的人可是济慈和欧文啊。他们盯上的不是卢梭，而是底下的毕加索。所以一定会除去卢梭的。为了避免这样的事发生，我们要救卢梭。"

"可是……"提姆反驳道，"那幅画下面也可能并没有藏着毕加索，不是吗？塞沃斯寻找的'蓝色毕加索'也有可能藏在别的作品下面吧。"

在刚下桥的信号灯前，朱丽叶忽地停住了脚步。然后转向提姆，满脸怒气地质问："你在说什么呢！"提姆顿时不知该说什么好。

MoMA 的《梦》下面才有可能藏着"蓝色毕加索"。即便只是个假设，说出口也太危险了。因为这样一来，《梦》的真伪就成了问题，那是 MoMA 的大赞助商洛克菲勒家族捐赠的作品，卢梭的代表作，而且是明年卢梭展上的压轴之作。在这个节骨眼儿上绝不能让它卷进真假纷争的旋涡，不能让它沾上半点污名。

"总之要救它。"不等提姆回答，朱丽叶继续道，"既然你是研究卢梭的专家，你能眼看着卢梭的一幅真迹从世间消失而袖手旁观吗？"

"那肯定不——"提姆吞吞吐吐地回答，"可即便那幅画给了泰特……他们也不可能为了拿到毕加索而抹掉卢梭吧。织绘·早川也是研究卢梭的学者啊，她不会允许的……"

"你给我清醒点儿！"朱丽叶强压的声音里饱含斥责之情，"她可是济慈的情人啊。在学者这一头衔之前，她首先是个女人。你连这个都不懂吗？"

这句话让提姆心中的火气噌地一下蹿了上来，他反驳道："不管怎么样，她首先是个学者。她觉得目前卢梭受到的待遇很不公平，为了提高人们对卢梭的评价，她比任何人都努力，甚至比我还努力。"

两人互不相让地瞪着对方。终于，朱丽叶叹了口气，说："回到刚才的话题吧，我说，我想和你做个交易。"

"为了救卢梭，是吧？"提姆自暴自弃地应和道。

朱丽叶提出的交易是，提姆要先在讲评中胜出，获得那幅画的处置权。在此基础上，把画转让出去，既不是给MoMA，也不是给拍卖行，而是交给国际刑警组织。等把作品的真相调查清楚，朱丽叶会出面和原所有人交涉，把作品捐赠给"该去的地方"。

只要提姆配合这一系列行动，就可以避免被美术界踢出，保证他可以继续研究卢梭。

朱丽叶的提议诚恳得让提姆吃惊，和垂涎那幅作品的四个恶人——马宁格、孔茨、济慈和欧文——的卑鄙手段相比，这个提案要诱人得多。当然，还得看所谓的"那幅作品该去的地方"和"保证"具体指的是什么。

"那个地方……是哪里？"

面对提姆的质疑，朱丽叶毫不犹豫地答道："毕加索美术馆。"

提姆倒吸了一口气。答案太出乎意料了。

毕加索美术馆。一九七三年毕加索去世后，他的亲人将其作品作为继承税上缴了。于是，当地政府以那些作品为藏品核心，紧锣密鼓地筹备建起了这所国立美术馆。目前计划的开馆时间是两年后，也就是一九八五年。可以说是一项受到全世界瞩目的工程。

如果《做梦》是卢梭和毕加索的二重作，那确实没有比那里更合适的收藏之处了。至少比放在拍卖会的桌子上要好得多。

"而你,将成为那个美术馆的策展人……提姆。"

突然听到自己的名字,提姆的心猛地一颤,他抬头看向朱丽叶。只见朱丽叶方才焦躁的情绪已经消失,此刻正平静地盯着他。

"你早知道了吧……"提姆苦笑着说。

朱丽叶也笑了。

"还没有我不知道的事,怎么说我也是国际刑警组织的一员啊。"

朱丽叶那为了作品不顾一切的执着深深地打动了提姆的心。这个人是真正在为《做梦》的未来考虑,为卢梭考虑。在为了守住作品,让它一代接一代、生生不息地流传下去而拼尽全力。这已经远远超出了身为国际刑警组织一员的专业素养,提姆能感觉到,在她的背后似乎有一种类似信念的强烈感情支撑着她。

"你到底是谁?"

疑问不由得脱口而出。朱丽叶看着他,眼中散发出奇妙的光彩,长长的栗色鬈发在夜风中轻轻摇曳。夜幕昏暗,提姆凝神盯着她。

是谁呢?她看起来像某个人。在机场初次见到时就有这种感觉,虽然只是视线交汇的瞬间,一种似曾相识的感觉一晃而过。

很像,很像我认识的某个人。很熟悉的人……

答案即将揭晓。就在这一瞬间,朱丽叶轻轻耳语道:"只要你承诺讲评结束之前不告诉任何人,我就告诉你我的真正身份。"

突然,停在红灯前的一辆出租车进入了提姆的视野。提姆听着朱丽叶讲话,下意识地朝出租车后座看了一眼,没什么目的地、极其偶然的。认出坐在车里的人,没用到三秒。

提姆睁大了眼睛。朱丽叶的声音像从外太空传来的一般遥远。"其实我是——"

信号灯转绿。坐在开往市区方向的出租车里的,是汤姆·布朗。

第九章　天国的钥匙

一九八三年　巴塞尔 ／ 一九一〇年　巴黎

终于迎来了第七天的早晨。

穿上在洗衣店浆洗得平平整整的蓝色衬衫，细致地打好领带，再套上一件麻质西服。一切都打理好之后，提姆从枕边拿起两本有关卢梭的专著。

一本是亨利·赛尔提尼写的《卢梭传》，一本是朵拉·瓦利亚编纂的卢梭作品图册。两位世界著名学者都竭力还原了这个谜样画家的真实面貌，为改善世人对他的评价而高声呐喊。

有资格参加讲评的不该是自己和早川，让赛尔提尼和瓦利亚来对决才合常理。不，应该说找他们才是理所当然的。

然而，那个"怪物"康拉特·拜勒却没有选择那两位学者，反而希望看到美术馆的两个策展人一决高下。

前天，埃里克·孔茨把一切都摊牌了。拜勒本想让MoMA的首席策展人汤姆·布朗和泰特美术馆的首席策展人安德鲁·济慈进行对决，可最终来到这里的不是汤姆，而是提姆；济慈也没来，来的是早川织绘。

自己的真实身份已被孔茨看穿，而拜勒似乎还没发现。一旦被他发现，恐怕对决还没开始就要宣告结束了。还有几个小时，无论如何都要把汤姆·布朗演到底。要拼上MoMA的威信，在讲评中勇拔头筹。

突然，苦涩的笑意泛上提姆的心头。

真是一场闹剧啊。我到底为什么要做这么傻的事呢？

五分钟之后到达大厅，和平时一样坐上车，这时才发现后座织绘的旁边坐着上司汤姆·布朗——他甚至无法胸有成竹地说，这样的事绝对不可能发生。

昨晚和国际刑警组织调查员朱丽叶·露露在莱茵中桥附近的红绿灯前交谈时，恰好看见一辆去往市内的出租车后座上坐着汤姆·布朗。

为什么汤姆会在这个节骨眼儿来巴塞尔？提姆不得而知。和自己一样，本应在瓦胡岛度假的老板明天假期就结束了，完全没有理由在没有美术展，甚至什么大型展览都没有的炎炎夏日来巴塞尔。

说不定他昨晚也下榻在这个酒店，现在正在电梯里等着自己。然后，这个"妇女杀手"会展示出最爽朗迷人的笑容，对自己说："呀，提姆，这段时间辛苦了，按原定计划讲评将由我负责，你可以回去了——不是纽约，是故乡西雅图。"

提姆脸上的苦笑消失了。

他几乎做好了壮士断腕的觉悟，把手中的书装到波士顿提包里。提包已经被衣服、洗漱用品等东西塞得满满当当的了。

从拜勒宅邸回来后，他将马上办理退房，然后坐上飞往纽约的班机。日后永不再来。

永远的别离。和巴塞尔，和织绘。

下定决心后，提姆走出了房间。铺着红色地毯的走廊、金色的电梯、房客悠闲穿梭的大厅，都没碰到熟悉的面孔。酒店正门前，拜勒家的车已在等待。之前几天都是坐在车里等候的织绘此刻刚好站在车前。一看到提姆的身影，她那因紧张而稍稍绷着的脸上立刻漾起了微笑。

"早上好。"

声音清脆。

提姆也笑了，回道："早上好。"

那一瞬间，织绘心底涌起一股感激之情，感谢上苍把提姆带到这里。

"那我们走吧……去见卢梭。"

织绘莞尔一笑，应道："嗯，走吧，去见我们的'朋友'。"

车子按时抵达拜勒宅邸。管家修那曾板着一张脸，却不失周到地为二人打开后车门。"谢谢。"提姆说道。一想到这张刻板的脸今天也是最后一次看到了，不免感到一阵伤感。

"一会儿我有个客人会来，请把她带到进行讲评的房间隔壁，让她稍作等候。"往玄关门廊走的路上，提姆小声地吩咐修那曾。对于这个唐突的要求，就算是习惯摆着一张死人脸的修那曾也不禁一怔。

不过他马上恢复常态，自然地应道："哦，要来的客人是谁呢？"

提姆微笑不语。

孔茨已经等候在紧邻书斋的房间里，脸上还是一如既往的面无表情。"早川小姐，这边请。"他指引道。

织绘在走出房间的前一刻突然回过头来。提姆仿佛听到她说"待会儿见"，那无声的道别久久回荡在他心中。

之后的九十分钟，是提姆人生中最漫长的九十分钟。

提姆浅浅地坐在单人沙发上，搭在膝盖上的双手握在一起，努力想分散注意力。无奈越努力，这六天里的回忆反而越像洪水般在脑海中涌现——全都和织绘有关。

在动物园里诉说逝去父亲的故事；在美术馆里面对卢梭时的真情流露；陈述主张时稍显狂妄的神情……

我要当妈妈了，还有宣告这个消息时那幸福灿烂的笑容。

提姆内心的情感复杂而激烈，他拼命想抑制住，不让它涌出来。

但他早就意识到了。

抑制不住，毫无办法……

唯有这一点，他再清楚不过。

喜欢上了她。

咔嚓一声，门把手转动的声音响起，提姆抬起头。没有表情的孔茨出现了，接着织绘也进来了。织绘低着头，不过提姆起身时她似乎注意到了，头转向这边。看到那双眼睛，提姆不禁倒吸了一口气。

织绘的眼睛哭得肿了起来，通红通红的。湿润的眸子像在诉说着什么，直直地盯着提姆。提姆好像被什么拉着，一步步走向她。就在他想走到二人之间时，孔茨冷冷地说："走吧，布朗先生。这里禁止说悄悄话哦。"

提姆什么也没说，只是直直地看着织绘，看着她强忍泪水的侧脸消失在门后。

"这场比赛，胜出的肯定是你。"刚走到走廊上，孔茨就低声道，"她太过感情用事了，就那个状态，绝对做不出像样的讲评。这样一来，谁胜谁负就见分晓了……果然不出我所料。"

提姆狠狠地咬紧了牙关。什么时候能给这个家伙的脸上来一拳呢？

"那么，请再接再励……旅途愉快。"

孔茨说了和第一天相同的话后离开了。走进书斋的提姆视线落到摊开在桃花心木桌子上的《做梦》上，恰好翻到"第七章"的那一页。

卢梭，你的命运究竟是怎样的呢？

你的爱情会这样无果而终吗？

和我的爱情一样……

☆ ☆ ☆ ☆ ☆ ☆ ☆ ☆

第七章 天国的钥匙

昏暗的灯火照亮了许多张脸。

黑漆漆的眼睛直直地盯着前方、没有表情的女人的脸；冷漠的男人的脸；像冻结住了一样表情瘆人的婴儿的脸；褐色肌肤上蜷着一条巨蛇，熠熠发光的双眼看着这边异国少女的脸……

亨利·卢梭描绘出的许多张脸，像圣人一样沉默着，占满了房间里一整片古老发黑的墙壁。

被灯火炙烤着的，还有另外两张脸——乌云密布的脸是雅德维嘉的，焦躁不安的脸是她丈夫约瑟夫的。

"怎么样了，那个人的状况有那么严重吗？"约瑟夫把身子探到桌前询问道。

"不知道。"雅德维嘉叹息着说，"他心心念念着就要举行的'独立沙龙展'，叨念着该为展览做准备了……可是脚跛得厉害，连走都走不了。问他怎么了，他却总是说没事……"

那个冬天，卢梭的样子有了明显的变化。整个人骤然消瘦，脸颊瘪了，眼睛凹陷下去，不知道为什么连脚也跛了。怎么看都是身体状况不容乐观的样子，他却依旧笔不离手，终日一门心思地面对画布。仿佛被什么邪恶的东西附身了一般，周身萦绕着一股非同一般的气息。

雅德维嘉有些担心，开始每天不断出入他的画室。卢梭连饭都不怎么吃了，整天一味地挥动着画笔。"怎么了呢，被死神附体了吗？你再这样下去，过几天会连笔都握不住了哦。"雅德维嘉故意这么调侃着,心里却非常害怕。她从这个阴气逼人的画家身上感受到了死神的气息。

"给他带点有营养的东西吧。"约瑟夫说道,那语气就像儿子担心卧病在床的父亲,"鸡、鸡蛋什么的……之前只送些面包啊酒啊,他身子撑得住才怪呢。"

"可是,就算想送……"雅德维嘉又叹了一口气,"咱家里也没有那样的条件啊。"

如果想帮我的话,就给我带些颜料、画布过来,好吗?

除了多到像要溢出来的绿颜料和特大尺寸的画布,其他什么都不需要了。

卢梭向约瑟夫和雅德维嘉如此请求道。于是,约瑟夫去画具店疯了似的买下好几种绿颜料,还有大大小小的画布,然后让雅德维嘉带过去。在这之前,他也常到这家画具店买大量的画具和画布,给卢梭送到画室里。不久后现金花光了,就改赊账。欠画具店的债已经高到两人不敢直视的地步。

"真是混账!"约瑟夫大吼一声,一拳捣在桌子上,"在那个人最困难的时候,我却帮不上忙……啊,我要是有点钱……我要是个有名的画商就好了。"

就可以让如此前卫、充满神秘力量、隐藏着新艺术气息的绝世之作被全世界认可了。

约瑟夫姿势未动,低下了头。颤颤巍巍的火光映出他的脸,顺着脸颊淌下些发光的东西。

"你怎么了,约瑟夫?"雅德维嘉问,同时觉着自己的胸口似乎也有什么东西涌动了上来,"为什么对那个人——那个人的画,那么执着呢?"

约瑟夫沉默着摇了摇头，然后用两手覆住脸呜咽起来。雅德维嘉伸出手，温柔地抚摸着他柔软的发丝，却发现自己的脸颊也濡湿了。

蒙摩特尔的山丘上，小广场边破破烂烂的联排房。雅德维嘉抬头看向仿佛下一刻就要倒下的木质墙壁。

对了，就是这里，"洗衣船"。

曾几何时，自己随卢梭一起来过这里，参加巴勃罗·毕加索举行的"夜宴"。从坡底爬上来的雅德维嘉吭哧吭哧地喘着粗气，叩响了毕加索画室的门。

"请进。"

还不知道来人是谁就轻松应允的声音从里面传来。雅德维嘉轻轻地推开了破旧腐朽的门。

写生本、画架、吓人的面具，在混乱到没有落脚之地的屋子的最里面，一个圆圆小小的身子正对着画布。直到雅德维嘉走到背后，他才终于回过头来。"啊，是你啊。"充满朝气的声音，"稀客啊，什么事？又来卖卢梭的画了？"

雅德维嘉没有回嘴。因为她的注意力已经全部被画布上的画吸引了。

那是一个非常奇妙的人物像。一个分裂成一块一块的男人——从秃头、下巴上的胡子，以及肥硕的体格能勉强判断出是个男人。不，与其说是个男人的肖像，不如说更像一具把岩壁削切雕刻，还未完成的雕像，有种不可思议的立体感和纵深感。似乎只要一伸手，就能触碰到凹凸不平的表面。

"真是不可思议的画啊……"

脑子里的想法无意中脱口而出。

"啊,这是给一个画商朋友画的肖像画。"毕加索轻快地答道。

"这也是所谓的'前卫'吗?"

毕加索不由地笑了。

"也有人这么叫。不过我觉得卢梭画的画,才能真正称得上'前卫'。"

"真的?"雅德维嘉的脸上绽放出光芒。

事实上,她都不清楚"前卫"这个词到底是褒义还是贬义,但既然是这个男人,巴勃罗·毕加索说出来的,不知为何,她就能坦然接受。

"找在下有什么事呢?"毕加索把手中的调色盘放到边几上,问道,"能让你专程跑一趟来找我,肯定有什么特别的原因。"

他巧妙地为雅德维嘉提供了话题的切入口。果然,和这个男人什么都可以说,雅德维嘉心想。

"最近他一直很怪。问他是不是病了,他也不说……总之,就是一直说想要画具、大型的画布,不然就完不成要在这次'独立沙龙展'上展出的最棒的杰作了。"

毕加索抱起双臂看着雅德维嘉,那似乎能看透一切的深沉视线让雅德维嘉觉得心事都无处隐藏。

她接着说:"在此之前,我们已经给他送过很多画具和食物了,现在已经无能为力了。给不了那个人任何东西……"

这么说着,她突然垂下了头。太悲伤了,悲伤得想从这里消失。卢梭,我已经支持不下去了,宣告无力的同时,她的心在滴血。

"你这话说得可不对。"

毕加索的一句话让雅德维嘉抬起了头。和刚才一样,那双深邃的眼睛还在注视着她。毕加索继续道:"不是还有你吗?把你自己献出去,那才是那个家伙最大的愿望呢。"

这句出乎意料的话让雅德维嘉的脸一直红到了耳根。她声音颤抖着埋怨道:"你说得太过分了!我又不是妓女,怎么可能做那样的事。"

"傻瓜。"毕加索笑了,"我的意思是让你去当他的模特儿啊。不知道你清不清楚,卢梭没有模特儿是画不出人物像的。要是你能当他的模特儿,他一定能画出最棒的作品。而且……"目光灼灼地盯着雅德维嘉的眼睛,毕加索一字一顿地说,"那才是'获得永生'。"

"扑通",心中的清泉被投进了一颗小石子。

获得永生。

毕加索曾几次掷来这个词。

成为那个人的女神,去获得永生——

雅德维嘉仿佛随着毕加索的话,静静地潜到清泉深处。在那清澈得没有一丝杂质的泉底,她终于找到了那句话的意义,然后两手掬起了它,急急地浮出水面。

从泉底返回到水面的雅德维嘉,脸上绽放出只有找到真理的人才有的光辉。

冬日的画室。在没有太阳的日子里,卢梭会躺在弹簧坏掉的长椅上,就那么昏昏沉沉地度过一天。

"我想画画"——这种冲动前所未有地强烈,在他的身体各处游走。想立刻起来,拿起调色盘,握住画笔。幻想中的他早已面对着画布,然而现实中的身体却怎么也不听使唤。

不知什么时候,卢梭的意识脱离了身体的躯壳,游走在画室中,拨开画布上还没完成的密林,向深处、更深处走去。只要不断地朝着更深处迈进,就一定能看到前所未见的风景。从未体验过的世界一定在那里等着自己——

熟透坠地的果实,甜甜的香味;在远处回响的野兽的咆哮,擦过鼻尖飞向天空的七彩蝴蝶。忽然,有什么冰冷柔软的东西触到脚内侧的皮肤,紧接着,小腿上像烙上了一块灼热的铁块,一阵难以言喻的剧痛袭来。"啊——"卢梭惨叫一声,跌倒在草丛里。

正在孵蛋的母蛇扬起镰刀状的脖子,死死地盯着卢梭。卢梭用双手撑在背后,一点一点地向后退。

等等,别杀我,我只是个无辜的人。

我绝对没有想要侵犯你们所居住的森林的意思。

我……只是身不由己地被拉到了这里……被住在这里的魔物——一个名为艺术的、冷酷无情的魔物拉了进来。

啊,这是为什么?即便到了如此悲惨的境地,我还是无法劝阻自己永远不再回到这片密林。

因为,这里才是我的天国……

"亨利,快醒醒,亨利,有客人来了。"

肩膀被反复摇了好几次,卢梭终于醒了过来。眼前站着的是雅德维嘉,还有那位"客人"。

"一段时间没见,瘦了不少啊。"

说这句话的人是毕加索。

"啊,巴勃罗……"卢梭想起身,却呜地发出一声呻吟,又跌落到长椅上。

"这是……受了重伤吗？"毕加索屈膝看着卢梭的左腿问。

卢梭的小腿上缠着绷带，散发出一股酸酸的异臭。绷带表面因脓水渗出而被染成了黄色。

"没什么事，这是……被蛇咬了……"卢梭断断续续地说道。

"蛇？"毕加索睁大了眼睛，抬头看向站在旁边的雅德维嘉。雅德维嘉微微地摇摇头。

"亨利，下次的独立沙龙展你打算怎么办呢？"

保持着跪立的姿势，毕加索问。卢梭突然闭上眼睛，把脸转向了另一边。

"不行了，我已经画不了了。"

"为什么？"雅德维嘉焦急地质问，"自那个展览创办以来，你不是每年都去参加吗？为什么要说这种自暴自弃的话呢？"

卢梭仍然不肯转向这边，有气无力地回道："想画……可再怎么想画，我已经……没有画具，也没有画布了。没办法了……"

"振作起来，亨利。别背对着我，你好好看看这是什么。"毕加索的声音里带着少许怒气，"画布，在这里……"

卢梭缓缓抬起头。

巴勃罗把一张巨大的画布端到卢梭眼前。画布上，一整片清澈透明的蓝色中间，有一对母子的身影，如同荡漾在水底。

卢梭不禁瞠目而视。

"这……哪里是画布，不是哪位画家的作品吗……"

画家的声音颤抖，毕加索却嘴角微微一咧，笑了。

"嗯，不知道是哪个穷画家的作品。你画在它上面就行了。这张画布虽然有点旧了，不过还能用。"

"这怎么可以！"卢梭声嘶力竭地喊道，"我做不到。不管是多么贫穷的画家，这幅画都倾注了他全部的热情。即便没人认可，那也是他的作品，是他的生命。我不愿玷污它……"

"清醒点吧，亨利！"毕加索厉声斥责道，这一声把卢梭和雅德维嘉都惊得肩膀一颤，"就因为你这副样子，才得不到别人的认可。听好了，亨利。我们这个时代的艺术可没那么软弱，别人的画就是为了让我们踢开而存在的。既定价值观什么的，都见鬼去吧！

"知道吗？如果你现在想画的画是你这一生所梦寐以求的，那就在这张苍白的、惨兮兮的母子像上，尽情地挥洒，把它画上去！

"在这幅浸满痛苦、卑贱不堪的人生写照上，描绘出一个绚烂到极致的乐园，注入你这一生所有的热情。

"如果你还认为自己是我们这个时代的艺术家的话。在死之前，至少先做完这件事。"

毕加索一口气讲完这段话，眼睛直直地盯着卢梭，像眼底有火焰燃烧一样目光灼热。

卢梭的喉头抖了一下。肩膀、手，还有脚，都在颤抖。涌上全身的热情再也抑制不住了。他忘记了剧痛的左腿，使出全部的力气站了起来。

"热情……我全部的热情。"

卢梭咕哝着，像在说梦话。

雅德维嘉眼睛一眨不眨地盯着画家，仿佛看到精灵降临到了人间。

周日到了。前一天下了一晚上的雪把公寓的庭院变成一个银装素裹的世界。

以往这个时候,雅德维嘉都会抱着衣服堆积如山的篮子,到洗衣场去洗衣服。可今天,她却穿上了不合时节的碎花棉布裙,把家远远抛在身后。就是和卢梭一起去赴"夜宴"那天穿的那条连衣裙。就在今天,雅德维嘉下定决心,要去"获得永生"。

"我要当那个人的模特儿,在这期间没法工作了,可以吗?"冲着就要出门工作的约瑟夫的背影,雅德维嘉问道。

约瑟夫回过头来,脸上似乎有种松了口气的神情。

"是吗……如果你当模特儿能激起他重新画画的热情,那不是很好吗?一定会成为最棒的杰作的。"

约瑟夫在妻子的脸上亲了一口,满面春风地出门了。

雅德维嘉由于过于兴奋而胸口有些闷。身体深处燃起一团足以融掉冰雪的熊熊火焰。

获得永生。

毕加索不停重复的话在鼓膜深处久久回响,那句话似乎出现在眼前,像画一样铺展开来。

从今天开始,我将获得永生。

即便卢梭死去,我也死去,画中的我,却是永生的。

脚步坚定地踩在破旧公寓的楼梯上,一级台阶一级台阶地往上爬,仿佛行进在通往天国的阶梯上,这感觉让雅德维加有些眩晕——那是一种近乎喝醉般、甜蜜到难以置信的感觉。

敲门声还没完全消失,里面就传来了回应——"请进。"怀着一颗惴惴不安的心,雅德维嘉轻轻推开了门。就在门对面,一张洁白的巨大画布展现在她眼前,雅德维嘉不禁惊叫了起来。

"这不是新画布吗……怎么回事?"

卢梭刚刚下定决心把毕加索拿来的"蓝色母子像"抹掉,在上面重新作画。可此时,和那幅画同样大小的新画布散发着耀眼的光芒。

坐在木凳上,面对着画布的卢梭转过身来。

"昨天一个我不认识的画商突然拿来的……说以这个为交换,希望我把巴勃罗拿来的画卖给他。"

画商的名字叫安伯斯·弗拉[①],是专门收集前卫画家作品的新晋画商。为了获得毕加索拿来的母子像,他向卢梭提出以一幅同等尺寸的新画布和五千法郎现金交换。这对穷困的画家来说绝对是个天文数字。

雅德维嘉一瞬间忘记了呼吸,战战兢兢地问:"所以呢,你……同意交换了?"

卢梭没说话。令人压抑的沉默充斥在两人之间。

终于,他护着左腿站了起来,从新画布后面拿出一张大小相同的画布。雅德维嘉再一次屏住了呼吸。

是那幅"蓝色母子像"。

"现在我好像稍微有点明白为什么巴勃罗会和我说'把全部热情都用在这幅画上,尽情挥洒'了。

"要创造一样新东西,就必须破坏掉一些旧东西。

"不管别人怎么说,要想创造出自己觉得最棒的作品,这点认识必须要有。即便踩躏了他人的画、与全世界对抗,也要相

[①] 安伯斯·弗拉(Ambroise Vollard, 1866-1939),二十世纪初,法国最具影响力的现代艺术画商,兼收藏家和出版商,曾在经济上和精神上帮助了非常多位艺术家,包括保罗·塞尚、巴勃罗·毕加索、文森特·梵高等。

信自己。这才是新时代艺术家应有的姿态。

"也许这就是巴勃罗想告诉我的吧。"

卢梭断断续续地说完。然后补充道:"我和那个画商说,在画作完成之前我会给他答复。结果他说:'总之我先把画布放在这里,请千万别抹了那幅画。'"

说完他轻声叹了口气。

"到底……该在哪张画布上画呢?我……"

听着卢梭的自言自语,雅德维嘉轻笑出声。

"你很喜欢吧,这幅'蓝色母子像'?"

"确实。"卢梭虚弱无力地笑笑,"虽然不知道是谁的作品……感觉和我尊敬的布格罗[①]和杰洛姆[②]似像非像……不过我喜欢它,喜欢到不行。

"凝神看着,就觉得胸腔被渐渐填满。沉沉的,寂寥、悲伤,而又美丽。贫穷纤弱的母亲和孩子,怎么看都像是一幅圣母圣子像。为什么呢?眼泪就是止不住地溢出。

"我有足以把这幅静谧的作品燃烧的热情吗?"

雅德维嘉一言不发地倾听着卢梭的自言自语,双眼盯着"蓝色母子像"。然后,她突然伸手搭上连衣裙的纽扣,一个接一个地解开。

在卢梭面前,雅德维加把裙子脱了下来,扔到一边。再解下紧身胸衣,脱去全部内衣,回到出生时原本的样子。

[①]威廉·阿道夫·布格罗(William Adolphe Bouguereau, 1825–1905),法国学院派画家,常以神话作为灵感米源,以十九世纪的现实主义绘画技巧来诠释古典主义的题材,并且经常以女性的躯体作为描绘对象。代表作有《波浪》、《年轻的牧羊女》等。
[②]让-里奥·杰洛姆(Jean-Léon Gérme, 1824–1904),法国历史画画家,印象主义风行法国甚至全世界时,他仍坚守学院派的古典主义。代表作有《角斗士》、《狄奥根尼》等。

横躺在磨损了的破旧红天鹅绒长椅上，雅德维嘉只说了一句话。

"来画我吧，从现在开始，我将获得永生。"

卢梭是多么震惊，又是多么感动，这种强烈的情感恐怕连埃米尔·左拉①也无法用语言形容。

获得永生。

雅德维嘉正用全身的每一个细胞感知着这句话逐渐变成现实的过程。

丛林深处，树荫之下弥漫着浓郁到窒息的热气。咚的一声，一颗熟透的果实落寞地从树上掉落下来。

远方的野兽们发出嚎叫，蠕动在草丛中的蟒蛇，还有混在鸟叫声中，试图与之融为一体的异乡的笛声。

长椅上，雅德维嘉不知何时已和卢梭紧紧拥抱在了一起。两人此时正做着同样的梦。雅德维嘉觉得，她的身体、她的心，都被一种出生以来从未体会过的强烈的陶醉感所俘获。

突然，天空的尽头划过一道闪光，雅德维嘉抬起了上半身。

婴儿般赤裸的雅德维嘉缓缓地举起左手，手掌紧紧地握成拳头。近在咫尺的地方，不，是从遥远的天边，传来了卢梭的声音。

你手中握着什么呢……雅德维嘉？

雅德维嘉的侧脸如痴如醉，回答道："是天国的钥匙哦。有了这个，我们就能穿过天国的大门——我们一起。"

能把那个钥匙给我吗？我要先走了。不能带着你。

为什么，亨利？我们已经融为一体了。已经结合在一起，

---

① 埃米尔·左拉（Émile Zola, 1840－1902），法国作家，自然主义文学的代表人物。代表作有《卢贡－马卡尔家族》。

永远分不开了。

不行,你要永远活下去。为了这个,我才画了这幅画。为了这个,我才成了画家。

为了赋予你永恒的生命。

再见,雅德维嘉。我要走了——你要幸福,永远幸福。

残暑尚浓的九月二日,巴黎的天空下。

亨利·卢梭安静地,踏上了永恒的旅程。

那个夏天,他左腿上的坏疽越来越严重,最终侵蚀了全身。至于为什么会坏死,当时的医生并没有给出合理的解释。"可能真的在密林里被蛇咬了吧。"他的主治医生无奈地笑着说。

卢梭的遗体告别仪式在杜特大街刚落成不久的教会里举行。明亮、现代的教会让前来参加葬礼的寥寥数人打起了几分精神。

出席仪式的有诗人阿波利奈尔、画家罗伯特·德洛内和保罗·希涅克。没有人看到巴勃罗·毕加索的身影。

雅德维嘉和丈夫约瑟夫也站在出席人之列。所有人中哭得最伤心的就是约瑟夫了,这让雅德维嘉觉得有些怪异,又有些怜悯他。

"不好意思,夫人。您是'夜宴'上的……"

散场时,阿波利奈尔主动走过来搭话。雅德维嘉掀起罩在脸上的黑色面纱,看向阿波利奈尔。

一瞬间,阿波利奈尔屏住了呼吸。然后,轻轻地感叹道:"果然,您就是'雅德维嘉'吧?卢梭最后一幅作品的模特儿……"

"是的。"雅德维嘉颔首道。

站在一旁的约瑟夫也轻轻点头以示问候。当他意识到阿波利奈尔正是卢梭《激发诗人灵感的缪斯》中的模特儿时,虽然犹豫再三,还是开口问道:"可以把您当模特儿的那幅作品卖给我们吗?"

阿波利奈尔答道:"那是我逝去的朋友留给我的唯一作品,所以我不能卖掉它……您是卢梭作品的收藏家吗?"

面对阿波利奈尔的疑问,约瑟夫露出了微笑。

"以后就是了。那个人教会了我赏画的乐趣,我要把他的作品拿给我即将出生的孩子看,把赏画的乐趣也告诉他。"

阿波利奈尔的视线转向雅德维嘉。只见雅德维嘉正轻轻地抚摸着微微隆起的小腹,恬静地微笑着。

"是吗……卢梭也一定会默默守护着这一切的。祝你们幸福。"

宣告告别仪式结束的钟声久久地回荡在巴黎初秋的上空。

陆续从教会里走出一个人、两个人。出席完告别仪式,有的人直接回家,有的去咖啡馆喝咖啡,还有的又回到画室里埋头作画。每个人都从这里出发,走向自己该去的地方。

雅德维嘉和约瑟夫手牵着手走在大街上,她本想回头再看一眼身后的教会,终究还是作罢了。

钟声回荡在清澈如洗的碧空中,余音袅袅,似是亘古不休。

☆ ☆ ☆ ☆ ☆ ☆ ☆

一个字、一个字,满怀着爱怜地追着,提姆终于读到了最后一章、最后一页、最后一句。他深深地叹了口气,把从进来就一直憋着的气吐了出来。

还是走了——卢梭还是走了。

虽然这是不可能改变的史实,提姆仍觉得受到了致命的打击。他闭上双眼,有那么一会儿一动不动。然后突然睁开眼,像是想起什么似的,再一次看向最后一行。

没有。

和前几章不一样,这一章的最后一行并没有大写字母。提姆反复读着最后一页,幻想着它藏在某个地方。然而,任凭他确认多少遍,都没在文中发现大写字母或类似名字首字母的文字。

确认了一下旁边的金色座钟,还剩三分钟。

事到如今,仍是一头雾水。

一九一〇年九月二日,卢梭去世,这是史实。腿部的坏疽是致死原因,这也有据可循。

然而,身为卢梭生前最重要知己之一的阿波利奈尔出席了葬礼一事,现存资料中还未发现相关记录。也就是说,这不是作者的"创作",就是"新的事实"。不,要这么说的话,整个故事都一样,不是"创作"就是"新事实"。

此外,阿波利奈尔所说的"以雅德维嘉为模特儿的最后一幅作品"指的到底是哪幅作品?

那年拿到独立沙龙展上的作品是《梦》,还是《做梦》呢?

卢梭在收集毕加索的画商弗拉拿来的新画布上画的是《梦》,还是《做梦》呢?

他最终在毕加索说的"把热情挥洒到上面"的"蓝色母子像"上作画了吗?画的是《梦》吗?不,是《做梦》吧?

还是说……他用尽最后的力气,同时画了两幅……

提姆集中全部心神，又读了一遍最后一页。这一页中或许隐藏着什么重大秘密，要把它找出来。

突然，他注意到在这页最后的余白处，有一块很小的污迹，使微微泛黄的纸稍稍有些隆起。提姆用手指碰了碰。

是泪？

是泪痕。还有些湿润。提姆把手指垫到纸下面，注视着那个痕迹。走出书斋的织绘那湿润的眸子一下子在他的脑海中复活了。

是织绘的眼泪……

"咚咚"，背后响起了敲门声。"时间到了。"传来孔茨冷冷的声音。

提姆再一次深情地看了一眼泪痕，静静地合上了羊皮包着的书。

提姆和织绘并排站在豪宅的走廊上。绘有浮雕的厚重大门在两人面前关得严严实实的。

孔茨把手搭在门把手上，回头确认："准备好了吗？"两人同时点头。

吱——伴随着沉闷的声响，两边的大门同时从里面开启。

"嗨，各位，这一天终于到来了。"

沙哑却洪亮的声音响彻整个屋子。房间里，宅邸的主人康拉特·拜勒身着正装坐在轮椅上，等着二人的到来。《做梦》挂在他的旁边。

往前一步，踏进房间，面对那幅过于耀眼的画，提姆不禁眯起了眼睛。和初次见到时一模一样，不，此时它绽放的光芒比第一次见到时还要灿烂。那是只有真迹才能绽放出的真实的光辉。

它倾注了卢梭身为画家全部的生命力和热情。

为了让雅德维嘉"获得永生"，用对她焚身蚀骨的爱描绘出美好的乐园。

果然,提姆再一次确定。

这是真迹,没错。

虽然无法确定这幅画下面是否藏着"蓝色毕加索"。

《做梦》的构图酷似 MoMA 收藏的《梦》,材质和效果都像极了卢梭的风格,洋溢着一种坚不可摧、艳丽润泽的感觉。然而,在色调和植物的种类方面却有些微妙的差异。和《激发诗人灵感的缪斯》一样,两幅作品给人一种完全一样却又完全不同的感觉。

最大的不同点在于,这幅画中雅德维嘉的表情更温柔、充满了慈爱。如果说《梦》中雅德维嘉的侧脸看上去像一个悲伤的少女,那么与之相比,《做梦》中的雅德维嘉则是幸福的、满足的,是的,她看上去更像一位饱含爱意的母亲。

提姆偷偷瞥了一眼一旁的织绘。那正对着作品的脸上已经没有了泪水。看到她又恢复成一副绝不受感情左右的学者面孔,提姆放下心来。

"那么由我来用这枚硬币决定讲评的先后顺序。"

孔茨站到两人面前,举起一枚瑞士法郎硬币。弹到空中的硬币被手盖在另一只手的手背上。结果是提姆先、织绘后。

"讲评时间为十分钟。请,布朗先生。"

孔茨亮了一下手中的秒表,露出一抹富有深意的笑。提姆没有理睬他,看了拜勒一眼。富翁浑浊的眼睛正一动不动地盯着提姆。紧接着提姆又看了看织绘,她的视线也投向这边,严肃而认真。都是祈盼的神态。

提姆微微吸了口气,说道:"这幅作品……是赝品。"

一瞬间,空气紧张得像要噼里啪啦地发出声音来。从现在开始,自己说的每句话都不会合拜勒的心意，提姆心知肚明，他继续道："这幅画将卢梭的技巧，即卢梭这个画家的作品特征表现得过于极端了。它应该是以MoMA收藏的《梦》为草稿，然后把它稍微夸张化了。

"众所周知，卢梭的作画方式是先放大草稿，再在画面上对绿色植物、动物等精雕细琢。没有即兴发挥，从始至终都规规矩矩的，只是往放大了草稿的画布上一层一层、绵密细致地涂上颜料，这是卢梭的特征，也是他的作画准则。由于细节过于认真，才导致他的画在构图和远近法等方面缺乏应有的技巧，可这才是真正的卢梭，也最终成就了这位画家独有的风格。

"然而，这幅画把卢梭的作画准则践行得太过完美了，找不出一丝破绽，反而给人不自然的感觉。

"这幅作品和《梦》一样，具有教义性的结构，把巨大的画面进行细小的切割，再分别对每处细节层层上色，这样的手法既让人感受到强烈的卢梭色彩，又不得不让人怀疑这位画家的智慧在卢梭之上。此外，本作的中心主题——雅德维嘉，她比卢梭画过的任何人物都更柔美、生动，富有活力。就算把卢梭的所有作品都翻一遍，相信也不会找到如此具有人情味、让人感到富有精神的人物像了。

"因此我认为，这幅画是详细地研究过卢梭的画法，或对卢梭这个画家有着深刻理解的画家，以卢梭的最后一幅作品《梦》为模板，在同一时期、或稍微迟些时候，所画的作品。

"而那个画家是……"

提姆盯着拜勒浑浊的眼睛，静静地说："巴勃罗·毕加索。"

拜勒、孔茨和织绘同时倒吸了一口凉气。提姆看着像被落雷击中般无法动弹的三个人，继续道："这是出自毕加索之手的赝品。以上就是我的结论。"

"等——等等。"仿佛被解开了束缚的咒语一般，孔茨身子前倾，慌忙插话道，"那……你的意思是……毕加索在自己'蓝色时期'的作品上又画了一幅卢梭的《梦》的赝作？"

"很遗憾，我还没了解到那个程度。"提姆盯着孔茨的眼睛回道，"故事的最后一章并没有说明卢梭最终是把《梦》画到了新画布上，还是毕加索拿来的'蓝色母子像'上。至于'蓝色毕加索'是藏在这幅画下面，还是我们美术馆收藏的《梦》下面，只有通过X射线检查才能搞清楚。"

令人窒息的沉默层层围住四个人。拜勒似乎陷入了深思，两手交叠放在膝盖上方，身子一动不动。半晌后，他终于开口了。

"为什么你觉得画它的人是毕加索呢，布朗先生？"

提姆微微扬起嘴角。

"能把卢梭理解得如此透彻，尊敬他、能抓住他的特点并进一步深化的画家，除了毕加索，还能有谁呢？"

嘴上这么说，内心却在否定自己。那是不可能的，真是的，简直是一派胡言。

提姆真的很想说"这是真迹"，可他知道，在自己之后讲评的织绘一定会说这是"赝品"。在证明其是"赝品"的基础上得到这幅作品，那是济慈赋予她的使命。

拜勒对这幅画极为偏爱，当然希望两位专家都说"它是真迹"，然后在这个大前提下，再判定谁的讲评更完美。

先说它是赝品，之后再做一番荒唐无稽的讲评，这样一来，获胜的就肯定是织绘了。

这才是提姆得出的结论，也是他递给织绘的一根接力棒。提姆内心祈盼着敏锐的织绘能够注意到自己发出的讯号。

请一定要拯救这幅画。说它是"毕加索之上的毕加索",这一可能性基本为零。自己故意这么说,是因为如果它不是"毕加索之上的卢梭",而是"毕加索之上的毕加索",泰特美术馆就会打消把表面的画除去的念头了,不是吗?

请拯救这幅画。不论怎样,都要保护好卢梭的画……

"好,那么接下来该你了,早川小姐。"

拜勒浑浊的眼睛转向织绘。织绘却像什么都没听到一般,石像似的一动不动。提姆听到孔茨小声地咂了一下舌。

"怎么了,早川小姐?你的时间只有十分钟,快点……"

即便被孔茨催促,织绘依然直直地盯着《做梦》,什么反应也没有,身体也纹丝不动。

就那样,几分钟过去了。提姆的内心越来越不安。

怎么了,织绘?为什么什么都不说呢?

拿出你那股倔劲儿,来一场酣畅淋漓的讲评吧!拼上卢梭研究者的威信,不然,我所做的这一切有什么用呢?

"看来早川小姐打算弃权了吧,什么都不说的话,我只能这么理解了。那么——作品的处置权就交给……布朗先生了。您看怎么样,拜勒先生?"

就在这一瞬间,织绘抬起头,笃定地说道:"是真迹。"

这次轮到提姆倒吸一口气了。织绘的眸子里闪烁着奇妙的光。那两点光在一瞬间似乎摇曳了一下,随即化作通透的珍珠,顺着脸颊滑落下来。

"这幅作品里饱含着热情,饱含着画家全部的热情……我的理由,仅此而已。"

织绘的讲评只有一句。可就这么一句话,深深地打动了提姆的心。

饱含着画家全部的热情。

这才是亨利·卢梭想在画中表达的东西。

在那个故事中，毕加索说"把你全部的热情挥洒上去"。要创造一样新东西，就必须破坏掉一些旧的东西。即便与全世界对抗，也要相信自己。这才是新时代的艺术家该有的姿态。对于年龄如自己儿子一辈的天才画家的进言，卢梭是这么理解的。

顶着世间的奚落与嘲讽，硬是把自己的画法贯彻始终。即便在死后七十年的现在，他的价值依旧没能得到统一的评价，被称作"海关征税员"，挂着连远近法都不懂的星期日画家的牌子。

尽管如此，提姆的心还是被这个画家俘获了。而且为了他，走到了这一步，拼上事业和命运，拼上身为策展人的全部热情。

卢梭终其一生倾注于绘画的"热情"，才是推动自己走到这一步的动力，不是吗？

这幅作品里饱含着热情。

织绘放弃了专家所有的专业知识，放弃了一个学者的骄傲，就只说出这句话。明知道这样讲评必定会输，却偏偏做出这一危险的选择。

背弃了恋人所赋予的使命、辜负了他的期望，下定决心不把这幅作品带回泰特——为了保护卢梭。

"这样可算不上讲评——"

"你给我安静点！"拜勒发出一声尖利的呵斥，孔茨把要说的话硬生生地吞了回去。

"确实，那样可算不上讲评。即便这样你也能接受吗，早川小姐？"

"嗯。"织绘抹了抹眼泪，微笑着答道，"我能接受。"

这个瞬间，提姆向前跨出一步，大喊道："等一下！"

三个人一齐看向他。拼命压抑着真实的情感，眼泪随时都有可能溢出，此时提姆再也控制不住了。

"我也……同意早川小姐的意见。这幅作品饱含着热情。这幅画……毫无疑问，是卢梭的最高杰作。"

空气一下子凝结住了。

孔茨发不出声音来，半张着嘴僵在那里。织绘也震惊地盯着提姆。拜勒的表情一刻比一刻狰狞，从喉咙里发出不悦的声音。

"你不是说这是毕加索画的赝品吗？是要收回前面说过的话吗？"

"不，那是……"提姆张口欲辩解，却不知该说些什么。

"卢梭的最高杰作"，刚才脱口而出的那句话，才是自己内心真正的结论。

看到它的第一眼，提姆就感受到了强烈的冲击，心神仿佛一下子被吸进了画中。那和少年时代，第一次参观MoMA，初遇《梦》时的感觉简直如出一辙。

作品释放出太古蛮荒般的力量；孕育在密林中的生命的气息；横躺在长椅上的雅德维嘉那张极具诱惑力的侧脸；还有水平举起的、紧紧握住的手——那里握着的一定是"天国的钥匙"。

它是亨利·卢梭奉献出全部热情缔造出的最高杰作。

这是无可动摇的真相——这才是提姆真正的心声。

"谢谢，你能这么说我已经很感激了。"

织绘打破了漫长的沉默。那双眼睛再一次变得雾蒙蒙的。提姆的心像被刀子剜了一样难受。

想要救卢梭，和想要救织绘的心情融为了一体。

事实上两边都救不了吗？

不，一定能。自己手中还留着最后一张牌……

拜勒缓缓抬起若有所思的脸，看向两人。先是织绘，然后是提姆。接着又转向挂在身旁的画——《做梦》。

在一段不算短的日子里，这位传说中的收藏家曾和这幅作品朝夕相处。他无法阻止自己逐渐衰老、最终死去的命运，可作品却是永生的。只要有人还爱着这幅画、愿意守护它、把它传递给下一代。拜勒在寻找能托付这幅画的人，期盼着这样一个"人"的出现。提姆从拜勒漫长的沉默中，读出了这位老收藏家对于未来的希望。

拜勒盯着画中的女主角雅德维嘉，充满爱怜地凝视着那张"获得永生"的容颜。

"现在公布我的决定。"

终于，嘶哑却充满庄严感的声音打破了寂静。

提姆觉得剧烈的心跳声传遍了全身，不禁握紧拳头。织绘一副凛然的神情，孔茨则紧抿着嘴低下了头。

"布朗先生——获胜的是你。"

那声音似乎是从《做梦》中传来的。提姆抬起头，没有看拜勒，而是看向画中的雅德维嘉，那张充满慈爱、静谧安详的侧脸。刹那间，他仿佛觉得故事中的最后一幕，响彻巴黎上空的钟声从自己耳边擦过。

孔茨脸上浮现出从未见过的笑容。织绘没说话，而是向提姆投以安静的目光。

"我刚开始……说它是赝品，这样还是我胜吗？"

终于，提姆艰难地开口问道。太不甘心了，他难以接受自己以这种方式获胜。

"很有意思。"像在说给自己听似的，拜勒回应道，"这幅画是出自毕加索之手的说法我还是头一次听说。先不管真假判定，单说身为研究者所具有的气魄，你就胜出了。"

果然，康拉特·拜勒是个"怪物"。提姆虽然获胜了，却一点儿也笑不出来。

我最后要对付的——是这个"怪物"。

"这幅作品的处置权就交给你了，之后要杀要剐都随你。"拜勒说道。提姆立马察觉到这句话里面充满了破罐子破摔的悲凉感。

拜勒还不甘心，就这样把《做梦》交到我手里。

他是因为期待它成为MoMA的藏品，才把我——MoMA的首席策展人"汤姆·布朗"叫到这里的吗？可要是这样的话，他应该欢天喜地地把画交到我手里才对啊。

莫非他早就察觉孔茨和马宁格在威胁我？织绘的背后有济慈和欧文，也都已经被他知道了？

也就是说，他早已接受这个事实——无论交给我们两个人中的哪一个，《做梦》都将从这个世界消失。

孔茨把夹在皮制文件夹里的权利转让书和钢笔交给提姆。"来，请在这里签字。"狡猾的辩护律师不忘低语道，"别忘了，在纽约，那个人还在等着你的归来。"

提姆快速扫了一遍权利转让书，然后沉默着拿起笔。孔茨见状连忙把文件夹摊平，似乎在无言地催促"快签"。

提姆抬起头，对拜勒说："要杀要剐？这也太粗鲁了。您为了这幅作品，费尽心思地设计了如此巧妙的游戏，难道不关心它的归宿吗？"

短短一瞬间，拜勒的脸上浮现出一丝王者的孤独神情，但只有短短一瞬，下一秒，那张脸上的神情又变得凌厉起来。

"所以我才做了那么多啊。"他说道,"如你们所知,我已是一只脚踏进坟墓的人了。读了那个'故事',看了这幅作品,能当场作出讲评的人,必定是世界上最优秀的卢梭研究者,也是最能理解作品价值的人。怀着这样的信念,我才邀请你们两位来这里的。"

嘴上这么说,声音里却残留着一丝不甘。"保护好这幅作品,把它传给下一代"——即将归西的老收藏家的声音里,饱含着这样一丝斩不断的希望。

看来,是时候打出最后一张牌了。

提姆从正面直视着拜勒,冷静地开口道:"那么恕我不客气,就暂且收下这项权利了。"

在孔茨焦躁不安地递过来的权利书上,提姆签下了大名。然后他再一次看向拜勒,大声宣布道:"那么,在这里,我要把这幅作品的处置权转让给最适合继承它的人,即您唯一的亲人。"

说着,提姆转向身后,对管家修那曾道:"可以把我的客人带过来吗?"

孔茨脸上闪过惊愕之色;坐在轮椅上的拜勒勉强探出身子;织绘则难以置信地抬起头。

厚重的大门吱吱嘎嘎地缓缓开启。

走进来的是——朱丽叶·露露。

第十章　做梦
一九八三年　巴塞尔

朱丽叶·露露晃动着一头打着卷的栗色长发,从毕恭毕敬低下头的管家修那曾面前走过,来到提姆身边。

拜勒惨白的的脸色眼看着一点点红润起来。他拼命向前探出身子,几乎要从轮椅上跌落下来,半响,终于费力地挤出一句话。

"朱丽叶……你回巴塞尔了……"

朱丽叶盯着拜勒浑浊的眼睛,有气无力地叫了一声:"爷爷。"

织绘震惊地看着提姆,那双眼睛似乎在询问这一切到底是怎么回事?一边的孔茨则紧咬着嘴唇,再也隐藏不住满脸怒气。提姆对周围呆若木鸡的众人环视一圈,然后说道:"四天前她找到了我,说自己是国际刑警组织的艺术品追踪员,正在追踪《做梦》,而且比谁都担忧这幅画今后的命运。"

昨晚在莱茵中桥,朱丽叶·露露向提姆说出了自己的真实身份——"我是康拉特·拜勒的孙女,是他唯一的亲人。"

——在很长一段时间里,我和爷爷为了他的藏品争吵不休。

在美术界,爷爷表面上很低调,暗地里却大肆收购名作,是个非常成功的私人经销商。他对自己的独生女,也就是我的母亲极度溺爱,把她当作掌上明珠。

我的父亲是个一穷二白的学者,当时母亲的婚姻遭到爷爷的强烈反对,所以他们就私奔到里昂生下我。我十四岁的时候,母亲在和爷爷关系持续交恶的情况下病逝,在大学当美术史老师的父亲好像专等我毕业似的,我刚出校门就急着和母亲团圆去了。

就这样，我成了孤儿。当时我心里还是想继续从事美术史的研究，但为了找到一条养活自己的路，我做过很多尝试。

就在那个时候，有一封信来到我面前——是一个自称我爷爷的人寄来的。我怀着半信半疑的心情来到了巴塞尔，在那里，我简直不敢相信自己的眼睛。万万没想到，那个只闻其名、未见其人的传说中的收藏家竟是我的爷爷。我相信这是母亲留给我的最后的运气，于是，我决定和爷爷一起生活。

他坐拥丰富到常人难以置信的藏品，我完全沉浸在对那些作品的分析和研究中不能自拔。就像之前宠爱母亲一样，爷爷对我也非常溺爱，现在想来，他大概是把对一去不回的母亲的爱也一并寄托到我身上了吧。

我很想做和美术相关的工作，可爷爷死活不同意，一会儿说美术是个欲壑难填的世界，一会儿说我从事这方面工作不会有好下场的。为什么爷爷比谁都热爱美术，却比谁都反对自己的孙女从事这个行业呢？我百思不得其解。于是开始一件一件地调查那些藏品的来历。一查才吓了一跳，原来里面充斥着大量从黑市上得来的遭窃品或真假不明的作品。

在那些藏品中，爷爷尤其偏爱亨利·卢梭。他的藏品中出自亨利·卢梭之手的作品也多到难以置信，可那些作品绝大多数都没在作品目录中现身过，来历不明、真假难断。在卢梭作品的价值尚未确定的情况下，即便转卖它也尝不到甜头，可为什么爷爷会那么盲目地收集卢梭的作品呢？我怎么也想不通。

《做梦》——那是一幅爷爷日思夜想，却又一直寻不到踪迹的作品。

家里不停有神秘艺术经销商出入，有时也会有名声响亮的学者、策展人来往，爷爷一个一个地委托，让他们帮忙寻找《做梦》，还说只要找到它，不管价钱多少随他们开。现在确认的卢梭晚年最后的大作是收藏在你们美术馆的《梦》，没有一位研究者说过还存在《做梦》这幅作品。为什么爷爷会执着于一幅连到底有没有都不确定的、不切实际的作品呢？我想破脑袋也想不明白。

事实上，那个时候爷爷手头已经有你们现在在读的那本书了。不过爷爷保管得很小心，谁都不让看。我甚至很长时间都不知道它的存在，后来才知道，当时唯一的知情人就是在爷爷身边工作的埃里克·孔茨。

我不禁想揭开那个让爷爷如此着迷的画家身上的谜团。可就在我沉浸在卢梭作品的海洋中，开始进行地毯式研究的过程中，我自己也被征服了——被亨利·卢梭的魔力。

与此同时，我和爷爷的意见也开始产生激烈的冲突。我觉得，为了提高人们对卢梭的评价，有必要把爷爷拥有的所有卢梭作品全部公之于世。可爷爷却固执地不想让任何人看到这些作品。就这样，我们两人之间产生了无法逾越的鸿沟。

日子在无尽的争吵中一天天过去了。有一天，国际刑警组织突然找上门，说想调查一下爷爷的藏品。我当然拒绝了，可对方又问我有没有兴趣当艺术品追踪员。就在那一刻，我决定了——为了揭开爷爷那些藏品背后的黑暗，我要离开爷爷，作为一名专业人员进行调查。

为了成为国际刑警组织的一员，我只给爷爷留下一句"想随心所欲地搞美术研究"，便准备离开家。爷爷很生气，捶胸顿足地哀叹，可最后还是什么也没说，只用一双满含悲伤的眼睛看着我，似乎在控诉——你和你母亲一样，都要离开我吗？我做好了永不回头的准备，离开了巴塞尔。

自那之后，二十年过去了，我越是向前挖，黑暗反而越深。后来我得知爷爷购得了《做梦》，便开始独自调查。

在追踪的过程中，我渐渐得知那幅作品下面可能隐藏着"蓝色毕加索"，也知道为了得到那幅作品，各方都在蠢蠢欲动。当然，我还知道几位卢梭的研究者受到爷爷的邀请，要去鉴定该作品——还有，我知道那本书的存在。

有关画作《做梦》，除去一点，我都了如指掌。唯一不得而知的是那个故事中写了些什么。我只知道那里一定隐藏着有关作品的决定性秘密。

爷爷的白内障在不断恶化，几乎要到失明的地步。他还有心脏病，这些年来一直靠手术和药物控制着。估计他也很清楚，自己余下的日子不多了，因此想把《做梦》托付给自己最信赖的人——作品和故事一起。

只是连聪明一世的爷爷也没有想到，不论是你，还是织绘·早川，背后都有一群想抹掉"表面的卢梭"，把毕加索弄到手的贪婪之徒。而所有这一切，都是埃里克·孔茨在背后精心操纵的。他在爷爷身侧工作三十多年，曾帮爷爷把公司从死亡边缘拉回来，还为收购艺术品多方筹措资金，可谓功勋卓著。只要他稍有打算，或许就可以消除爷爷和我之间的隔阂。可他没有那么做，说不定送我出去的时候他还在暗地里欢呼雀跃呢。

就没有办法让爷爷像生命般热爱的、想守护的作品《做梦》永世流传下去吗？

百般思索的结果是，和你联络。

我要赌一把，把一切都豁出去，赌你还拥有身为研究者的良知、策展人的骄傲，和对卢梭作品深深的爱。冒着被 MoMA 赶出门的危险，你来到这里，只为一睹卢梭不切实际的梦幻杰作，那一腔热情是我唯一可以相信的东西。

所以，请你向我保证，保证明天一定要胜出。为了把爷爷的良苦用心传递下去，为了守护卢梭，我需要你的协助……

听了朱丽叶的一番话，提姆当场给予了回应。

谢谢你把一切都告诉我，谢谢你的勇气。

如果我获胜了，会当场把作品的处置权转让给你。这才是拯救作品的唯一途径。

所以，请明天务必来一趟拜勒宅邸，你不能再躲着你爷爷不见了。

只是，要说是否有百分之百获胜的信心，我不敢肯定。织绘·早川是个非常强劲的对手。万一获胜的是她，就把作品的命运委托给她吧。

我愿意相信，身为一名研究者，她所具备的良知和骄傲，以及对卢梭的爱，都比我更坚定。

然后就到了今天。

讲评中，提姆为了把作品让给织绘，故意做出会输的讲评。本想公平竞争，不料一种远超过预想的强烈感情捷足先登。要让织绘获胜，要让她幸福——喷薄而出、一发不可收拾的强烈情感最终支配了他的行为。

可最终结果是，拜勒把胜利的橄榄枝伸向了提姆。因此在最后的最后，提姆扔出了这张牌——把拜勒最珍爱的孙女，朱丽叶·露露带到他的面前。

"适合继承这幅作品《做梦》的人既不是我，也不是早川小姐，更不是我们背后的那些人。而是你唯一的亲人，朱丽叶——是她。"

爷孙两人一动不动，只是用泛着泪光的眸子盯着对方。

想说的话像高山一样在心中堆积着，想说的话像海浪一样澎湃着，然而，二人都任由千言万语堵在胸口，沉默地盯着彼此。

"哎呀，说出这么唐突的话，真叫人难办啊。你看，你让那两位困扰得都不知道该怎么办了。"

孔茨一副神情自若的样子站到两人之间，声音却因为过于焦躁而变得有些沙哑。真是的，这个男人似乎天生喜欢插到两个互相对视着的人中间。

"'要杀要剐随你便'，拜勒先生这么说过。我觉得既然我已经拥有了作品的处置权，今后要把它怎样，也是我的自由。"

提姆走到孔茨身边，突然从他手中抽出夹着刚刚签过字的权利转让委托书的文件夹，孔茨"啊"地惊叫一声，想要夺过来，提姆一个闪身，把文件夹紧紧地抱在怀里。

"就算拜勒先生不同意，现在作品的处置权也已经在我手中。我只不过要把它转让给朱丽叶，就这么简单。"

孔茨紧紧地盯着提姆，憎恶的视线仿佛就要燃烧起来。然后，他从鼻子里发出哼声，冷笑道："真是遗憾，那份委托书是无效的。"

随后，他转身看向雕塑般僵在轮椅上的拜勒，豁出去似的宣告道："拜勒先生，看来到了告诉您真相的时候了。这个男人，并不是您想邀请的 MoMA 首席策展人汤姆·布朗。您肯定不敢相信，这个男人竟然是……"

空气像紧绷的弦一样紧张。等整个房间都被紧张的气氛充斥,孔茨才开口继续道:"他是汤姆·布朗的助理,提姆·布朗。"

在场的所有人都鸦雀无声。看到这一幕,孔茨才摆出一副胜利者的姿态,得意扬扬地放言道:"这个男人拿着寄给自己老板的邀请函,一直假冒老板,直到迎来今天的讲评日。相信只要他拿到《做梦》,就一定会毁掉表面的卢梭作品,把隐藏在下面的毕加索卖给拍卖行,赚取巨额财富。只是,他的阴谋破产了,我想,他在委托书上签的也是假名字——'汤姆·布朗'。"

孔茨转向抱着文件夹伫立在一旁的提姆,像发出最后通牒般的宣告:"没有异议吧,提姆?你冒用名字,还用假名字签了字,那么,这场比赛,还有这张委托书,都是无效的。"

提姆一瞬间屏住了气息。

所有人的视线齐刷刷地集中到他的身上。拜勒、朱丽叶,还有织绘。让他困扰的是,每个人的视线中都饱含祈求的情绪。

游戏结束了。

提姆轻轻吸了口气,准备开口——就在这时。

"确实如此……我邀请的就是提姆·布朗。"

拜勒威严的声音响起。

这句话如同惊天炸雷,让提姆睁大了双眼。他甚至忘了眨眼,久久地盯着"怪物",等着他说下去。

拜勒打从一开始邀请的就不是汤姆·布朗,而是提姆·布朗。

决定举办此次讲评会时,拜勒从全世界最优秀的亨利·卢梭研究者中甄选出两人,他们分别是泰特美术馆的"济慈"和MoMA的"布朗"。然后,拜勒吩咐孔茨,以代理人的身份制作邀请函,并寄送给他们。

邀请函确系孔茨所作，寄信人一栏也是他的名字。他把信的草稿和写有收信人姓名、住所的便条交给拜勒的秘书，指示她用打字机打出来后投递出去。秘书按照他的吩咐完成了工作，请他在信上签名后，拿着信和信封来到拜勒的书斋。这位秘书做事向来一丝不苟，深知无论多么细枝末节的事，如果不拿给老板亲自过目一遍，老板会很不爽。那时，拜勒盯着信封上的收信人一栏，开口道："这里错了。我要邀请的不是汤姆·布朗，是提姆·布朗。""汤姆"和"提姆"就差了一个字。接着，秘书又将收信人的名字做了修正，这才将信投递了出去。

"提姆，你是拿着寄给自己的邀请函来到这里，并参加讲评的。你从没称自己是'汤姆·布朗'，我也从没叫过你'汤姆'。不只我，孔茨和早川小姐也一样。不是吗，各位？"

织绘缓缓地摇了摇头，眼里泛着光。提姆觉得一直压在自己胸口的一团沉重的雾气瞬间被驱散了，拜勒的每句话都化作灿烂的阳光，照亮了他心灵的天空。

"怎么可能……"孔茨的声音彻底哑了，"怎么可能，这太荒唐了……这个男人不过是一个助理，怎么能把如此重要的秘宝委托给他……"

"你确实是个优秀的辩护律师，是我得力的助手，孔茨。不过在美术方面，你还是什么都不懂啊。"

拜勒无力地蜷缩在轮椅上，对孔茨说道："不管他是助理策展人还是什么，提姆都是全世界杰出的卢梭研究者之一，我一直关注着他，把他迄今为止在学会上发表过的论文都看过一遍。他是能把卢梭作品守护到底，并为了把它传给后世不惜付出一切的人。我认可他。"

拜勒的话里带着坚定的信念，更洋溢着对美术不顾一切的爱，和想要守护、传承它的热情。拜勒的话是阿波利奈尔想说的话,是毕加索想说的话,也是亨利·卢梭,那个画家想说的话。

在听拜勒说话的时候,提姆猛然发现,他就是为了听到这些才冲破一切艰难险阻来到这里的,之前的苦恼、焦虑和纠结,那一切都是为了享受到这一刻的锤炼。

"可是,"孔茨仍然咬着不放,"这样一来,那封委托书就更无效了。他冒充自己的老板签了'汤姆·布朗'的名字。从法律上来说,委托书是完全无效的。"

提姆沉默地看着孔茨,然后拿起一直夹在腋下的文件夹,大大方方地走到他身边,打开文件夹的封皮,把它凑在孔茨眼前。

"这还是无效的吗?"

委托书的署名位置赫然写着——"提姆·布朗"。

孔茨半张着嘴,像要把那张纸盯出个孔似的死死地盯着委托书。

提姆转向拜勒,说:"确实,我从没说过自己是汤姆·布朗。不过,我也没自报姓名说自己是提姆·布朗。我本打算在这份委托书上签完字后就老老实实地说出自己的真实身份,没想到被你们捷足先登了。"

拜勒那双白浊的眼睛一眨不眨地盯着提姆,半响后,刻满皱纹的嘴角终于扬起一抹微笑。被"怪物"的微笑所感染,提姆也不由地漾出了微笑。

"那么,可以正式地宣布一下吗?这幅作品《做梦》的拥有者提姆·布朗,要将其的处置权让渡给朱丽叶·露露。孔茨?"

对拜勒的命令决不能违背,要永远服从到底。这是跟着这个"怪物"三十多年的埃里克·孔茨的宿命。遵照主人的指示,辩护律师宣布道:"在这里我宣布,亨利·卢梭的真迹《做梦》的处置权让渡给朱丽叶·露露。"

织绘舒了一口气。眼睛里氤氲着雾气,她来到作品的新主人面前,祝福道:"恭喜你。"并伸出右手。朱丽叶有些犹豫地握住了织绘的手。

朱丽叶有些困惑,一双不安的眸子转向拜勒,叫道:"爷爷。爷爷,真的……可以把这幅画放在我这里吗?"

对于孙女的疑问,老奸巨猾的收藏家答道:"不是我决定的啊,把这幅画给你的,是这个男人,亨利·卢梭研究界的权威,提姆·布朗。"

"简直要把他捧上天了!"已懊恼得失去理智的孔茨气呼呼地埋怨道。

"谢谢。"提姆把手贴在胸口,向拜勒致意。然后转向朱丽叶,满怀深情地说:"请一定要让这幅作品一代代传下去。不管今后等待我的命运是怎样的,为了提高亨利·卢梭的评价,我会更加专注于研究。"

我的朋友,卢梭,就拜托你了。怀着这样的心情,提姆伸出了右手。朱丽叶深褐色的眼睛一动不动地盯着提姆,然后将那只右手紧紧地握住。

谢谢。这幅画,我一定会让它永远流传下去,一定。

握住的双手载满了朱丽叶并未吐露的心声。提姆感受到其中无比坚定的意志,真诚地回握了回去。

"我还有最后一个请求。"

在离开这个宅邸前,提姆还有一个愿望无论如何都想实现。

"能再给我和早川小姐两个人一点时间,再看看《做梦》吗?"

出人意料、却微不足道的请求。织绘看向提姆,似乎在说,我也是这么希望的。拜勒缓缓地点点头,答道:"好吧,爱着卢梭的两位,去尽情地观赏吧。"

拜勒的轮椅由朱丽叶推着,孔茨和修那曾陪同在身边,四人离开了屋子。

房间里只剩下提姆和织绘两个人了。在还残留着讲评余温的屋子正中央,《做梦》放置在画架上。两人一起走近。

"我必须向你道歉。"

提姆对站在身旁的织绘说。他早已决定不管胜负结果如何,今天务必要把这些话说出来。

"的确,我从没自称过'汤姆·布朗'……当然,我本以为邀请函是寄给老板的。要知道,把'汤姆'写成'提姆'的邀请函每天都会送到我那里。所以,我确实是顶着汤姆·布朗的名头来到这里的。虽然拜勒那么说,可毫无疑问,我骗了你。请原谅我。"

织绘沉默着,然后盯着提姆,如窃窃私语般地回应道:"我已经知道了。虽然不知道你是谁……不过至少我知道,你不是汤姆·布朗。"

这回答让提姆震惊不已,他好奇地问:"你是怎么知道的呢?"

"因为你知道得太多了。"织绘毫不掩饰地说,"虽然汤姆·布朗在策划卢梭的展会,可他从来没在学会杂志上发表过有关卢梭的研究论文,也没做过特别的评论。可这七天,你针对卢梭发表的观点和对作品的着眼点,都让我感觉到,是只有做过长年研究的人才能达到的知识水平和洞察力……还有爱。

"每天读完故事后的,你的表情……和卢梭一起笑、一起悲、一起手舞足蹈,简直就像在遥想一个多年的至交。"

这个人一定不是现代艺术领域的世界权威汤姆·布朗。他是从心底里爱着卢梭,为了让世人认可那位画家而不遗余力的人。这个人才是亨利·卢梭真正的研究者，真正的朋友。

"你没必要道歉……因为你早就露馅了。"

织绘的话像清水一样洗涤了提姆的心，让他觉得那些缠绕在身上的杂质眨眼间都被冲得一干二净。

"你的意思是，我的演技还不够火候？"

织绘轻轻地笑了。

"嗯，是呀。"

提姆也笑了。

两人再次并排看向《做梦》。

似乎有一缕奇异的风从画中吹来。不，不只是风，还有熟透了的果实的香味、野兽们遥远的嚎叫，以及擦过不知名的花朵、把花瓣震得颤颤巍巍的蜜蜂振翅的声音——各种各样的气味、声音和触感交汇在一起，就要从这个乐园中溢出来。

还有，横躺在红天鹅绒长椅上、赤裸着的雅德维嘉。她那完美的侧脸似乎要诉说些什么。

"'终于找到了'。"提姆盯着雅德维嘉的侧脸，柔声低语道。

仿佛被吸进去般注视着画的织绘转向提姆，露出不可思议的表情。

"刚刚雅德维嘉和我说的。她说：'终于找到了，对吧？故事的作者。'"

"故事的作者？"

提姆点点头。

"嗯，故事《做梦》的作者。"

故事《做梦》，到底是谁、为了什么而写？他写的是史实还是虚构的故事呢？直到最后的最后，都没有搞清楚。

然而，提姆在读完最后一章时发现了——在那页余白处有一滴泪痕，是还未干透的织绘落下的泪。

那片纸因为微微濡湿而有些隆起，就在那个地方，他看见了，看见了遇水后显现出来的作者的名字。

贵族或有钱人往往会把名字或徽章印在自己专用的便签中，印刷这本故事的纸里就有作者的名字。提姆把手指垫在纸下面，小心翼翼地反复查看，在那里看到的名字是——

雅德维嘉·拜勒。

震惊如疾风般扫过织绘的脸。提姆的视线没有离开画中的雅德维嘉，他继续说道："也就是说，在故事中登场的、醉心于卢梭的雅德维嘉的丈夫约瑟夫，是……康拉特·约瑟夫·拜勒。"

就在发现故事作者的瞬间，孔茨冷漠的声音从门口传来。"时间到了。"

合上的书封背面、褐色的皮革上，刻着本书所有人的名字。非常小，却一清二楚——康拉特·J.拜勒"。

"怎么会！"织绘百感交集地出声惊呼，声音里充满了欣喜，"如此说来，拜勒先生之所以对那幅作品那么执着……"

"是为了让他的妻子和卢梭一起'获得永生'。所以不管付出怎样的代价，他都要把作品弄到手，然后守护到底。"提姆接上织绘的话，"看来，让朱丽叶继承这幅作品的确是正确的选择。因为她正是这幅作品的主人公、雅德维嘉的孙女。虽然她没读过故事，可能还不知道真相……"

不过话说回来，朱丽叶迟早会知道事情的前因后果。大概到那时，那本故事也会和这幅作品一起被她继承吧。

这么一想，朱丽叶确实很像画中的雅德维嘉，不管是那一头卷曲的栗色长发,还是不经意间散发出异国风情的侧脸。

在苏黎世机场瞥见她的一瞬间,就有一种强烈的感觉告诉提姆,这个人他曾在哪里见过。

现在才明白,原来是因为她和自己一见钟情的《梦》中的雅德维嘉太像了。

而朱丽叶那带着一丝忧郁神色的褐色瞳眸,难道不是和自画像中的卢梭有点相似吗?

提姆任凭疯狂的想象在脑海中穿梭,却没有对织绘说,最终把它深深地埋在了心底。

提姆和织绘最后一次尽情地凝视着《做梦》。

风的感触、花的芬芳、野兽的嚎叫,还有雅德维嘉谜一样美丽的侧脸,水平举起、握着天国钥匙的左手。把这一切都映在眼中、刻在心里。

绝不能忘了这一瞬间,在卢梭的画作前,和喜欢的人单独站在一起——这一无上幸福的瞬间,绝不能忘,提姆发誓道,同时在心里为织绘和她即将出世的孩子送上了最虔诚的祝福。

卢梭……我的朋友。

是你告诉我,这个瞬间才是永恒。

拜勒、朱丽叶和孔茨一起把提姆和织绘送到玄关处。两人转过身道别。

"预祝明年的展览成功。"拜勒最后说道。

"请务必赏光来参观,我等着您。"提姆斩钉截铁地说。

他已打定主意,那时不管自己身处怎样的立场,都要前去迎接他。拜勒眯起了眼睛,一动不动地盯着提姆和织绘的脸,那目光和欣赏卢梭作品时的目光如出一辙，都绽放着耀眼的光芒。

朱丽叶和提姆、织绘先后拥抱，行贴颊礼告别。

最后，她眨着一双水灵灵的褐色眼睛，开口道："提姆，织绘，谢谢你们，真的，我现在的感觉就像做了一场特别精彩的梦。"

"不是梦，是现实哦。"提姆笑道，"卢梭，就拜托你了。"

朱丽叶郑重地点点头，又一次握住了提姆的手。

"看您现在还是心神不定啊，孔茨先生。"和孔茨握手时提姆揶揄道。

孔茨轻咳了一下。

"没有的事，布朗先生……嗯，提姆，两位请路上小心。祝旅途愉快。"

提姆和织绘乘上了漆黑的凯迪拉克。今后再也不会来这座宅邸了吧，想到这里，心头不禁泛起一丝寂寥。

凯迪拉克发动起来，转眼间，宅邸就消失在庭院里森林般郁郁葱葱的树丛之后。汽车驶出坚固的石门、驶上了公路。一辆从对面驶来的出租车与他们擦身而过，驶入宅邸，这时，提姆身边的织绘说话了，声音明朗。

"我也可以去吗？"

"啊？"提姆回过神来看向织绘。

"卢梭展，MoMA 的。"织绘回答。

"啊啊！"提姆绽放出了笑容，"当然。不过在我们馆举办之前，巴黎大皇宫会先举办，先去看看那个吧。"

"嗯，太期待了。"织绘的声音兴奋得发颤，"不管那个时候变成什么样子，我都一定要去……和这个孩子一起。"

说着，织绘轻轻地把手覆在腹部。

提姆看着她的样子,嘴角泛起了微笑。

"我也是,今后不管变成什么样子,都会和卢梭一起走下去。"

织绘露出了不可思议的表情。

"不管变成什么样子……指的是?"

"没什么,出了这次这样的事情,我可能没法再在 MoMA 工作下去了。"

未来一片混沌。孔茨和马宁格说不定会报复。虽然总算把讲评搞定了,但提姆知道汤姆也因为某些理由来到了巴塞尔。这次的事要是进了老板的耳朵,自己也会吃不了兜着走吧。

然而,提姆已经做好了心理准备。不管今后发生什么,都要和卢梭在一起。不管未来的道路如何艰险,他都会陪着艺术,把艺术品守护到底。

"这次和拜勒一起,让我深刻感受到了一件事。那就是要想了解画家,得先观其作品。要花上几十个小时、几百个小时去面对那些作品。从这层意义上来说,没有比收藏家面对画作时间更长的人了。

"策展人、研究员、评论家,没人能及得了收藏家的一分一毫。

"啊啊——不过,等等。有一个职业比收藏家面对名画的时间更长。"

"是谁呢?"

面对织绘的疑问,提姆轻声笑了。

"是美术馆的巡视员……是啊,如果当不了策展人,我可以去当个巡视员啊。"

提姆的表情非常认真。织绘却不禁噗嗤一声笑了。

"被拜勒评价为世界最牛研究者的人去当巡视员?"

提姆的双肩呼啦一下卸下了力气。

"只要能站在离作品最近的地方……那也没关系。"

织绘凝视着提姆的侧脸，目光里带着一丝不易觉察的热度。那隐约的眷恋之情，提姆当然无从觉察。

没过多久，车子就抵达了酒店。之后，提姆将去苏黎世机场，织绘将前往巴塞尔车站，两人将回归到各自的日常生活中，再无交集。

而无论前面有怎样的命运在等待自己，以后无论变成什么样子，都要陪着艺术走下去，这一决心将永远不变。

所以，织绘，希望你也一样。不管以后发生什么，都要和出世的小宝宝一起顽强地活下去。还有，祝你幸福。

愿你的人生丰富多彩，愿艺术能陪伴你一生。

还有，但愿我能再见到你——

他想对她说这些，可是说不出口。

离开乐园，飞向纽约——驶往巴黎。

为了踏出人生新的一步，两人回到了各自的日常生活中。

八天后，曼哈顿依旧被仿佛要烤化一切的夏日阳光毫不留情地炙烤着。

从桑拿房般闷热的地铁里出来，来到大街上，提姆感觉自己像终于得以换气的濒死金鱼一样。他继续马不停蹄地赶往中城五十三街、第五大道和第六大道之间，美国引以为豪的现代艺术殿堂——纽约现代美术馆的办公室。

今天，提姆将和多日不见的汤姆·布朗碰面。说多日不见，其实顶多不过两周——可提姆却觉得自己似乎从长达一个月甚至一年的漫长旅行中回来。

最终，他并没在巴塞尔和汤姆撞个正着。可能是老天还给自己留了点运气吧，不过在那个城市下定的决心回到曼哈顿也没有动摇。

不管汤姆对自己下达什么处分，都要甘之如饴地接受。

因为此次的巴塞尔之行，自己经历了一场惊心动魄的冒险之旅，即便为此丢掉现在的职位，他也毫无怨言。

还找到了自己心爱的人，虽说没能将心意传递给对方。

提姆在地铁出口处的甜甜圈流动小摊上买了肉桂面包和咖啡，一边嚼着一边走向美术馆的职工入口。和入口处的保安比利打招呼，再和碰到的同事们闲聊两句"早上好"、"今天好热啊"，然后乘上全世界最悠闲的电梯。这个早上和往日并没有什么不同。

"啊，提姆。早上好，你去墨西哥了吗？"

汤姆的秘书凯希似乎已经开始工作了，她停下敲字的手，和提姆打招呼。

"啊啊，哦……你是听阿斯特拉德说的吗？"

提姆想起自己曾从巴塞尔给修复师阿斯特拉德打过一通国际电话。凯希笑了。

"她满脸不快地说：'他在我休假前说了些莫名其妙的话，还大老远的从墨西哥打来电话。'"

"是吗……在休假中间想到工作的事，就怎么也安不下心。"

"我理解，你可是'卢梭的死忠粉丝'啊。对了，阿斯特拉德给你留了张纸条，说放到了你办公桌的抽屉里了。"

提姆把搭在肩上的麻质西装往桌子上一扔，马上打开了抽屉。里面有张便条。他拿出来迅速扫了一遍。

致提姆：

X射线检查没法做。不过我对《梦》做了紧急红外线检查，发现雅德维嘉的左手确实有修复的痕迹。

手中好像写着一个英文字母,但看不清楚是什么。

到底握着什么字呢?卢梭"永恒的恋人"手里。

阿斯特拉德

英文字母?

等等,那……也就是说……是"大写字母"?

"喂,提姆,能马上到汤姆的办公室去一趟吗?"

凯希的声音让提姆猛地回过神来。

"老板说有件事必须和你说。他从来了就一直在等你呢。"

来了。

心脏瞬间狂跳起来。终于,这个时刻还是来了。提姆紧紧抿着嘴,快步走向汤姆的办公室。

冷静。不管发生什么,都要乖乖接受。

调整好呼吸,从容而清晰地敲了两次门。

"请进。"里面传来唱歌一样的声音。

"早上好。"提姆推开门,轻快地打了声招呼。

正在浏览桌子上的文件的汤姆抬起头,看向这边。

"呀,早上好,假期过得怎么样?"

汤姆说着绽放出笑容,露出两排洁白的牙齿。提姆勉强控制住自己,不让笑容变得扭曲,答道:"嗯,棒极了。非常棒的假期……简直像,一场冒险。"

"是吗……"汤姆依旧保持着"贵妇杀手式"的笑容,爽快地说道,"我也经历了一场不得了的冒险啊……把门关上好吗?接下来我要说的,是绝对不能让别人知道的大秘密。"

提姆慌忙把半开的门关上，心脏再一次扑通扑通地轰鸣。汤姆的脸上浮现出和平时不太一样的、意味颇深的笑容。

"前天，我去了传说中的收藏家康拉特·拜勒的家。"

提姆屏住呼吸盯着汤姆。

"怎么样，惊呆了吧？"汤姆得意扬扬地讲了起来。

四天前，一个自称拜勒代理人的男人联络了正在瓦胡岛度假的汤姆。虽然不知道对方是怎么知道他在那里的，总之，那个男人透露了一个惊天的秘密。他说拜勒收藏着一件从未被世人所知的亨利·卢梭的作品，需要做真伪鉴定，希望汤姆能马上到巴塞尔。还说根据情况，甚至有可能把那幅作品的处置权转让给他。

"我虽然半信半疑，但还是去了……不过不知为什么，在宅邸迎接我的只有那个自称代理人的家伙，他说'你迟了一步，作品已经被放入保税仓库了'，结果我既没见到传说中的收藏家，也没看到作品。"

"这样啊……"

提姆一直屏住的呼吸，此时终于释放了出来。

"你不惊讶吗？"老板的声音有些不满，"我差点就见到传说中的收藏家，以及卢梭还未面世的作品了啊。你不觉得很振奋吗？"

"啊……是很振奋，真是个令人振奋的消息啊……"提姆慌忙迎合道。

汤姆无精打采地缩起肩膀。

"哎，结果什么都没见到，真是遗憾。出借作品是我的工作啊。"汤姆叹着气说。

提姆不禁泛起了微笑。

"不，您很伟大，能为了一幅作品不顾一切地飞到巴塞尔。"

听了提姆的话，汤姆脸上满足的笑意又回来了。他轻轻叩了叩摊在桌子上的文件，说道："好，那就开始工作吧。没记错的话，休假前我让你列出卢梭展相关作品的清单，对吧？还有文献的借出清单、作品借出交涉清单……"

"嗯，已经做好了。"提姆回答，"我马上拿过来。"

走出汤姆的办公室，提姆迈着轻快的步伐回到自己的办公桌。

与艺术为伴的日常生活又拉开了序幕。

百叶窗外，被一条条街道割裂的曼哈顿街景绵延开来，反射着夏日的阳光，那是灿烂耀眼的光芒。

这里不是巴黎，也不是巴塞尔。然而这条街，也是美术的乐园。

终章　再会
二〇〇〇年　纽约

做梦了，时隔多年，又做了有关父亲的梦。

在纽约的某个美术馆，一间展厅的正中央，织绘久久地伫立着。像是大都会美术馆，又像是纽约现代美术馆，模模糊糊，分辨不清，但确实是自己熟悉的地方。

织绘被从地板到屋顶、密密麻麻覆盖了整面墙的名画夺去了心神。画面的色彩鲜艳分明，红色、绿色、黑色，混杂在一起，却不可思议地给人一种井然有序的舒适感。身旁站着父亲，散发着若有若无的香烟味和衬衫上阳光的味道。拉着父亲有力的大手，少女织绘抬头看着父亲，说道："爸爸，有这么多画，都不知道该看哪一幅。"

父亲似乎笑了。他的容颜沐浴在一片白光之中，看不清晰，但能听到父亲低沉而富有磁性的声音响起。

"无论在多么拥挤的人潮中，我们都能找到自己最喜欢的朋友吧？

"这些画中就有你的朋友。怀着这样的想法去看。那幅画对你来说就是名作。

"绝对不要闭上眼睛哦，会找不到的。来，织绘，认真去看。你人生的朋友——在哪里呢？"

"各位旅客，本次航班将在三十分钟后抵达约翰·肯尼迪国际机场……据地面报告，纽约天气晴朗，气温摄氏二十九度……"

"哇，也太热了吧。"

不禁发出感叹的是坐在身边的晓星报社新闻文化事业部部长高

野智之。织绘眨了眨眼睛,稍微坐直身子,接过乘务员递来的热毛巾。

"不好意思,把你吵醒了。"高野诚惶诚恐地说。

"没事,也该醒了。"织绘把毛巾敷到眼皮上,说道。

"你睡得真沉啊……出发前工作还很忙吗?"

"没有,和平时一样。不过听说我要请五天假,同事们都以为发生什么事了,很担心我。"

"是吗,平时不怎么出差吗?"

织绘苦笑。

"当然没有,我是巡视员。"

啊,这倒是,高野也笑了。以往去和海外美术馆进行作品借出交涉时,高野都会带上日本美术馆的馆长或策展人一起。对他们来说,出差是家常便饭。可对织绘来说,这可能是有生以来第一次"出差"吧。

受大原美术馆馆长宝尾义英的殷切委托,织绘同意随晓星报社的高野一起,前往纽约现代美术馆拜访。为了借到MoMA馆藏的至宝、亨利·卢梭的作品《梦》。不知是通过什么途径,晓星报社的高野准确地找到了十几年前曾让国际美术史学会为之轰动的卢梭研究者——织绘·早川。还举着MoMA首席策展人、提姆·布朗亲点的大旗,就这么轻易地把织绘带了出来。

对于这个过于唐突的委托,织绘本想拒绝的。自己早已从学术舞台退场,与年迈的母亲和读高中的女儿一起过着平静的生活。并非是参与既需要时间精力、又需要谈判技巧的美术品借出交涉的合适人选。她拼命解释,说让自己和MoMA首席策展人交涉简直是不可能的,责任太大了。没想到却产生了相反的效果。

"既然你很清楚要和世界级美术馆交涉是件多么困难的事,你就应该明白,如果你不当联络人,我们连交涉的起点都够不着吧?"

高野这么说着,试图劝织绘。宝尾和策展课课长小宫山也表示深有同感。宝尾更是提出了一个让人震惊的提案。

"如果交涉顺利,能把《梦》圆满地请到我们馆,我就升你为我们的特别策展人。怎么样,早川小姐?"

最终织绘还是屈服了,就这样和高野一起坐上了飞机。

"给布朗先生发信息说'把早川小姐带来了'的时候,布朗先生非常高兴。还说'期盼尽早见面'。"

用毛巾细细地擦拭了一遍脸和脖子,高野就像刚从浴缸里出来一样。

"是吗……"织绘故意用漠不关心的语气回应道。

"态度也差太多了吧,提姆·布朗和你。那边再三拜托一定要请你来,我们才拼了命把你找出来。甚至让巴黎分局的人调查巴黎大学的毕业生名册……"

眼看着织绘的侧脸僵硬起来,高野慌忙遮遮掩掩地说:"不不,我们没有调查你的任何隐私,我们又不是侦探。不过说起来,竟然指名早已从一线退出的你……提姆·布朗不愧是策划过传说中的'卢梭展'的 MoMA 策展人啊,对全世界的卢梭研究者都掌握得一清二楚。"

织绘抬起头,看向高野。

"不,那次展览会的策展人不是提姆·布朗,是汤姆·布朗。"

"啊?"高野眨眨眼睛,"汤姆·布朗?和提姆·布朗不是同一个人吗?"

织绘点点头。

"他是二十世纪八十年代 MoMA 绘画·雕刻部门的首席策展人。一九八四年到八五年间,策划了在巴黎和纽约两地举办的亨利·卢梭大型回顾展,从而让卢梭获得了决定性的评价。"

好像突然想起了什么似的,高野拿起放在脚下的包,扯出画册——是一九八五年在MoMA举办的"海关征税员卢梭展"的目录。哗啦啦地翻了一通后,高野那张挂着银框眼镜的脸猛地凑近,"咦"地发出一声惊叹。

"真的,展览策划人是汤姆·布朗,不是提姆·布朗。"

"难道您之前不知道吗?"织绘问道。

"不,嗯,那个……一字之差,我还以为肯定是同一个人呢。"

高野拿起放在桌子上的毛巾,又擦起了额头。

"那我们即将见到的提姆·布朗,是在汤姆·布朗之后当上首席策展人的吧?"

"是吧。"织绘的视线落到放在高野膝盖上、封皮有些泛黄的展会目录上。

"也就是说,提高卢梭评价的不是我们即将要见的提姆·布朗,而是汤姆·布朗?"

"不,不。"织绘斩钉截铁地说道,"真正提高卢梭评价的功臣,正是提姆·布朗。不管是过去还是现在,他都是全世界最杰出的卢梭研究者,也是最理解卢梭的人。"

"哦……"高野无精打采地回应着,握起放在膝盖上的目录。乘务员过来催促把小桌板收起。织绘拉开窗户的遮帘。

这是哪里呢?一片明亮的绿色农地在眼前铺展开来。上午的阳光刺得刚刚睡醒的眼睛有些发痛。

"我要去纽约了。"

两周前,没有任何铺垫,织绘径直对坐在桌前吃晚饭的母亲和女儿宣布。

母亲将刚拿起的筷子又放回原处。真绘从精心摆放的煮鸡肉盘子里夹起一块鸡肉送到嘴里。织绘来回看着两人的样子，继续道："下下周周一走，在那里待四个晚上……今天被馆长突然叫去，让我去那里。我本想拒绝的……"

织绘自己都觉得这番说明完全算不上解释。母亲把两只手放在桌子上，静静地听着，然后回应道："是吗，知道了。可你的护照早就过期了吧，来得及吗？"

"明天去申请，说六天就能下来。把这部分时间算进去之后才决定出发日期的。"

"是吗……"母亲又说了一遍，之后拿起筷子，也夹起煮鸡块。

织绘好几次被母亲这种不可思议的优雅，对女儿的决定不做深究的淡然所拯救。在纽约时是这样，在巴黎时也是，每当织绘说要单独出门时，母亲总是什么都不说。父亲去世后她决心留在巴黎时，还有几年过后肚子里怀着小宝宝回来时都是，母亲从来不向织绘要求解释。

织绘想着至少这次要稍微解释一下，可连她自己都不知道接下来会发生什么。

在巴塞尔度过那梦一般的七天后，带着身体中孕育着新生命的秘密，织绘主动和安德鲁·济慈提出了分手。随后，她便从美术史研究的舞台上消失了。

今后的人生要献给即将出生的孩子，如此下定决心后，她回到了母亲身边，将对艺术千丝万缕的念想全部封印在了"潘多拉的盒子"里，并发誓今后永不开启。

然而，今天，那个"盒子"却以意想不到的方式打开了。

打开盒子的正是那个人——提姆·布朗。

"我被派去 MoMA 进行作品借出的交涉。今天晓星报社的文化事业部部长来大原美术馆找我,说打算举办一场亨利·卢梭展,不管怎样都想借到 MoMA 收藏的亨利·卢梭作品,让我作为交涉的窗口。然后,连馆长都说一定要去。"

"是吗……"母亲又这么说道。

"真是的,怎么回事呢……完全搞不清楚。"织绘像在自言自语般说道。

"是吗?不过我知道。"母亲突然说道,"不是你的朋友在邀请你吗?"

听到这个颇为意外的回答,织绘笑道:"你在说什么呢……"

母亲则一脸若无其事的样子。

"你在纽约的时候不是常常这么说吗?'我要去朋友家,他们邀请我去呢。'"

当时织绘一家住在曼哈顿富人区的一幢公寓里。还是小学生的织绘每天从学校回家后就马上出门去 MoMA,还说是到朋友家去。

母亲总是满脸笑意地说声"路上小心",然后把她送出门。母亲知道,朋友是指艺术,而朋友家就是指美术馆。父亲曾笑着对母亲说:"这孩子莫非打算将来在 MoMA 租一间屋子住?她要是说出想和朋友住一起之类的话,也不足为奇啊。"

"那个,那里有米老鼠吗?"坐在对面的真绘突然插嘴。

织绘有些吃惊,随即反应过来。

"说什么呢,又不是迪斯尼乐园。"

"那是个什么地方呢?叫什么 MoMA 的地方。"

虽然躲避着织绘的视线,可织绘能明显感受到女儿表现出了浓厚的兴趣。织绘觉得心中似乎有颗球砰地弹了起来。

"是纽约现代美术馆，英语叫做 Museum of Modern Art，简称'MoMA'，是个很棒的美术馆哦。就是……很棒。有很棒的藏品、很棒的作品，还有很棒的策展人。真的，该怎么说好呢，总之很棒。"

母亲偷偷地笑了。

"真好笑，你妈妈竟然说了五次'很棒'，是吧，真绘？"

"好像是六次吧。"真绘镇定自若地说。

织绘灿烂的心情却丝毫没有受损，她问道："那里被称作现代艺术的殿堂。真绘，你知道现代艺术吗？"

"谁知道那是什么东西。是一种零食吗？"故意装傻的真绘显得很可爱。

"等一下。"说着织绘站起来，飞奔回自己的屋子拿了一本画册回来。

"你看看这个，觉得怎么样？"

她把封面有些泛黄、发皱的画册放在盛着煮鸡块的盘子旁边。那是一九八五年，MoMA 举办"海关征税员卢梭展"时的展品目录。封面是卢梭一八九五年完成的作品：《我自己：肖像＝风景》。蓝天白云的背景前，直挺挺地站着一个宛如巨人的大胡子男人，头上戴着宽檐贝雷帽，手里拿着调色盘和画笔。越过他的身后，可以看到挂着各国国旗的船漂浮在塞纳河上，船对面矗立着埃菲尔铁塔。在河边散步的人都像老鼠一样小，与站在中间眉头深锁的男人形成滑稽的对比。画面没有一丝纵深感。这就是在百年前，被人们戏称为"星期日画家的画"、"孩子的涂鸦"，受尽嘲弄的作品。

真绘的视线落在封面上，久久不动，半晌终于开口道："真有趣。"

织绘脸上的笑容逐渐扩大。

"是，很有趣吧。还有呢？"

"颜色很漂亮。"

"确实如此。还有呢？"

"我觉得画得非常认真。"

"嗯。"织绘点头赞同。母亲也跟着点了点头。

真绘把脸稍微凑近封面，突然不由得出声道："怎么……感觉它是活着的。"

这一瞬间，织绘停止了呼吸。她知道，母亲也同她一起忘记了呼吸。真绘朝母亲和外婆瞥了一眼，咕哝了一句"够了吧"，再次动起了筷子。

活着。

画是活着的。

这一句话才是真理，是这一百年间，发现现代艺术、并为之如痴如醉的几千几万人内心深处珍藏的一句话。

怀揣着这句话，织绘踏上了去往纽约的旅程。

提姆·布朗伫立在 MoMA 二楼、绘画·雕刻部门的画廊中。

在他眼前有一幅作品，卢梭一九一〇年的《梦》。

这是一个工作日的午后，午餐时间早已过去。参观人潮虽说不像周末那样水泄不通，但还是有不少参观者为寻求片刻安宁而来到画廊，馆内人流如织。

早川织绘就要来了。

提姆已经迫不及待地先一步来到这幅画跟前。

"不管她和谁一起来，都请把她单独带过来。"给助理米兰德留下这句嘱咐后，提姆走出了办公室。

等不及了，真的等不及了。

虽然这十七年来自己并没有特别期待着和她再次相聚，但心却一直与她同在。

之后提姆恋爱过，也曾有考虑结婚的对象。然而他知道，自己内心的某个地方一直渴求着她。

在那个巴塞尔的乐园里，和她共同度过的七天——就是那些日子改变了提姆的人生。

十七年，风云流转，沧海桑田。

讲评会过去一年之后，康拉特·约瑟夫·拜勒逝世，坊间有流言说他将遗产全部过继给孙女朱丽叶·露露。朱丽叶又经由国际刑警组织，把判明是窃品的作品全部归还原主，剩下的藏品据说会成为新建美术馆的首批展品。虽然现在还没有实现，不过既然是朱丽叶，一定正在紧锣密鼓地准备着吧。

没人知道最终面世的展品中是否有《做梦》，也没人知道那幅画下面到底是否沉睡着"蓝色毕加索"。

曾经的老板汤姆·布朗经手的"海关征税员卢梭展"获得了巨大的成功，以此为契机，世间对卢梭的评价也取得进展。直到最后一刻，提姆都竭力反对在人名前加上"海关征税员"，但基于"这个名字更醒目"这一点，还是理事会的意见得到了尊重。虽然卢梭是"星期日画家"一说并未被完全颠覆，但他的作品吸引了一批又一批的参观者走进展会，美法两国共计有一百多万人领略到了卢梭的魅力。

为此次展览呕心沥血的提姆受到了老板和理事会的认可，汤姆辞职去大学任教后，提姆理所当然被提升为首席策展人。这时，距那年巴塞尔的夏天已经过去了十五年。

然后就在上个月，日本某出版社前来打探是否能借出《梦》。提姆一直在等待着这个时刻的到来。

如果要在日本举办卢梭展，如果想把 MoMA 的秘宝《梦》借出去，只有一个人有资格来进行交涉。

那就是全世界最杰出的的卢梭研究者，早川织绘——非她莫属。

如果她当交涉窗口的话，我们会考虑，提姆这么回复。虽然深知要借出《梦》，免不了要费心思去说服馆长、理事会等一帮难说话的老古董，不过他已下定决心，只要织绘能在日本受到认可，即便上刀山下火海，他也要把作品送到她面前。

这一天，终于等到了。

在熙熙攘攘的人群中，提姆面对着《梦》。

真不可思议，虽然这幅画已经看了不下几百次，可每次面对它都会有新的发现。画面散发出的光泽、主题人物释放出的魅力，还有心魂仿佛都要被吸进去般富有深度的构图。每看一次，对它的爱恋就加深一分。从少年时代初次被这幅作品吸引以来，对它的感情在持续进化着。这样的画，别的地方还有吗？

　　热情……我全部的热情。

那年夏天读过的故事最终篇里，卢梭的自言自语仿佛在自己耳边响起。

　　这幅作品里面饱含着热情，饱含着画家全部的热情……仅此而已。

这是讲评中织绘说过的一句话。这不仅是献给《做梦》的，也是献给《梦》的一句话。

提姆凝视着画中的雅德维嘉,还有那似乎指着什么的水平举起的左手。阿斯特拉德说那只手里好像藏着一个大写字母,只要调查一下,应该就能发现决定性的真相。但最终还是没有进行相关调查。

缀在故事各章末尾的大写字母连起来是 P-I-A-S-S-O,如果藏在《梦》中的字母是"C",那兴许就意味着这幅画下面沉睡着"蓝色毕加索"。

不过……

提姆觉得那个字母一定是"N",P-A-S-S-I-O-N,热情。那才是雅德维嘉手中藏着的秘密。

那是卢梭和雅德维嘉的秘密,是毕加索的秘密,是拜勒的秘密,也是织绘在那个夏天说过后,便一直在自己胸中流淌着的词语。

"提姆。"

一声呼唤穿透嘈杂的人声抵达提姆的耳朵。那是永远都忘不了的、令人思恋的声音。提姆转过身来,胸中的悸动传遍全身。

织绘站在那里。不再是一头长长的黑发,而是剪到肩膀位置的中短发。脸颊有些消瘦,唯有那双眼眸和当年相比完全没有变化,依旧温润漆黑。

两个人互相盯着对方试图寻找话题,却都无法张口。那是提姆一直在梦中看到的场景。

在画布下的乐园前,再一次和织绘并肩站在一起。

心里明明积存着很多话,如果能和织绘再次相见,一定要说出口的话。不料从口中蹦出的,却是——

"我做梦了,在梦到见到了你。"

听到提姆温柔的低语,织绘露出了微笑。那笑容,不再是梦。

登场作品名单：

《幻想》 皮埃尔·皮维·德·夏凡纳 一八六六年 大原美术馆 仓敷

《受胎告知》 埃尔·格列柯 一五九〇 — 一六〇三年 大原美术馆 仓敷

《鸟笼》 巴勃罗·毕加索 一九二五年 大原美术馆 仓敷

《巴黎郊外》 亨利·卢梭 一八九〇年 大原美术馆 仓敷

《战争》 亨利·卢梭 一八九四年 奥赛博物馆 巴黎

《在和平象征下对共和国表示敬意而来访的列国代表们》 亨利·卢梭 一九〇七年 毕加索美术馆 巴黎

《激发诗人灵感的缪斯》（第二个版本） 亨利·卢梭 一八九〇年 巴塞尔美术馆 巴塞尔

《我自己：肖像＝风景画》 亨利·卢梭 一八九〇年 布拉格国立美术馆 布拉格

《梦》 亨利·卢梭 一九一〇年 纽约现代美术馆 纽约

《沉睡的吉卜赛女郎》 亨利·卢梭 一八九七年 纽约现代美术馆 纽约

《亚威农的少女们》 巴勃罗·毕加索 一九〇七年 纽约现代美术馆 纽约

《星空》 梵高 一八八九年 纽约现代美术馆 纽约

《激发诗人灵感的缪斯》（第一个版本） 亨利·卢梭 一九〇九年 普希金美术馆 莫斯科

《饿狮》 亨利·卢梭 一九〇五年 巴塞尔美术馆 巴塞尔

《呼吁艺术家参加第二十二届独立沙龙展的自由女神》 亨

利·卢梭 一九〇六年 东京国立现代艺术博物馆

《晾帆》 安德烈·德兰 一九〇五年 普希金美术馆 莫斯科

《女人的肖像》 亨利·卢梭 一八九五年 毕加索美术馆 巴黎

《戴帽子的女人》 亨利·马蒂斯 一九〇五年 旧金山现代美术馆 旧金山

《玩足球的人们》 亨利·卢梭 一九〇六年 费城美术馆 费城

《理发》 巴勃罗·毕加索 一九〇六年 大都会艺术博物馆 纽约

《拿扇子的女人》 巴勃罗·毕加索 一九〇五年 华盛顿国家博物馆 华盛顿

《土耳其浴室》 让·奥古斯特·多米尼克·安格尔 一八六三年 卢浮宫美术馆 巴黎

《婴儿的祝福》 亨利·卢梭 一九〇三年 温特图尔美术馆 温特图尔

《人生》 巴勃罗·毕加索 一九〇三年 克利夫兰美术馆 克利夫兰

《丛林老虎与野牛的战斗》 亨利·卢梭 一九〇八年 克利夫兰美术馆 克利夫兰

《安伯斯佛拉的肖像》 巴勃罗·毕加索 一九一〇年 普希金美术馆 莫斯科

"RAKUEN NO CAMVAS" by Maha Harada
Copyright © Maha Harada 2012
All rights reserved.
Original Japanese edition published by Shinchosha Publishing Co., Ltd.
This Simplified Chinese Language Edition is published by arranged with Shinchosha Publishing Co.,Ltd
Through Beijing Daheng Harmony Translation Service Ltd.

图书在版编目（CIP）数据

画布下的乐园／（日）原田舞叶著；张晶译．—北京：新星出版社，2015.7
ISBN 978-7-5133-1823-5

Ⅰ．①画… Ⅱ．①原… ②张… Ⅲ．①长篇小说－日本－现代 Ⅳ．①I313.45

中国版本图书馆 CIP 数据核字（2015）第 133644 号

午夜文库
谢刚 主持

画布下的乐园

（日）原田舞叶 著；张晶 译

责任编辑：邹 瑨
特约编辑：赵笑笑
责任印制：李珊珊
封面设计：@broussaille 私制

出 版 发 行：新星出版社
出 版 人：谢 刚
社　　　址：北京市西城区车公庄大街丙3号楼　100044
网　　　址：www.newstarpress.com
电　　　话：010-88310888
传　　　真：010-65270449
法律顾问：北京市大成律师事务所

读者服务：010-88310811　service@newstarpress.com
邮购地址：北京市西城区车公庄大街丙3号楼　100044

印　　刷：三河兴达印务有限公司
开　　本：910mm×1230mm　1/32
印　　张：9.25
字　　数：147千字
版　　次：2015年7月第一版　2015年7月第一次印刷
书　　号：ISBN 978-7-5133-1823-5
定　　价：32.00元

版权专有，侵权必究；如有质量问题，请与印刷厂联系调换。